Nas Montanhas da Loucura

Nas Montanhas da Loucura

Tradução
Celso M. Paciornik

H.P. LOVECRAFT

ILUMINURAS

Títulos originais
At the mountains of madness; The shunned house; The dreams in the witch-house; The statement of Randolph Carter

Copyright © desta tradução e edição:
Editora Iluminuras Ltda.

Capa e projeto gráfico
Eder Cardoso / Iluminuras

Revisão:
Rose Zuanetti

CIP-BRASIL. CATALOGAÇÃO NA PUBLICAÇÃO
SINDICATO NACIONAL DOS EDITORES DE LIVROS, RJ

L947N

Lovecraft, H. P. (Howard Phillips), 1890-1937.
    Nas montanhas da loucura / H. P. Lovecraft; tradução Celso M. Paciornik. – 2. ed. – São Paulo : Iluminuras, 2018 - 2. Reimpressão, 2021.
    240 p; 22,5cm

Tradução de: At the mountains of madness, The shunned house; The dreams in the witch-house; The statement of Randolph Carter
ISBN 978-85-7321-584-7

1. Conto americano. I. Paciornik, Celso M. II. Título.

18-49787
                                      CDD: 813
                                      CDU: 82-34(73)

2021
EDITORA ILUMINURAS LTDA.
Rua Inácio Pereira da Rocha, 389 - 05432-011 - São Paulo - SP - Brasil
Tel./Fax: 55 11 3031-6161
iluminuras@iluminuras.com.br
www.iluminuras.com.br

índice

nas montanhas da loucura, 9

a casa temida, 145

os sonhos na casa assombrada, 181

o depoimento de randolph carter, 229

sobre o autor, 237

Nas Montanhas da Loucura

I

Vejo-me forçado a falar pois os homens de ciência recusaram-se a seguir meu conselho sem saber o porquê. É inteiramente a contragosto que relato os motivos de minha oposição a esta tencionada invasão da região antártica — com sua desmedida caça ao fóssil e a indiscriminada perfuração e derretimento de antigas calotas glaciais. Minha relutância é ainda maior por achar que minhas advertências poderão cair no vazio.

É inevitável duvidar-se de fatos reais tais como os que vou revelar; entretanto, se suprimisse o que parecerá extravagante e inacreditável, não sobraria nada. As fotografias até agora obtidas, tanto as comuns como as aéreas, falarão em meu favor, pois são diabolicamente nítidas e ilustrativas. No entanto, também elas serão motivo de dúvidas pelo tanto de que é capaz uma falsificação inteligente. Os desenhos a tinta certamente serão motivo de chacota como óbvias imposturas, não obstante a estranheza técnica que certamente atrairá a atenção e a curiosidade dos especialistas em arte.

Devo me apoiar, enfim, no discernimento e na reputação de algumas lideranças científicas com suficiente independência de pensamento para considerarem meus dados por seus próprios méritos odiosamente convincentes ou à luz de certos ciclos míticos primordiais e altamente desconcertantes, por um lado, e suficiente influência para dissuadir a comunidade científica em geral de qualquer programa precipitado e excessivamente ambicioso na região daquelas montanhas da loucura, por outro. É lamentável que somente algumas pessoas obscuras como eu e meus colaboradores, associados a uma pequena universidade, tenham alguma possibilidade de se manifestar em assuntos de natureza radicalmente bizarra e altamente controvertida.

Pesa ainda mais contra nós o fato de não sermos, em estrito senso, especialistas nas áreas que acabaram sendo inicialmente abordadas. Como geólogo, meu objetivo na chefia da Expedição da Universidade de Miskatonic era exclusivamente a obtenção de espécimes das profundezas de rochas e solo de várias partes do continente antártico, auxiliado pela fabulosa perfuratriz idealizada pelo professor Frank H. Pabodie de nosso departamento de engenharia. Não tinha o menor desejo de ser um pioneiro em qualquer outro campo que não esse, mas esperava que o uso desse novo artefato mecânico em diferentes pontos de percursos previamente explorados traria à luz materiais de um tipo até então não obtido pelos métodos comuns de coleta.

O aparelho perfurador de Pabodie, como o público já deve saber de nossos relatórios, era único e radical em sua leveza, portabilidade e capacidade de combinar o princípio da perfuração de poços artesianos normais com o princípio da pequena broca de pedra circular capaz de se adaptar rapidamente à perfuração de camadas de dureza variável. Broca de aço, hastes encaixáveis, motor a gasolina, guindaste desmontável de madeira, a parafernália para dinamitar, cordas, trado para retirar o entulho e tubulação secional para furos de cinco polegadas de diâmetro e até mil pés de profundidade com os acessórios necessários, constituindo uma carga capaz de ser transportada por três trenós de sete cães. Isto foi possível devido à engenhosa liga de alumínio que compunha a maioria dos objetos metálicos. Quatro grandes aviões Dornier, especialmente projetados para o voo nas tremendas altitudes exigidas pelo planalto antártico e com sistemas especiais de aquecimento de combustível e partida rápida criados por Pabodie, poderiam transportar toda nossa expedição de uma base à borda da grande barreira até diversos pontos apropriados no interior do continente, e desses pontos, um número suficiente de cães nos bastaria.

Planejamos cobrir uma área tão grande quanto nos permitisse a duração de uma estação antártica — ou mais, se fosse absolutamente necessário —, operando principalmente nas cordilheiras e no planalto meridional do Mar de Ross; regiões exploradas em diversos graus por Shackleton, Amundsen, Scott e Byrd. Com frequentes mudanças de acampamento, cobertas por aeroplano e envolvendo distâncias suficientemente grandes para ter uma significação geológica, esperávamos desenterrar uma quantidade sem precedente de material — especialmente na camada pré--cambriana da qual um leque tão estreito de espécimes antárticos havia sido anteriormente obtido. Queríamos também conseguir a maior variedade possível de rochas fossilíferas superiores pois a história da vida primitiva deste desolado reino glacial é da mais alta importância para nosso conhecimento do passado da Terra. É fato sabido que o continente antártico já teve um clima temperado e mesmo tropical, com vegetação abundante e uma vida animal da qual os liquens, a fauna marítima, os aracnídeos e pinguins da borda setentrional são os únicos sobreviventes; e esperávamos expandir aquela informação em variedade, exatidão e detalhe. Quando alguma perfuração simples revelasse sinais fossilíferos, alargaríamos a abertura com explosões para obter espécimes de tamanho e condição adequados.

Nossas perfurações, de profundidades variáveis conforme a promessa oferecida pelo solo ou a rocha superiores, deviam se confinar às superfícies de terra expostas, ou quase expostas — estas sendo invariavelmente as encostas e cristas devido à espessura de uma ou duas milhas de sólido gelo que recobriam os níveis inferiores. Não podíamos nos dar ao luxo de perfurar em grande profundidade qualquer espessura considerável de glaciações, muito embora Pabodie tivesse elaborado um plano para mergulhar eletrodos de cobre em feixes cerrados de furos e derreter áreas limitadas de gelo com a corrente de um dínamo movido a gasolina. É este plano — que só poderíamos pôr em prática experimentalmente numa expedição como a nossa — que a programada Expedição Starkweather-Moore pretende seguir a despeito das advertências que venho fazendo desde nossa volta da Antártida.

O público tem conhecimento da Expedição Miskatonic através de nossos frequentes relatórios telegráficos ao *Arkham Advertiser* e à Associated Press, e pelos últimos artigos de Pabodie e meus. Nosso grupo consistia de quatro homens da Universidade — Pabodie, Lake do departamento de biologia, Atwood do departamento de física — também meteorologista — e eu, representando a geologia e com o comando nominal — além de dezesseis assistentes: sete estudantes de graduação da Miskatonic e nove experientes mecânicos. Dos dezesseis, doze eram pilotos de avião qualificados, dos quais apenas dois não eram competentes operadores de telégrafo sem fio. Oito deles entendiam de navegação com compasso e sextante, assim como Pabodie, Atwood e eu. Além disso, é claro, nossos dois navios — antigos baleeiros de madeira reforçados para as condições glaciais e com vapor auxiliar — eram completamente equipados.

A Nathaniel Derby Pickman Foundation, auxiliada por algumas contribuições especiais, financiou a expedição; daí nossos preparativos terem sido extremamente completos, apesar da falta de publicidade. Os cães, trenós, máquinas, materiais de acampamento e partes desmontadas de nossos cinco aviões foram entregues em Boston e ali carregados em nossos navios. Estávamos tremendamente bem equipados para nossos objetivos específicos e em tudo que dizia respeito a suprimentos, dieta, transporte e construção de acampamentos, valeu-nos o excelente exemplo de nossos muitos e brilhantes predecessores recentes. Foi o número invulgar e a fama desses predecessores que fez nossa própria expedição — por maior que fosse — tão pouco notada pelo mundo em geral.

Como os jornais noticiaram, zarpamos do porto de Boston no dia 2 de setembro de 1930, tomando uma lenta rota costeira para cruzar o Canal do Panamá e parar em Samoa e Hobart, na Tasmânia, embarcando ali nossos últimos suprimentos. Nenhum membro de nossa expedição jamais estivera nas regiões polares, razão por que dependíamos grandemente dos capitães de nossos navios — J.B. Douglas, comandando o brigue *Arkham* e toda a equipe marítima, e Georg Thorfinnssen, comandando a barca *Miskatonic* —, ambos veteranos baleeiros em águas antárticas.

Quando deixamos para trás o mundo habitado, o sol corria cada vez mais baixo, na direção norte, e permanecia mais e mais tempo acima do horizonte a cada dia. Em cerca de 62° de latitude sul, avistamos nossos primeiros *icebergs* — objetos achatados com bordas verticais —, e pouco antes de atingirmos o círculo antártico, que cruzamos em 20 de outubro com cerimônias apropriadamente bizarras, fomos consideravelmente atrapalhados por um campo de gelo flutuante. A queda da temperatura incomodou-me bastante depois da prolongada viagem pelos trópicos, mas tratei de me preparar para os rigores maiores que viriam. Em muitas ocasiões, os curiosos efeitos atmosféricos encantaram-me profundamente; entre eles, uma miragem extraordinariamente vívida — a primeira que jamais vira — em que *icebergs* distantes se transformavam nas muralhas de fantásticos castelos siderais.

NAS MONTANHAS DA LOUCURA

Abrindo caminho no gelo, que felizmente não era nem muito extenso nem muito espesso, retomamos o mar aberto a 67° de latitude sul e 175° de longitude leste. Na manhã de 26 de outubro, um nítido vislumbre de terra apareceu ao sul, e antes do meio-dia sentimos todos um estremecimento de excitação à vista de uma enorme cordilheira de cumes arredondados cobertos de neve que se abria para cobrir toda a visão à frente. Havíamos finalmente alcançado um posto avançado do grande continente desconhecido e seu mundo críptico de morte glacial. Esses picos faziam parte, obviamente, da Cordilheira Admiralty, descoberta por Ross, e nossa tarefa consistiria agora de contornar o Cabo Adare e navegar pela costa leste da Terra Victoria até nossa tencionada base na costa do Canal McMurdo, ao pé do vulcão Erebus, em 77° 9' de latitude sul.

O último trecho da viagem foi animado e excitante. Enormes picos áridos e misteriosos assomavam continuamente para o oeste enquanto o sol do meio-dia, à baixa altura do horizonte setentrional, ou o sol ainda mais baixo da meia-noite na direção sul, derramava seus nebulosos raios avermelhados sobre a neve branca, o gelo e os canais marinhos azulados e os trechos negros da encosta de granito visível. Por entre os desolados cumes cruzavam furiosas rajadas intermitentes do terrível vento antártico cujas cadências produziam, ocasionalmente, vagas sugestões de um selvagem soprar de flautas, com notas se estendendo por uma ampla escala que, por alguma razão mnemônica inconsciente, parecia-me inquietante e, mesmo, vagamente terrível. Alguma coisa naquela cena me evocava as estranhas e perturbadoras pinturas asiáticas de Nicholas Roerich, e as ainda mais estranhas e mais perturbadoras descrições do temível *Necronomicon* do insano árabe Abdul Alharzed. Mais tarde, lamentei profundamente ter folheado esse livro monstruoso na biblioteca da universidade.

Em 7 de novembro, tendo perdido temporariamente a visão da cordilheira na direção ocidental, cruzamos a Ilha Franklin; e no dia seguinte, avistamos os cones dos montes Erebus e Terror na Ilha Ross à frente, com a extensa linha dos Montes Parry por trás. Estendia-se agora para leste a linha baixa e branca da grande barreira de gelo, erguendo-se verticalmente a duzentos pés de altura como os penhascos rochosos de Quebec, e assinalando o fim da navegação para o sul. À tarde, entramos no Canal McMurdo e ficamos ao largo da costa a sotavento do fumegante Monte Erebus. O pico lavoso alçava-se a aproximadamente doze mil e setecentos pés contra o céu oriental como uma gravura japonesa do sagrado Fujiyama, enquanto elevavam-se à sua retaguarda as alturas brancas, fantasmagóricas do Monte Terror, com seus dez mil e novecentos pés de altitude, agora um vulcão extinto.

Baforadas de fumaça eram sopradas intermitentemente pelo Erebus, e um de nossos assistentes — um brilhante rapaz chamado Danforth — apontou o que parecia ser lava na encosta nevada, observando que esta montanha, descoberta em 1840, certamente havia inspirado Poe quando escrevera, sete anos depois:

> — qual torrente de larva que no solo
> Salta, vinda dos cumes do Yaanek
> Nas mais longínquas regiões do pólo —
> Que ululando se atira do Yaanek
> Nos panoramas árticos do polo.*

Danforth era um grande leitor de material bizarro e consumira uma boa dose de Poe. Eu próprio me interessei em virtude da cena antártica da única narrativa extensa de Poe — a perturbadora e enigmática *Arthur Gordon Pym*. Na praia desolada e na imponente barreira de gelo ao fundo, miríades de grotescos pinguins grasnavam batendo as nadadeiras, enquanto muitas focas gordas eram

---

* — the lavas that restlessly roll / Their sulphurous currents down Yaanek / In the ultimate climes of the pole — / That groan as they roll dow Mount Yaanek / In the realms of the boreal pole. "Ulalume", Edgar A. Poe, tradução de Oscar Mendes, Ed. Globo.

visíveis à superfície da água, nadando ou estendidas sobre grandes placas de gelo fluindo lentamente.

Usando pequenos barcos, fizemos um árduo desembarque na Ilha Ross pouco depois da meia-noite na madrugada do dia 9, carregando uma linha de telégrafo para cada um dos navios e preparando-nos para descarregar suprimentos através de um arranjo de boias salva-vidas. Sensações pungentes e complexas nos acometeram ao pisarmos, pela primeira vez, no solo antártico, ainda que, neste local em particular, as expedições de Scott e Shackleton nos houvessem precedido. Nosso acampamento sobre a praia gelada ao pé da encosta do vulcão era provisório e o centro das operações fora mantido à bordo do *Arkham*. Desembarcamos todo nosso equipamento de perfuração, cães, trenós, barracas, provisões, tanques de gasolina, o dispositivo experimental para derretimento de gelo, câmaras fotográficas comuns e aéreas, peças de avião e demais acessórios, inclusive três aparelhos portáteis de telegrafia sem fio — além daqueles nos aviões — capazes de se comunicar com o grande aparelho do *Arkham* de qualquer parte do continente antártico que quiséssemos visitar. O aparelho do navio, comunicando-se com o mundo exterior, serviria para transmitir informes noticiosos à poderosa estação de recepção telegráfica do *Arkham Advertiser*, em Kingsport Head, Massachusetts. Pretendíamos concluir nosso trabalho no curso de um único verão antártico; mas se isto se mostrasse inviável, passaríamos o inverno no *Arkham*, enviando o *Miskatonic* para o norte antes do congelamento da água, a fim de trazermos suprimentos para o verão seguinte.

Não é preciso repetir o que os jornais já publicaram sobre nossos primeiros trabalhos: a escalada do Monte Erebus; as bem-sucedidas perfurações em diversos pontos da Ilha Ross e a singular velocidade com que o aparelho de Pabodie as realizava mesmo através de sólidas camadas rochosas; o teste provisório do pequeno equipamento de derretimento de gelo; a perigosa escalada da grande barreira com trenós e suprimentos; e a montagem final de cinco enormes aeroplanos no acampamento do alto da barreira. A saúde de nosso grupo de terra — vinte homens e cinquenta e cinco cães de trenó alasquianos — era notável, muito embora, é claro, até ali não houvéssemos encontrado nenhum vendaval ou temperaturas realmente letais. Na maior parte do tempo, o termômetro variava entre zero e 20° ou 25° F, e nossa experiência com os invernos da Nova Inglaterra nos havia acostumado a rigores desse porte. O acampamento na barreira era semipermanente, destinando-se a ser um depósito para o armazenamento de gasolina, provisões, dinamite e outros suprimentos.

Apenas quatro de nossos aviões bastavam para carregar o material de exploração, o quinto sendo deixado com um piloto e dois homens dos navios no depósito como meio de alcançarmos o *Arkham*, no caso de nossos aviões de exploração serem perdidos. Mais tarde, quando não estivéssemos usando todos os aviões de exploração para transportar a aparelhagem, empregaríamos um ou dois num serviço de ponte-aérea entre este depósito e outra base permanente no grande planalto, entre seiscentas e setecentas milhas ao sul, além da Geleira Beardmore. Apesar dos relatos quase unânimes de tempestades e ventanias pavorosas que se abatiam sobre o planalto, decidimos dispensar bases intermediárias, arriscando-nos no interesse da economia e de uma provável eficiência.

Os relatos telegráficos falaram do empolgante voo de quatro horas sem escala de nosso esquadrão, em 21 de novembro, sobre a fabulosa crosta gelada, com picos enormes alteando-se a oeste e os silêncios insondáveis ecoando o rugido de nossos motores. O vento nos perturbou moderadamente, e nossos compassos de rádio nos ajudaram a atravessar a única neblina opaca que encontramos. Quando a enorme elevação despontou à frente, entre as latitudes 83° e 84°, sabíamos ter atingido a Geleira Beardmore, o maior vale glacial do mundo, e que o mar gelado cedia agora espaço a uma linha costeira enrugada e montanhosa. Estávamos enfim penetrando realmente no mundo branco, ancestralmente morto, do extremo sul. Neste mesmo momento, avistamos o cume do Monte Nansen a distância, para leste, elevando-se a quase quinze mil pés de altura.

O bem-sucedido estabelecimento da base sul acima da geleira em 86° 7' de latitude e 174° 23' de longitude leste e as perfurações e explosões espantosamente rápidas e efetivas realizadas em diversos pontos alcançados por nossas viagens de trenó e voos curtos de avião são assunto bastante conhecido, assim como a árdua e triunfante escalada do Monte Nansen por Pabodie e dois estudantes universitários — Gedney e Carroll — em 13-15 de dezembro. Estávamos aproximadamente oito mil e quinhentos pés acima do nível do mar, e quando perfurações experimentais através da neve e do gelo revelaram a existência de chão sólido a apenas doze pés de profundidade em certos pontos, aproveitamos bastante o pequeno aparelho de derretimento e fizemos furos e dinamitamos muitos locais onde nenhum explorador sequer sonhara em procurar espécimes minerais anteriormente. Os granitos pré-cambrianos e os sugestivos arenitos assim obtidos confirmaram nossa crença de que esse planalto era homogêneo à grande massa do continente a oeste, mas um tanto diferente das partes que se estendiam para leste, abaixo da América do Sul — que pensávamos então formar um continente separado e menor, dividido do maior por uma junção gelada dos Mares Ross e Weddell, apesar de Byrd ter discordado, desde então, dessa hipótese.

Em alguns arenitos, dinamitados e cinzelados depois da perfuração ter revelado sua natureza, encontramos traços e fragmentos fósseis altamente interessantes; especialmente de samambaias, algas, trilobitas, crinoides e moluscos como os linguatulídeos e gastrópodes — todos parecendo guardar um real significado em conexão com a história primordial da região. Havia também uma curiosa marca triangular estriada com aproximadamente um pé no diâmetro maior, que Lake formou com três fragmentos de ardósia extraídos de uma abertura feita em profundidade. Esses fragmentos vieram de um ponto a oeste, perto da Cordilheira Queen Alexandra; e Lake, como biólogo, pareceu achar essa curiosa marca extremamente intrigante e provocativa, muito embora ela não parecesse diferente de alguns efeitos de ondulação razoavelmente comuns nas rochas sedimentares ao meu olhar geológico. Como a ardósia não passa de uma formação metamórfica em que uma camada sedimentar é pressionada e como a própria pressão produz curiosos efeitos destorcidos em qualquer marca que possa existir, não via razão para a exagerada admiração com a depressão estriada.

Em 6 de janeiro, Lake, Pabodie, Daniels, os seis estudantes, quatro mecânicos e eu voamos diretamente sobre o polo sul em dois aviões, sendo forçados a pousar uma vez devido a um súbito vento forte que felizmente não evoluiu para uma típica tempestade. Este foi, como os jornais informaram, um dos vários voos de observação em que tentamos discernir novos contornos topográficos em áreas não atingidas por exploradores precedentes. Nossos primeiros voos foram desapontadores a esse respeito, embora tenham nos oferecido alguns exemplos magníficos das miragens ricamente fantásticas e ilusórias das regiões polares, das quais nossa viagem marítima nos dera breves antevisões. Montanhas distantes pareciam flutuar no céu como cidades encantadas e, frequentemente, todo o mundo branco se dissolvia numa terra dourada, prateada e escarlate de sonhos dunsanianos e aventurosa expectativa sob a magia do baixo sol da meia-noite. Em dias nublados, tínhamos uma dificuldade considerável de voar devido à tendência da terra nevada e o céu se confundirem num místico vazio opalino sem horizonte visível para marcar a junção dos dois.

Finalmente decidimos prosseguir com nosso plano original de voar até quinhentas milhas para leste com todos os quatro aviões de exploração e estabelecer uma nova sub-base num ponto que provavelmente ficaria na divisão continental menor, como erroneamente a concebíamos então. Espécimes geológicos ali obtidos seriam desejáveis para fins comparativos. Nossa saúde permanecera até então excelente — o suco de lima contrabalançava bem a invariável dieta de comida salgada e enlatada, e as temperaturas geralmente acima de zero permitiam-nos dispensar os capotes mais grossos. Estávamos então no meio do verão e, com presteza e cuidados, poderíamos concluir o trabalho por volta de março evitando um tedioso inverno durante a demorada noite antártica. Muitos vendavais violentos se abateram sobre nós vindos do oeste, mas escapamos de sofrer danos graças à habilidade de Atwood para criar abrigos rudimentares para os aviões e quebra-ventos com pesados blocos de neve e reforçar os edifícios principais do acampamento com neve. Nossa boa sorte e eficiência haviam sido, de fato, quase fantásticas.

O mundo exterior soube, é claro, de nosso programa, e também da estranha e obstinada insistência de Lake sobre uma viagem exploratória a oeste — ou melhor, noroeste — antes de nossa mudança completa para a nova base. Ao que parece, ele havia pensado muito, e com uma ousadia alarmantemente radical, naquela marca triangular estriada na ardósia. Identificava nela certas contradições em natureza e período geológico que aguçaram muito sua curiosidade, deixando-o ávido para fazer mais perfurações e explosões na formação que se estendia para oeste à qual evidentemente pertenciam os fragmentos exumados. Ele estava estranhamente convencido de que a marca era a pegada de algum organismo corpulento, desconhecido e inclassificável, de evolução consideravelmente avançada, não obstante a rocha que o continha fosse de uma data ancestral — cambriana, se não efetivamente pré-cambriana — como a impedir a provável existência, não só de toda vida altamente evoluída, mas da própria vida superior ao estágio unicelular ou, quando muito, trilobita. Esses fragmentos, com suas estranhas marcas, deviam ter de quinhentos milhões a um bilhão de anos de idade.

II

Penso que a imaginação popular reagiu vivamente a nossos boletins telegráficos da partida de Lake para noroeste, para regiões jamais palmilhadas por pés humanos ou penetradas pela imaginação humana, embora não tenhamos mencionado suas desenfreadas esperanças de revolucionar toda a ciência da biologia e da geologia. Sua jornada preliminar de viagens de trenó e perfuração de 11 a 18 de janeiro com Pabodie e outros cinco — prejudicada pela perda de dois cães numa queda, quando cruzavam uma das grandes cristas de gelo — trouxe mais exemplares da ardósia arqueana; e até eu fiquei interessado pela singular profusão de traços fósseis evidentes naquela camada incrivelmente antiga. Esses traços, porém, eram de formas de vida muito primitivas, sem qualquer grande paradoxo exceto a ocorrência de formas de vida em rocha tão definitivamente pré-cambriana como parecia acontecer; daí porque eu ainda não conseguia ver bom senso no pedido de um interlúdio em nosso programa, da parte de Lake — um interlúdio que exigiria o uso de todos os quatro aviões, muitos homens, e todo o aparato mecânico da expedição. No fim das contas, não vetei o plano, embora me decidisse por não acompanhar a expedição para noroeste, apesar de Lake suplicar por meus conhecimentos geológicos. Enquanto estivessem fora, eu permaneceria na base com Pabodie e cinco homens elaborando os planos finais para a virada a leste. Na preparação para esta transferência, um dos aviões começara a transportar um bom suprimento de gasolina do Canal McMurdo; mas isto poderia esperar por um tempo. Conservei um trenó e nove cães, pois não é prudente ficar, em circunstância alguma, sem transporte possível num mundo imemorialmente morto e inteiramente desabitado.

A subexpedição de Lake ao desconhecido, como todos se lembrarão, enviou seus relatórios pelos transmissores de ondas curtas dos aviões; essas eram simultaneamente captadas por nosso aparelho na base meridional e pelo *Arkham*, no Canal McMurdo, de onde eram transmitidos para o resto do mundo em comprimentos de onda de até cinquenta metros. A partida aconteceu em 22 de janeiro, às 4 horas da manhã; e a primeira mensagem telegráfica que recebemos veio somente duas horas mais tarde, quando Lake falou em descer e iniciar uma perfuração com derretimento de gelo em pequena escala num ponto a cerca de trezentas milhas de distância de onde estávamos. Seis horas mais tarde, uma segunda e excitadíssima mensagem nos informou do frenético trabalho de castor empregado na perfuração e explosão de um poço raso, culminando na descoberta de fragmentos de ardósia com diversas marcas aproximadamente iguais à que causara a curiosidade original.

Três horas mais tarde, um breve boletim anunciou a retomada do voo, apesar de um feroz vendaval; e quando eu despachei uma mensagem de protesto contra novos riscos, Lake replicou asperamente que seus novos espécimes valiam qualquer risco. Percebi que aquela excitação havia atingido o ponto de motim, e que eu nada poderia fazer para coibir esta precipitada atitude de Lake que colocaria em risco o êxito da expedição toda; mas era assustador pensar naquele seu mergulho cada vez mais fundo na imensidão branca sinistra e traiçoeira de tempestades e mistérios insuspeitos que se estendia por mil e quinhentas milhas de costa parcialmente conhecida, parcialmente suspeitada da Terra Queen Mary à Knox.

Então, cerca de hora e meia depois, chegou a mensagem duplamente excitada do avião de Lake em movimento que quase inverteu meus sentimentos e me fez desejar ter seguido com o grupo:

"10h05 da noite. Em voo. Depois tempestade neve, avistei cordilheira à frente mais alta qualquer outra já vista. Pode igualar-se Himalaia, considerando altura planalto. Provavelmente latitude 76° 15' e longitude 113° 10' leste. Vai até aonde vista alcança à direita e à esquerda. Suspeita dois cones fumegantes. Todos picos escuros e sem neve. Vendaval soprando delas impede navegação."

Depois disto, Pabodie, os homens e eu ficamos debruçados ansiosamente sobre o transmissor. A ideia desta titânica barreira montanhosa a setecentas milhas de distância inflamava nosso mais profundo senso de aventura e nos rejubilamos que nossa expedição, ainda que sem nossa participação pessoal, a houvesse descoberto. Meia hora depois Lake voltou a transmitir:

"O avião Moulton fez pouso forçado contrafortes do planalto mas ninguém se feriu e talvez possível consertar. Vamos transferir essenciais outros três para a volta ou outros avanços se necessário, mas não há necessidade nenhuma viagem avião pesado agora. Montanhas superam toda imaginação. Vou subir voo reconhecimento avião de Carroll sem nenhuma carga.

"Podem imaginar algo assim. Picos mais altos devem ascender mais de trinta e cinco mil pés. Everest fora do páreo. Atwood vai verificar altura com teodolito enquanto Carroll e eu vamos subir. Provavelmente errado sobre cones, pois formações parecem estratificadas. Possivelmente ardósia pré-cambriana com outras camadas misturadas. Efeitos estranhos linha do horizonte — seções regulares de cubos agarrados aos picos mais altos. Coisa toda maravilhosa sob a luz vermelho-dourada do sol baixo. Parece terra de mistério num sonho ou portal do mundo proibido de maravilhas inexploradas. Gostaria que estivessem aqui para estudar."

Embora tecnicamente fosse hora de dormir, nenhum dos ouvintes pensou, por um momento sequer, em se retirar. O mesmo deve ter acontecido no Canal McMurdo, onde o depósito de provisões e o *Arkham* também estavam recebendo as mensagens, pois o Capitão Douglas transmitiu uma chamada congratulando-se com todos pela importante descoberta, e Sherman, o operador do depósito, secundou seus sentimentos. Lamentamos, é claro, o avião danificado, mas esperávamos que pudesse ser facilmente reparado. Então, às 11 horas da noite, chegou uma nova transmissão de Lake:

"Voando com Carroll sobre contrafortes mais altos. Não ouso tentar realmente picos altos com o tempo que está fazendo, mas tentarei mais tarde. Trabalho assustador subir, avanço difícil nesta altitude, mas vale a pena. A grande cadeia é bastante cerrada, daí ser impossível ter vislumbres do outro lado. Muitos cumes superam Himalaia, e muito curiosos. Cadeia parece de ardósia pré-cambriana com claros sinais de muitas outras camadas elevadas. Errado sobre vulcanismo. Vai mais longe em qualquer direção que visão pode alcançar. Completamente sem neve acima vinte e um mil pés.

"Estranhas formações nas encostas das montanhas mais altas. Grandes blocos quadrados e baixos com lados perfeitamente verticais e linhas retangulares de plataformas baixas, verticais, como os antigos castelos asiáticos agarrados a íngremes montanhas nos quadros de Roerich. Impressionantes à distância. Voamos mais perto de alguns e Carroll achou que eram formados por pedaços menores separados, mas isto provavelmente resulta do desgaste pela ação do tempo. Maioria das arestas corroídas e arredondadas como se expostas a tempestades e mudanças climáticas durante milhões de anos.

"Partes, especialmente as superiores, parecem de rocha mais clara do que qualquer camada visível nas encostas, portanto de origem evidentemente cristalina. Voos mais próximos mostram muitas bocas de cavernas, algumas de contorno invulgarmente regular, quadrado ou semicircular. Precisam vir e investigar. Penso ter visto uma excessivamente quadrada no topo de um pico. Altura parece em torno trinta a trinta e cinco mil pés. Estou em vinte e um mil e quinhentos, num frio mordente, diabólico. O vento sopra e assobia por desfiladeiros e entrando e saindo de cavernas, mas nenhum perigo de voo até agora."

Na meia hora seguinte, Lake manteve um fogo cerrado de comentários e manifestou sua intenção de escalar alguns picos a pé. Repliquei que me reuniria a ele tão logo pudesse enviar um avião, e que Pabodie e eu traçaríamos o melhor plano de consumo de gasolina — onde e como concentrar nosso suprimento em vista do caráter alterado da expedição. Obviamente, as operações de perfuração de Lake, bem como suas atividades aéreas, exigiriam muito para a nova base que planejáramos estabelecer no sopé das montanhas; e era possível que o voo para leste não pudesse ser realizado, afinal, nesta estação. Sobre este assunto, contatei o Capitão Douglas e pedi-lhe que transportasse o máximo possível dos navios para a barreira com o único grupo de cães que ali fora deixado. Uma rota direta pela região desconhecida entre Lake e o Canal McMurdo era o que realmente precisávamos estabelecer.

Lake chamou-me, mais tarde, informando a decisão de deixar o acampamento onde o avião de Moulton fizera o pouso forçado e os reparos já haviam feito algum progresso. A camada de gelo estava muito fina, com manchas de solo escuras visíveis aqui e ali, e ele faria alguns furos e explosões naquele ponto mesmo antes de qualquer viagem de trenó ou expedição de escalada. Falou da majestade inefável da cena toda e o curioso estado de suas sensações de estar a sotavento dos vastos píncaros silenciosos cujas fileiras se atiravam para cima como uma muralha estendida para o céu na fronteira do mundo. As observações com teodolito de Atwood haviam situado a altura dos cinco picos mais altos entre trinta mil e trinta e quatro mil pés. O terreno varrido pelo vento claramente perturbava Lake, pois indicava a existência ocasional de prodigiosos vendavais com uma violência superior à de qualquer outro jamais visto. Seu acampamento ficava a pouco mais de cinco milhas de onde os contrafortes mais altos se erguiam abruptamente. Eu poderia quase sentir uma nota de alarme subconsciente em suas palavras — transmitidas através de um vazio glacial de setecentas milhas —, quando nos instava para nos apressarmos com o assunto e chegarmos à estranha e nova região tão logo fosse possível. Ele ia descansar agora, depois de um dia de trabalho com diligência, ardor e resultados incomparáveis.

Pela manhã, fiz uma comunicação de três pontas com Lake e o Capitão Douglas em suas bases largamente separadas. Ficou acertado que um dos aviões de Lake viria até minha base pegar Pabodie, os cinco homens e eu, bem como todo combustível que pudesse levar. O resto da questão do combustível, pendente de nossa decisão sobre a viagem para o leste, poderia esperar alguns dias, pois Lake tinha o suficiente para o aquecimento imediato do acampamento e as perfurações. A velha base meridional acabaria tendo que ser reabastecida, mas se adiássemos a viagem para leste, não o usaríamos até o verão seguinte, e, neste ínterim, Lake devia enviar um avião para explorar uma rota direta entre suas novas montanhas e o Canal McMurdo.

Pabodie e eu nos preparamos para fechar a base por um curto período, como parecia. Se fossemos passar o inverno na região antártica, provavelmente voaríamos diretamente da base de Lake para o *Arkham* sem voltar a este ponto. Algumas de nossas barracas cônicas já haviam sido reforçadas por blocos de neve endurecida e decidimos agora completar o trabalho de construir uma aldeia permanente. Devido ao suprimento abundante de barracas, Lake levara todas que sua base poderia precisar, mesmo depois de nossa chegada. Telegrafei que Pabodie e eu estaríamos prontos para o deslocamento para noroeste depois de um dia de trabalho e uma noite de repouso.

Nossos esforços, porém, não foram muito regulares depois das quatro da tarde, pois, àquela altura, Lake começou a enviar mensagens as mais extraordinárias e excitadas. Sua jornada de trabalho havia começado sem muito êxito, pois uma inspeção, com avião, das superfícies rochosas mais expostas revelara a total ausência daquelas camadas arqueanas e primordiais que ele buscava, e que formavam uma parte tão substancial dos picos colossais que se alteavam a uma distância estupenda do acampamento. A maioria das rochas vislumbradas era aparentemente de arenitos jurássicos e comancheanos e xistos permianos e triássicos, com alguns afloramentos escuros brilhantes aqui e ali sugerindo um carvão duro, parecido com ardósia. Isto desencorajou Lake, cujos planos se articulavam em torno de desenterrar espécimes com antiguidade superior a cinco milhões de anos. Ele tinha claro que, para recuperar o veio arqueano em que ele encontrara as curiosas marcas, teria de fazer uma longa viagem de trenó daqueles contra-fortes às íngremes encostas das próprias montanhas gigantescas.

No entanto, resolvera fazer algumas perfurações como parte do programa geral da expedição. Para tanto, montou a perfuratriz e colocou cinco homens trabalhando nela enquanto o restante concluía a montagem do acampamento e os reparos do avião danificado. A rocha visível mais mole — um arenito a um quarto de milha do acampamento — havia sido escolhida para a primeira amostragem; e a broca fez excelentes progressos sem muitas explosões suplementares. Foi cerca de três horas mais tarde, depois da primeira explosão realmente forte da operação, que se ouviu o grito da equipe de perfuração, e que o jovem Gedney — chefe da equipe na ocasião — correu para o acampamento com a notícia surpreendente.

Haviam atingido uma caverna. No começo da perfuração, o arenito cedera lugar para um veio de calcário comancheano repleto de fósseis cefalópodes, corais, ouriços-do-mar, espiríferos e indícios ocasionais de esponjas silicosas e ossos de vértebras marinhas — os últimos provavelmente de teleósteos, tubarões e ganoides. Isto, em si, era suficientemente importante na condição de primeiros fósseis vertebrados que a expedição conseguia; mas quando pouco depois a broca cruzou a camada penetrando num aparente vazio, uma onda de excitação nova e duplamente intensa se propagou entre os escavadores. Uma explosão de bom tamanho abriu passagem para o subterrâneo secreto. Agora, por uma abertura recortada com cinco pés de comprimento por três de largura, escancarava-se diante dos ávidos pesquisadores uma seção de calcário raso escavado havia mais de cinquenta milhões de anos pelo escoamento de um lençol subterrâneo de um mundo tropical desaparecido.

A camada escavada não tinha mais de sete ou oito pés de profundidade, mas estendia-se indefinidamente em todas as direções e continha um ar fresco, movendo-se vagarosamente, que sugeria sua interligação com um extenso sistema subterrâneo. Seu teto e piso estavam repletos de grandes estalactites e estalagmites, algumas encontrando-se numa forma colunar: o mais importante de tudo, porém, era o enorme depósito de conchas e ossos que em alguns lugares quase obstruía a passagem. Lavada de florestas desconhecidas de samambaias e fungos do Mesozoico e florestas de cícades, palmeiras e angiospermas primitivos do Terciário, esta mistura óssea continha representantes de mais espécies animais do Cretáceo, do Eoceno e outras do que o maior dos paleontólogos poderia ter calculado e classificado em um ano. Moluscos, couraças de crustáceos, peixes, anfíbios, répteis, pássaros e mamíferos primitivos — grandes e pequenos, conhecidos e desconhecidos.

Não é de estranhar que Gedney tenha voltado correndo, aos gritos, para o acampamento, e que todos tenham largado seu trabalho e se precipitado pelo frio cortante até onde o alto guindaste assinalava a recém-descoberta passagem para segredos das entranhas da terra e de eras desaparecidas.

Quando Lake havia satisfeito o primeiro gume afiado de sua curiosidade, rabiscou uma mensagem em sua caderneta e enviou o jovem Moulton correndo para o acampamento para despachá-la pelo telégrafo. Esta foi a primeira notícia sobre a descoberta que recebi e falava da identificação de primitivos ossos de ganoides, conchas e placóforos, remanescentes de labirintodontes e teco-dontes, grandes fragmentos de crânio de mosassauro, vértebras e placas da couraça de dinossauro, dentes e ossos das asas de pterodátilo, fragmentos de arqueoptérix, dentes de tubarão do Mioceno, crânios de aves primitivas e outros ossos de mamíferos arcaicos como palaeópteros, Xifodontess, Eohippi, e oreodontes. Não havia nada tão recente quanto um mastodonte, elefante, camelo, cervos ou animal bovino; daí Lake ter concluído que os últimos depósitos haviam ocorrido durante a Era Oligocênica, e que a camada esvaziada havia permanecido em seu estado presente, seco, morto e inacessível durante, pelo menos, trinta milhões de anos.

Por outro lado, o prevalecimento de formas de vida muito primitivas era extremamente singular. Conquanto a formação calcária fosse, com a evidência de fósseis tão típicos como ventri-culados, positiva e inconfundivelmente comancheanos e nem uma partícula anterior, os fragmentos soltos no espaço vazio incluíam uma surpreendente proporção de organismos até então consi-derados peculiares de períodos bem posteriores — até mesmo peixes, moluscos e corais rudimentares de uma antiguidade do Si-luriano ou Ordoviciano. A inferência inevitável era que nesta parte do mundo houvera um grau de continuidade notável e único entre a vida de mais de trezentos milhões de anos e a de apenas trinta milhões de anos atrás. Imaginar até onde esta continuidade se estendera além da Era Oligocênica quando a caverna fora fechada seria, por certo, pura especulação. De qualquer sorte, a chegada do terrível gelo no Pleistoceno cerca de quinhentos mil anos atrás — um mero ontem em comparação com a idade dessa cavidade — devia ter dado fim em qualquer forma primitiva que houvesse conseguido sobreviver à sua duração comum localmente.

Lake não se contentou com sua primeira mensagem e escreveu e despachou outro boletim, pela neve, para o acampamento, antes de Moulton voltar. Depois disso, Moulton ficou no telégrafo de um dos aviões transmitindo para mim — e para o *Arkham* que a retransmitiria ao resto do mundo — os frequentes pós-escritos que Lake lhe enviava por sucessivos mensageiros. Quem acompanhou os jornais lembrar-se-á da excitação provocada entre os homens de ciência por aqueles informes vespertinos — informes que acabaram provocando, depois de todos esses anos, a organização da própria Expedição Starkweather-Moore que tanto procuro dissuadir de seus propósitos. Acho melhor reproduzir as mensagens literalmente, como Lake as enviou, e como nosso operador de base McTighe transcreveu das anotações taquigráficas:

"Fowler faz descoberta da mais alta importância em fragmentos de calcário e arenito de explosões. Várias pegadas triangulares estriadas distintas como as da ardósia arqueana provando que a fonte sobreviveu por mais de seiscentos milhões de anos aos tempos comancheanos com mudanças morfológicas apenas moderadas e diminuição do tamanho médio, as pegadas comancheanas aparentemente mais primitivas ou decadentes, se isso é possível, do que as mais antigas. Enfatizem a importância da descoberta na imprensa. Vai significar para a biologia o que Einstein significou para a matemática e a física. Soma-se com meu trabalho anterior e amplia as conclusões.

"Parece indicar, como eu suspeitava, que a Terra teve ciclos inteiros ou ciclos de vida orgânica antes do conhecido que começa com as células do Arqueozóico. Evoluiu e se especializou não mais tarde do que um bilhão de anos atrás, quando o planeta era jovem e recentemente habitável para qualquer forma de vida ou estrutura protoplásmica normal. A questão que se coloca é quando, onde e como o desenvolvimento aconteceu."

"Mais tarde. Examinando certos fragmentos de esqueleto de grandes sáurios e mamíferos primitivos terrestres e marítimos, encontro ferimentos e machucaduras locais singulares na estrutura óssea não atribuíveis a qualquer animal carnívoro ou predador conhecido de qualquer período. De dois tipos — orifícios retos, penetrantes, e incisões aparentemente cortadas. Um ou dois casos de ossos nitidamente secionados. Não muitos espécimes afetados. Estou pedindo lanternas elétricas ao acampamento. Vou estender a busca na área subterrânea cortando estalactites."

"Mais tarde ainda. Encontrei fragmentos peculiares de esteatita com aproximadamente seis polegadas de largura e uma e meia de espessura, inteiramente diferente de qualquer formação local visível — esverdeada, mas sem evidências para situar seu período. Têm curiosa regularidade e maciez. Têm forma de estrela de cinco pontas com pontas quebradas e sinais de outras clivagens em ângulos internos e no centro da superfície. Pequena depressão macia no centro da superfície inteiriça. Provoca muita curiosidade quanto a origem e ação do tempo. Provavelmente algum capricho da ação da água. Carroll, com lupa, espera descobrir marcas adicionais de significação geológica. Grupos de minúsculos pontos em padrões regulares. Cães rosnando inquietos enquanto trabalhamos, e parecem odiar essa esteatita.

É preciso verificar se tem algum odor peculiar. Relatarei novamente quando Mills voltar com a lanterna e começarmos na área subterrânea."

———————

"10h15 da noite. Descoberta importante. Orrendorf e Watkins trabalhando no subterrâneo às 9:45 com luz, encontraram fóssil monstruoso, em forma de barril, de natureza inteiramente desconhecida; provavelmente vegetal, a menos que seja espécie desconhecida superde-senvolvida de radiários marinhos. Tecidos evidentemente preservados por sais minerais. Dura como couro mas com espantosa flexibilidade conservada em alguns pontos. Marcas de partes rompidas em extremidades e nos lados. Seis pés de ponta a ponta e três pés e cinco décimos de diâmetro central, afunilando nas pontas. Parece um barril com cinco cristas protuberantes em lugar das tábuas. Rupturas laterais, como minúsculas hastes, no equador, no meio dessas cristas. Nas depressões entre as cristas há curiosas formações — cristas ou asas que se dobram ou se estendem como leques. Todas muito danificadas exceto uma que tem quase sete pés de envergadura. A disposição lembra um monstro do mito primitivo, especialmente as imaginárias Coisas Mais Antigas do *Necronomicon*.

"Suas asas parecem membranosas, esticadas sobre uma estrutura de tubulações glandulares. Minúsculos orifícios visíveis na estrutura, nas pontas da asa. Extremidades do corpo enrugadas não dando nenhuma pista sobre o interior ou do que foi rompido ali. Preciso dissecar quando voltar ao acampamento. Não posso decidir se vegetal ou animal. Muitas feições obviamente de uma primitividade quase inacreditável. Coloquei todo o pessoal cortando estalactites e procurando mais espécimes. Descobertos mais ossos escoriados, mas esses terão que esperar. Tendo trabalho com os cães. Não conseguem suportar o novo espécime e provavelmente o fariam em pedaços se não os conservássemos à distância."

"11h30 da noite. Atenção, Dyer, Pabodie, Douglas. Questão da mais alta — deveria dizer transcendente — importância. *Arkham* deve partir para a Kingsport Head Station imediatamente. A estranha formação bojuda é a coisa arqueana que deixou pegadas nas rochas. Mills, Boudreau e Fowler descobrem grupo de outras treze num ponto subterrâneo a quarenta pés da abertura. Misturada com fragmentos de esteatita curiosamente arredondados e formatos menores do que o descoberto anteriormente — forma de estrela mas sem marcas de ruptura exceto em alguns pontos.

"De espécimes orgânicos, oito aparentemente perfeitos, com todos os apêndices. Trouxe todos para a superfície, afastando os cães. Eles não suportam as coisas. Atentem bem para a descrição e transmitam de volta para verificar a exatidão. Os jornais devem receber isto corretamente.

"Os objetos têm oito pés de comprimento total. Seis pés, torso bojudo de cinco cristas e três pés e cinco décimos de diâmetro central, um pé diâmetros das extremidades. Cinza escuro, flexível e extremamente duro. Asas membranosas de sete pés da mesma cor, encontradas dobradas, abrindo-se de cavidades entre as cristas. Estrutura da asa tubular ou glandular, cinza mais claro, com orifícios nas pontas da asa. Asas abertas têm bordas denteadas. Em torno do equador, uma no ápice central de cada uma das cinco cristas verticais parecidas com tábuas há cinco sistemas de braços ou tentáculos flexíveis cinza claro encontrados firmemente dobrados sobre o torso, mas extensíveis a um comprimento máximo de aproximadamente três pés. Parecem braços de crinoides primitivos. Hastes simples com três polegadas de diâmetro ramificam depois de seis polegadas em cinco sub-hastes, cada uma com ramificações depois de oito polegadas em pequenos tentáculos ou gavinhas afuniladas, dando a cada haste um total de vinte e cinco tentáculos.

"No alto do torso bojudo, pescoço bulboso cinza mais claro com sugestões de guelras sustenta cabeça aparentando a de uma estrela-do-mar coberta com cílios cerdosos de três polegadas de diversas cores prismáticas.

"Cabeça grossa e inchada com cerca de dois pés de ponta a ponta, com tubos amarelados flexíveis de três polegadas se projetando em cada ponta. Fenda no centro exato do topo provavelmente abertura para respiração. Na extremidade de cada tubo há uma protuberância esférica onde membrana amarelada se retrai facilmente para expor um globo vítreo irisado de vermelho, evidentemente um olho.

"Cinco tubos avermelhados ligeiramente maiores começam nos ângulos interiores da cabeça em forma de estrela-do-mar e terminam em inchaços na forma de bolsas da mesma cor que, pressionadas, abrem-se em orifícios na forma de sino com no máximo duas polegadas de diâmetro, e alinhados com projeções brancas, agudas parecidas com dentes — provavelmente bocas. Todos esses tubos, cílios e pontos da cabeça de estrela-do-mar encontradas firmemente dobrados; tubos e pontas presos a pescoço bulboso e torso. Flexibilidade surpreendente apesar da enorme rigidez.

"Na parte baixa do torso, existem arranjos parecendo contrapartes da cabeça mas de funcionamento diverso. Pseudopescoços bulbosos cinza claro, sem sugestões de guelras, sustentam arranjos de estrela-do-mar de cinco pontas.

"Braços fortes e musculosos com quatro pés de comprimento e afunilando-se a partir de sete polegadas da base até cerca de duas polegadas e cinco décimos na ponta. Em cada ponta prende-se uma pequena terminação em triângulo membranoso com oito polegadas de comprimento e seis de largura na extremidade mais distante. Trata-se da nadadeira, barbatana ou pseudopé que deixou as pegadas nas rochas de um bilhão a cinquenta ou sessenta milhões de anos atrás.

"De ângulos inferiores da disposição em estrela-do-mar projetam-se tubos de dois pés avermelhados afunilando-se de um diâmetro de três polegadas na base a uma na ponta. Orifícios nas pontas. Todas essas partes infinitamente resistentes e coriáceas, mas extremamente flexíveis. Braços de quatro pés com nadadeiras certamente usadas para alguma forma de locomoção, marítima ou outra. Quando movimentados, apresentam sugestões de exagerada muscularidade. Tal como foram encontradas, todas essas projeções cerradamente dobradas sobre o pseudopescoço e a extremidade do torso, correspondendo a projeções na outra extremidade.

"Ainda não posso atribuir positivamente ao reino animal ou vegetal, mas as vantagens apontam para o ani-mal. Provavelmente representa a evolução incrivelmente avançada de radiários sem as perdas de certas características primitivas. Semelhanças inconfundíveis com equinoder-mo, apesar de evidências de local contraditórias.

"Estrutura da asa intriga tendo em vista o provável habitat marinho, mas pode ter uso em navegação aquática. A simetria é, curiosamente, de caráter vegetal, sugerindo mais a estrutura para cima e para baixo do vegetal que a horizontal do animal. A data de evolução é espantosamente antiga, precedendo mesmo os protozoários arqueanos mais simples até então conhecidos, confunde qualquer conjectura quanto à origem.

"Os espécimes completos têm uma semelhança tão fantástica com certas criaturas do mito primitivo que a sugestão de existência antiga fora da antártica se torna inevitável. Dyer e Pabodie, que leram o *Necronomicon* e viram as pinturas aberrantes de Clark Ashton Smith baseadas no texto, compreenderão quando falo das Coisas Mais Antigas, supostamente geradoras de toda vida na Terra, por pilhéria ou engano. Os estudiosos sempre pensaram no conceito da formação a partir do tratamento mórbido e imaginativo de radiários tropicais muito antigos. Também como coisas do folclore pré-histórico de que Wilmarth falou — anexos ao culto de Cthulhu, etc.

"Vasto campo de estudos aberto. Depósitos provavelmente do final do período Cretáceo ou do início do Eoceno, a julgar pelos espécimes associados. Sólidas estalagmites depositadas sobre eles. Trabalho duro para retirar, mas a rigidez impediu danos. Estado de preservação milagroso, evidentemente devido à ação do calcário. Não encontrado mais nenhum até agora, mas retomarei as buscas mais tarde. A tarefa agora consiste em levar quatorze enormes espécimes para o acampamento sem os cães, que ladram furiosamente e não merecem confiança perto das coisas.

"Com nove homens — três deixados para cuidar dos cães — teremos que manejar perfeitamente os três trenós, embora o vento esteja forte. É preciso estabelecer comunicação do avião com Canal McMurdo e começar a despachar o material. Mas tenho que dissecar uma dessas coisas antes de qualquer descanso. Gostaria de ter um verdadeiro laboratório aqui. Dyer devia dar-se um chute por tentar impedir minha excursão para o oeste. Primeiro, as mais altas montanhas do mundo, depois isto. Estamos feitos cientificamente. Parabéns, Pabodie, pela broca que abriu a caverna. Agora, *Arkham*, queira repetir da descrição."

As sensações de Pabodie e as minhas ao recebermos esse relatório foram indescritíveis e o entusiasmo de nossos companheiros não ficou muito atrás. McTighe, que traduzira apressadamente alguns pontos principais à medida que chegavam em meio aos zumbidos do aparelho receptor, transcreveu a mensagem toda de sua versão taquigrafada tão logo o operador de Lake encerrou a transmissão. Todos concordaram com o significado sensacional da descoberta e enviei congratulações a Lake tão logo o operador do *Arkham* repetiu de volta as partes descritivas, como fora pedido; e meu exemplo foi seguido por Sherman de sua estação no depósito de suprimentos no Canal McMurdo, bem como pelo Capitão Douglas do *Arkham*. Mais tarde, como chefe da expedição, acrescentei algumas observações a serem retransmitidas pelo *Arkham* ao mundo. Repouso era certamente uma ideia absurda em meio à excitação reinante; e meu único desejo era chegar ao acampamento de Lake o mais depressa possível. Fiquei desapontado quando ele enviou nova mensagem informando que um vendaval vindo da montanha tornava impossível qualquer viagem aérea.

Mas uma hora e meia depois o interesse voltou a crescer banindo o desapontamento. Lake, enviando novos informes, falara do transporte bem-sucedido dos quatorze grandes espécimes ao acampamento. O arrastão havia sido difícil pois as coisas eram espantosamente pesadas; mas nove homens puderam realizá-lo a contento. Agora, parte do grupo estava construindo, às pressas, um curral de neve a uma distância segura do acampamento, para onde os cães poderiam ser trazidos para maior conveniência de alimentação. Os espécimes foram depositados sobre a neve enrijecida próxima ao acampamento, exceto um em que Lake estava fazendo tentativas canhestras de dissecação.

Esta dissecação parecia exigir um esforço maior do que se esperava porque, apesar do calor de um fogão a gasolina na recém-erguida barraca de laboratório, os tecidos enganosamente flexíveis do espécime escolhido — corpulento e intato — não perdiam nada de sua dureza coriácea. Lake estava preocupado com a maneira de fazer as incisões necessárias sem uma violência destrutiva que prejudicasse as sutilezas estruturais que estava estudando. É verdade que dispunha de mais sete espécimes perfeitos; mas esses eram poucos demais para se usar despreocupadamente, a menos que a caverna viesse a fornecer posteriormente um suprimento ilimitado. Diante disso, ele removeu o espécime e arrastou um outro que, conquanto tivesse remanescentes dos arranjos de estrela-do-mar nas duas extremidades, estava terrivelmente esmagado e parcialmente rompido em um dos sulcos do grande torso.

Os resultados, prontamente relatados pelo telégrafo, eram verdadeiramente curiosos e excitantes. Nada semelhante à delicadeza e precisão foi possível com instrumentos impróprios para cortar o tecido anormal, mas o pouco que foi conseguido nos deixou apavorados e confusos. A biologia existente teria que ser inteiramente revista, pois a coisa não era produto de nada que a ciência do crescimento celular tivesse revelado. Quase não houvera uma substituição mineral e apesar de uma idade de quarenta milhões de anos, talvez, os órgãos internos pareciam perfeitamente intatos. A qualidade coriácea, não deteriorável e quase indestrutível, era um atributo inerente da forma de organização da coisa, e pertencia a algum ciclo paleogênico da evolução de invertebrados completamente fora de nossa capacidade de especulação. De início, tudo que Lake encontrou estava seco, mas à medida em que a barraca aquecida produzia seu efeito descongelante, uma umidade orgânica de odor pungente e agressivo apareceu no lado não machucado da coisa. Não era sangue mas um fluido espesso verde escuro aparentemente com a mesma finalidade. Quando Lake chegou a este estágio, todos os trinta e sete cães haviam sido trazidos para o curral ainda não concluído perto do acampamento, e mesmo àquela distância, desataram a ladrar selvagemente, revelando grande inquietação com a difusão do cheiro acre.

Longe de ajudar a classificar a estranha criatura, esta dissecação provisória aprofundou seu mistério. Todas as suspeitas sobre seus membros externos estavam corretas, e diante desta evidência, dificilmente se poderia hesitar em chamar a coisa de animal; mas a inspeção interna trouxe tantas evidências vegetais que Lake ficou desacorçoado. Ela tinha digestão e circulação e eliminava dejetos através dos tubos avermelhados em forma de estrela-do-mar de sua base. Superficialmente, poder-se-ia dizer que seu aparelho respiratório liberava oxigênio e não dióxido de carbono; e havia evidências causais de câmaras de armazenamento de ar e métodos de mudança de respiração do orifício externo para, pelo menos, dois outros sistemas completamente desenvolvidos de respiração — guelras e poros. Ela era claramente anfíbia e provavelmente adaptada para longos períodos de hibernação também. Os órgãos vocais pareciam presentes em conexão com o principal sistema respiratório, mas apresentavam anomalias fora do alcance de uma solução imediata. O discurso articulado, no sentido da emissão silábica, parecia dificilmente concebível, mas notas musicais sopradas cobrindo uma grande escala eram altamente prováveis. O sistema muscular era quase prematuramente desenvolvido.

O sistema nervoso era tão complexo e altamente desenvolvido a ponto de deixar Lake aterrorizado. Conquanto excessivamente primitivo e arcaico em alguns aspectos, a coisa tinha um conjunto de centros glandulares e conetivos indicando uma condição extrema de desenvolvimento especializado. Seu cérebro de cinco lobos era espantosamente avançado, e havia sinais de um equipamento sensorial, servido em parte pelos cílios ouriçados da cabeça, envolvendo fatores estranhos a qualquer outro organismo terrestre. Provavelmente ele tem mais de cinco sentidos, razão porque seus hábitos não poderiam ser previstos por qualquer analogia existente. Na ideia de Lake, deve ter sido uma criatura de aguda sensibilidade e funções delicadamente diferenciadas em seu mundo primitivo — assim como as formigas e abelhas de hoje. Ela se reproduzia como os criptógamos vegetais, especialmente os pterodófitos, tendo cápsulas de esporos nas pontas das asas evidentemente desenvolvidos de um talo ou pró-talo.

Mas dar-lhe um nome a este estágio era mera loucura. Ela parecia um radiário, mas era nitidamente algo mais. Era parcialmente vegetal, mas tinha três quartos das partes essenciais de uma estrutura animal. Que era de origem marinha, seu contorno simétrico e alguns outros atributos o indicavam claramente; entretanto, não se poderia ser exato quanto ao limite de suas adaptações posteriores. As asas, afinal, traziam uma persistente sugestão da origem aérea. Como ela poderia ter passado por sua evolução extremamente complexa numa Terra recém-nascida a tempo de deixar pegadas em rochas arqueanas ia tão além da concepção, que fez Lake esquisitamente recordar os mitos primitivos sobre os Grandes Antigos que se filtraram das estrelas e forjaram a vida terrestre como uma brincadeira ou um engano; e as narrativas bárbaras de cósmicas coisas montesas vindas de fora contadas por um colega folclorista no departamento de Inglês da Miskatonic.

Naturalmente, ele considerou a possibilidade das pegadas pré-cambrianas terem sido feitas por um ancestral menos evoluído dos espécimes atuais, mas rapidamente rejeitou esta teoria simplista ao considerar as qualidades estruturais avançadas dos fósseis mais antigos. Quando menos, os contornos posteriores mostravam antes decadência que uma evolução superior. O tamanho dos pseudopés havia diminuído e toda a morfologia parecia ter ficado mais grosseira e simplificada. Ademais, os nervos e órgãos agora examinados traziam singulares sugestões de regressão de formas ainda mais complexas. Partes atrofiadas e vestígios, para grande surpresa, prevaleciam. No conjunto, pouco poderia ser considerado resolvido; e Lake recorreu à mitologia para um nome provisório — jocosamente apelidando seus achados de "Os Mais Antigos".

Por volta das duas e meia da madrugada, tendo decidido adiar outros trabalhos e descansar um pouco, ele cobriu o organismo dissecado com um oleado, saiu da barraca-laboratório e estudou os espécimes intatos com renovado interesse. O incessante sol antártico havia começado a amolecer um pouco seus tecidos, de modo que as pontas e tubos da cabeça de dois ou três mostravam sinais de desdobramento; mas Lake não acreditou que houvesse qualquer perigo de imediata decomposição naquela atmosfera quase abaixo de zero. No entanto, aproximou todos os espécimes não dissecados e atirou uma barraca de reserva sobre eles para mantê-los protegidos da luz solar direta. Isto ajudaria também a manter seu possível odor fora do alcance dos cães cuja inquietação hostil estava se tornando um verdadeiro problema, mesmo à distância substancial em que estavam e por trás das paredes de neve cada vez mais altas que uma cota aumentada de homens se apressavam em levantar ao redor de seu abrigo. Ele teve que colocar pesos nos cantos da lona da barraca com pesados blocos de neve para mantê-la no lugar sob a crescente ventania, pois as titânicas montanhas pareciam prestes a soltar algumas rajadas seriamente violentas. As primeiras apreensões com as súbitas ventanias antárticas ressurgiram, e sob a supervisão de Atwood, foram tomadas precauções para barricar as barracas, o novo canil e os rudes abrigos dos aviões com neve, no lado da montanha. Esses últimos abrigos, iniciados com blocos de neve nos momentos de folga, não alcançavam altura que certamente deveriam ser; e Lake finalmente destacou todos os braços de outras tarefas para trabalhar neles.

Passava das quatro quando Lake finalmente se preparou para encerrar a comunicação e nos aconselhou a compartilhar o período de repouso que sua equipe teria quando as paredes dos abrigos estivessem um pouco mais altas. Ele manteve uma conversinha amistosa com Pabodie sobre o éter, e repetiu seu elogio das brocas realmente maravilhosas que o ajudaram a fazer sua descoberta. Atwood enviou-lhe cumprimentos e elogios. Eu dei a Lake uma calorosa palavra de congratulação, admitindo que ele estava certo sobre a excursão a oeste, e todos nós combinamos de nos comunicar pelo telégrafo às dez da manhã. Se o vendaval tivesse então passado, Lake enviaria um avião para o grupo em minha base. Pouco antes de me recolher, despachei uma mensagem final ao *Arkham* com instruções sobre diminuir as notícias diárias para o mundo já que os detalhes completos pareciam suficientemente radicais para provocar uma onda de incredulidade, até serem mais substanciais.

III

Nenhum de nós, imagino, teve sono muito profundo ou contínuo naquela manhã. Tanto a excitação com a descoberta de Lake quanto a fúria crescente do vento conspiravam contra isto. As rajadas eram tão fortes mesmo onde nós estávamos que não poderíamos deixar de imaginar o quanto pior estaria no acampamento de Lake, diretamente embaixo dos monumentais picos desconhecidos que a produziam e soltavam. McTighe estava acordado às dez horas e tentou contatar Lake pelo telégrafo, conforme o combinado, mas algumas condições elétricas do ar agitado na direção oeste pareciam impedir a comunicação. No entanto, contatamos o *Arkham* e Douglas disse-me que ele também não estava conseguindo comunicar-se com Lake. Ele não sabia do vento, pois o que soprava no Canal McMurdo era fraco apesar da fúria persistente onde nós estávamos.

Durante todo o dia, ficamos todos ansiosamente na escuta tentando contatar Lake em intervalos, invariavelmente sem resultados. Por volta do meio-dia, uma ventania positivamente frenética emergiu do oeste, preocupando-nos terrivelmente com a segurança de nosso acampamento; mas ela acabou se desfazendo, com uma recaída provisória às duas da tarde. Depois das três, ela se acalmou totalmente e redobramos os esforços de comunicação com Lake. Refletindo que tínhamos quatro aviões, todos equipados com excelentes aparelhos de ondas curtas, não poderíamos imaginar qualquer acidente ordinário capaz de comprometer todo esse equipamento de telegrafia de uma só vez. Entretanto, o pétreo silêncio persistia e quando pensávamos na delirante força que o vento teria tido em sua posição, não poderíamos deixar de fazer as mais terríveis conjecturas.

Às seis, nossos temores tinham se tornado intensos e definidos, e após uma consulta telegráfica com Douglas e Thorfinnssen, resolvi tomar medidas no sentido de uma investigação. O quinto avião, que havíamos deixado no depósito de suprimentos do Canal McMurdo com Sherman e dois marinheiros, estava em boa forma e pronto para ser usado a qualquer momento, e tudo indicava que a emergência para a qual fora guardado surgira. Contatei Sherman e ordenei-lhe que se juntasse a mim com o avião e os dois marujos na base sul o mais rapidamente possível, as condições do ar estando aparentemente muito favoráveis. Conversamos então com o pessoal sobre a expedição de investigação que viria e decidimos incluir todos os braços, juntamente com o trenó e os cães que havia conservado comigo. Mesmo uma carga deste porte não significaria muito para um dos enormes aviões construídos sob nossa encomenda especial para o transporte de maquinaria pesada. De tempos em tempos, eu ainda tentava inutilmente contatar Lake pelo telégrafo.

Sherman, com os marinheiros Gunnarsson e Larsen, decolaram às sete e meia e relataram um voo tranquilo de diversos pontos do percurso. Chegaram a nossa base à meia-noite e discutimos todos o próximo passo. Era arriscado navegar sobre o Continente Antártico num único avião sem qualquer linha de bases, mas ninguém recuou diante do que nos parecia a mais cabal necessidade. Nos recolhemos às duas para um breve descanso depois de um carregamento preliminar do avião, mas nos levantamos de novo quatro horas depois para terminar de empacotar e carregar o aparelho.

Às 7h15 do dia 25 de janeiro, começamos a voar para noroeste, sob a pilotagem de McTighe, com dez homens, sete cães, um trenó, suprimento de comida e combustível, e outros itens, inclusive o aparelho telegráfico do avião. O ar estava límpido, muito calmo e com temperatura relativamente amena, e prevíamos poucas dificuldades para alcançar a latitude e longitude designadas por Lake como local de seu acampamento. Nossas apreensões eram sobre o que poderíamos encontrar, ou deixar de encontrar, no final da viagem, pois o silêncio continuara a responder a todas as chamadas emitidas do acampamento.

Cada incidente daquele voo de quatro horas e meia está gravado em minha memória em virtude de seu papel crucial em minha vida. Ele marcou a perda, aos cinquenta e quatro anos de idade, de toda a paz e equilíbrio que a mente normal adquire através da sua concepção costumeira da natureza externa e das leis da natureza. Dali em diante, os dez de nós — mais o estudante Danforth e eu do que todos os outros — haveríamos de encarar um mundo odiosamente ampliado de horrores espreitantes que nada pode apagar de nossas emoções e que, se pudéssemos, evitaríamos compartilhar com a humanidade em geral. Os jornais publicaram os boletins que enviamos do avião em movimento, relatando nossa rota sem escala, nossas duas batalhas com traiçoeiras ventanias no ar superior, nosso vislumbre da superfície quebrada onde Lake mergulhara sua sonda de meio de caminho três dias antes, e nossa visão de um grupo daqueles curiosos cilindros fofos de neve observados por Amundsen e Byrd, rolando com o vento por intermináveis léguas do planalto congelado. Chegou um ponto, porém, em que nossas sensações não poderiam ser transmitidas por palavras que a imprensa pudesse entender, e um ponto posterior que nos levou a adotar uma regra de censura estrita.

O marinheiro Larsen foi o primeiro a avistar a fantástica linha serrilhada de cones e pincaros pelas janelas da cabine do avião. Apesar de nossa velocidade, sua aproximação parecia muito lenta, informando-nos que devia estar infinitamente distante, visível apenas devido a sua extraordinária altura. Pouco a pouco, porém, elas se ergueram soturnamente contra o céu ocidental, permitindo-nos distinguir diversos picos descobertos, gélidos e desolados e captar a curiosa sensação de fantasia que inspiravam quando vistos à luz avermelhada da Antártida contra o provocativo fundo de nuvens irisadas pelas partículas de gelo. Havia, no espetáculo todo, uma insistente, penetrante sugestão de fabuloso ocultamento e potencial revelação. Era como se esses assustadores, indomáveis píncaros representassem os pilares de um pavoroso portal para esferas proibidas do sonho e complexos abismos de um tempo, um espaço, uma ultradimensionalidade remota. Não pude deixar de sentir que eram coisas más — montanhas de loucura cujas encostas mais longínquas espreitavam por sobre algum amaldiçoado abismo final. Aquele fundo nebuloso, translúcido, revolto, trazia inefáveis sugestões de um mundo vago, etéreo, muito além do terrestrialmente espacial, produzindo apavorantes lembranças da absoluta antiguidade, isolamento, desolação e morte ancestral deste insondável e jamais percorrido mundo austral.

Foi o jovem Danforth quem notou as curiosas regularidades da montanha mais alta desenhada contra a linha do horizonte — regularidades tais como fragmentos presos de perfeitos cubos como Lake mencionara em suas mensagens, e que justificavam plenamente sua comparação com as sugestões oníricas de ruínas de templos primevos sobre nebulosos cumes de montanhas asiáticas tão sutil e estranhamente pintadas por Roerich. Havia mesmo alguma coisa assustadoramente roerichiana neste continente fantástico de montanhoso mistério. Eu o sentira em outubro, quando pela primeira vez tomara contato visual com a Terra Victoria, e sentia-o novamente agora. Senti, também uma nova onda de perturbadora consciência de semelhanças míticas arqueanas; de quão perturbadoramente este reino letal correspondia ao mal-afamado planalto de Leng nos escritos primitivos. Os mitólogos haviam situado Leng na Ásia Central; mas a memória racial do homem — ou de seus ancestrais — é longa, e é perfeitamente possível que certas narrativas tenham vindo de terras e montanhas e templos de horror anteriores à Ásia e anteriores a qualquer mundo humano que conheçamos. Alguns místicos ousados sugeriram uma origem pré-pleistocênica para os fragmentários Manuscritos Pnakóticos, e eu sugeri que os devotos de Tsathoggua eram tão estranhos à humanidade quanto o próprio Tsathoggua. Leng, seja qual for o espaço ou tempo em que tenha florescido, não era uma região onde eu gostaria de estar, assim como não me agradava a ideia da proximidade de um mundo que algum dia gerara monstruosidades ambíguas e arqueanas como as que Lake mencionara recentemente. Naquele momento, lamentei jamais ter lido o abominado *Necronomicon*, ou conversado sobre ele com aquele desagradável erudito folclorista Wilmarth na universidade.

Este estado de espírito certamente ajudou a agravar minha reação à bizarra miragem que emergiu diante nós do zênite opalescente à medida que nos aproximávamos das montanhas e começávamos a divisar as ondulações cumulativas dos contrafortes. Eu já havia visto dezenas de miragens polares nas semanas precedentes, algumas tão curiosa e fantasticamente vívidas quanto a presente; mas esta tinha uma nova e obscura qualidade de ameaçador simbolismo, e eu estremeci quando o efervescente labirinto de fabulosas torres, paredões e minaretes assomou através dos gélidos vapores revoltos acima de nossas cabeças.

O efeito era o de uma cidade ciclópica de arquitetura inteiramente desconhecida do homem ou da imaginação humana, com vastos aglomerados de alvenaria negra incorporando monstruosas perversões das leis geométricas. Havia cones truncados, com topos ora achatados ora canelados, sobrepujados por altas colunas cilíndricas aqui e ali abauladas para fora e frequentemente revestidas por camadas de minúsculos discos recortados; e estranhas construções tabulares projetadas sugerindo pilhas de numerosas lajotas retangulares, ou placas circulares, ou estrelas de cinco pontas superpostas. Havia combinações de cones e pirâmides isoladas ou encimadas por cilindros, cubos ou troncos de cones ou de pirâmides, e ocasionais pináculos em forma de agulha em curiosos feixes de cinco. Todas essas estruturas febris pareciam entretecidas por pontes tubulares cruzando de umas para outras em diversas alturas estonteantes, e a escala inferida do conjunto era terrificante e opressiva em seu absoluto gigantismo. O tipo geral de miragem não era diferente das formas grotescas observadas e desenhadas pelo baleeiro ártico Scoresby em 1820, mas nesta época e lugar, com aqueles soturnos picos montanhosos desconhecidos alçando-se a uma altura estupenda, aquela anormal descoberta de um mundo arcaico em nossas mentes e o pálio do provável desastre envolvendo a maior parte de nossa expedição, todos parecíamos encontrar nela um toque de maldade latente e um presságio infinitamente maligno.

Fiquei satisfeito quando a miragem começou a se desfazer, embora, no processo, os diversos cones e torreões apavorantes tenham assumido formas distorcidas provisoriamente ainda mais odiosas. Quando a ilusão toda se dissolveu numa opalescência leitosa, começamos a olhar para a terra novamente e vimos que o término de nossa viagem se aproximava. As montanhas desconhecidas à frente erguiam-se confusamente como uma assustadora barreira de gigantes, com suas curiosas regularidades visíveis com notável nitidez mesmo a olho nu. Estávamos agora sobre os contrafortes mais baixos e podíamos ver, em meio à neve, o gelo e trechos descobertos de seu planalto principal, um par de pontos escuros que imaginamos serem o acampamento e a perfuração de Lake. Os contrafortes mais altos erguiam-se entre cinco e seis milhas de distância formando uma cadeia quase distinta da linha terrificante dos picos mais altos que o Himalaia por trás. Finalmente, Ropes — o estudante que substituíra McTighe nos controles — começou a levar o aparelho para baixo, na direção da mancha escura à esquerda cujo tamanho indicava o acampamento. Enquanto isto, McTighe enviava a última mensagem não censurada que o mundo viria a receber de nossa expedição.

Todos certamente leram os breves e insatisfatórios boletins do resto de nossa estadia antártica. Algumas horas depois de nosso pouso, enviamos um relatório sigiloso da tragédia que encontramos e relutantemente anunciamos a extinção de todo o grupo de Lake pelo pavoroso vendaval do dia precedente, ou o da noite anterior a ele. Onze mortos conhecidos, o jovem Gedney desaparecido. As pessoas perdoaram nossa misteriosa falta de detalhes ao conceberem o choque que o triste acontecimento devia ter nos causado, e acreditaram em nós quando explicamos que a ação lacerante do vento tornara os onze corpos inadequados para o transporte para fora dali. Na verdade, orgulho-me de que, mesmo em meio a nosso sofrimento, total confusão e dilacerante horror, não fomos muito além da verdade em nenhuma circunstância específica. O tremendo significado reside no que não ousamos contar e que não contaria agora não fosse a necessidade de afastar outros de terrores inomináveis.

É verdade que o vento produziu uma confusão terrível. Se todos poderiam ter sobrevivido a ele, mesmo sem a outra coisa, é altamente duvidoso. A tempestade, com sua fúria de partículas de gelo ensandecidas deve ter sido mais violenta que qualquer outra que encontramos em nossa expedição. Um abrigo de avião — todos, ao que parece, tinham sido deixados em condições frágeis e inadequadas — fora quase pulverizado — e o guindaste na perfuração distante estava inteiramente destroçado. O metal exposto dos aviões e do maquinário de perfuração moídos, brunia com o polimento e duas das pequenas barracas estavam achatadas no chão apesar das barreiras protetoras de neve. As superfícies de madeira poupadas do dinamitador estavam escavadas e descoradas, e todas as pegadas na neve tinham sido completamente apagadas. É verdade também que não encontramos nenhum dos objetos biológicos arqueanos em condição de ser levado para fora inteiro. Recolhemos alguns minerais de uma enorme pilha derrubada, inclusive diversos fragmentos de esteatita esverdeada cujo estranho contorno de cinco pontas e pálidos padrões de pontos agrupados provocaram tantas comparações duvidosas; e alguns ossos fósseis, entre os quais os mais típicos dos espécimes curiosamente maltratados.

Nenhum dos cães sobreviveu; seu cercado de neve, feito às pressas perto do acampamento, estava quase todo destruído. O vento pode ter feito aquilo, embora a ruptura maior no lado que dava para o acampamento e não do vento sugere uma arremetida das próprias bestas frenéticas para fora. Todos os trenós haviam desaparecido e tentamos explicar que o vento pode tê-los soprado para o desconhecido. A perfuratriz e a máquina de derreter gelo estavam danificadas demais para serem aproveitadas, por isso usamo-las para obstruir aquela perturbadora abertura para o passado que Lake havia perfurado. Deixamos também no acampamento os dois aviões mais avariados pois nosso grupo sobrevivente tinha apenas quatro verdadeiros pilotos — Sherman, Danforth, McTighe e Ropes — ao todo, com Danforth em precárias condições nervosas de pilotar. Trouxemos todos os livros, equipamento científico e outros objetos casuais que pudemos encontrar, embora boa parte tivesse sido irremediavelmente perdido. Barracas e casacos de pele avulsos estavam desaparecidos ou completamente imprestáveis.

Eram aproximadamente quatro horas da tarde, depois que uma ampla busca de avião nos forçou a admitir que Gedney estava perdido, quando enviamos nossa mensagem sigilosa para o *Arkham* retransmitir; e creio que fizemos bem em mantê-la calma e reservada como fizemos. O máximo que dissemos sobre a agitação dizia respeito a nossos cães, cuja frenética inquietude perto dos espécimes biológicos era de se esperar segundo os relatos do pobre Lake. Não mencionamos, eu creio, que eles revelaram a mesma inquietude quando farejaram em torno das curiosas esteatitas esverdeadas e certos objetos da região destroçada — objetos tais como instrumentos científicos, aviões e maquinário, tanto no acampamento quanto na perfuração, cujas partes haviam sido soltas, movidas ou manipuladas por ventos que devem ter abrigado uma singular curiosidade e interesse investigativo.

Sobre os quatorze espécimes biológicos, fomos desculpavelmente imprecisos. Dissemos que os únicos que descobrimos estavam danificados, mas sobrara o suficiente deles para comprovar a descrição extremamente precisa de Lake. Foi difícil mantermos nossas emoções pessoais fora deste assunto — e não mencionamos números nem dissemos exatamente como havíamos encontrado aquilo que encontramos. Tínhamos acertado, na ocasião, não transmitir nada que sugerisse loucura da parte dos homens de Lake, e certamente pareceria loucura encontrar seis monstruosidades imperfeitas cuidadosamente enterradas, de pé, em túmulos de neve de nove pés, debaixo de montes de cinco pontas perfurados por grupos de pontos em padrões exatamente iguais aos das curiosas esteatitas esverdeadas enterradas nos tempos mesozoicos ou terciários. Os oito espécimes perfeitos mencionados por Lake pareciam ter sido completamente varridos para longe.

Fomos cuidadosos, também, com a paz de espírito em geral do público; daí porque Danforth e eu pouco contamos daquele pavoroso voo sobre as montanhas no dia seguinte. O fato de que somente um avião radicalmente aliviado de peso poderia cruzar uma cadeia de montanhas daquela altura felizmente limitou aquela excursão a apenas dois de nós. Quando voltamos, à uma da madrugada, Danforth estava à beira de uma crise histérica, mas aguentou firme. Não foi preciso persuadi-lo a não mostrar nossos esboços e as outras coisas que trouxéramos nos bolsos, e a não falar mais aos outros do que acertáramos divulgar para fora, nem a esconder nossos filmes para serem revelados discretamente mais tarde; portanto, aquela parte de meu presente relato será novidade tanto para Pabodie, McTighe, Ropes, Sherman e o resto, quanto para o mundo em geral. Danforth, na verdade, é mais reticente do que eu, pois viu, ou acha que viu, uma coisa que nem a mim contou.

Como todos sabem, nosso informe incluiu o relato de uma difícil subida — confirmando a opinião de Lake de que os grandes picos são de ardósia arqueana e outras camadas desintegradas muito primitivas que não sofreram modificação desde, pelo menos, meados do período comancheano; um comentário convencional sobre a regularidade das estruturas em cubo e parapeito nas encostas; uma conclusão de que as bocas das cavernas indicam veios calcários dissolvidos; uma conjectura de que certas encostas e gargantas permitiriam a alpinistas tarimbados escalarem e cruzarem toda a cordilheira; e uma observação de que o misterioso outro lado abriga um elevado e imenso planalto, tão antigo e imutável quanto as próprias montanhas — vinte mil pés de altura, com grotescas formações rochosas projetando-se através de uma fina calota glacial e com baixos contrafortes escalonados entre a superfície geral do platô e os abruptos precipícios dos picos mais altos.

Este conjunto de dados é, em todos os aspectos, verdadeiro, e satisfez perfeitamente o pessoal do acampamento. Atribuímos nossa ausência de dezesseis horas — um tempo mais longo do que exigiria nosso anunciado programa de voo, aterrissagem, reconhecimento e coleta de rochas — a um prolongado surto mítico de condições de vento adversas, e relatamos com exatidão nosso pouso nos contrafortes mais distantes. Felizmente, nosso relato pareceu suficientemente realista e prosaico para não instigar nenhum deles a imitar nosso voo. Se algum se dispusesse a fazê--lo, eu teria usado cada grama de minha capacidade de persuasão para demovê-lo — e nem sei o que Danforth teria feito. Enquanto ficamos fora, Pabodie, Sherman, Ropes, McTighe e Williamson haviam trabalhado arduamente nos dois melhores aviões de Lake, colocando-os em condição de uso apesar das inexplicáveis peças pregadas por seus mecanismos operacionais.

Decidimos carregar todos os aviões na manhã seguinte e partir de volta para nossa velha base o mais cedo possível. Conquanto indireta, aquela seria a melhor rota para o Canal McMurdo, pois um voo direto atravessando os trechos mais absolutamente desconhecidos do continente ancestralmente morto envolveria muitos riscos adicionais. Novas explorações dificilmente seriam factíveis, tendo em vista nossa trágica dizimação e a condição ruinosa de nosso equipamento de perfuração. As dúvidas e horrores que nos cercavam — que não revelamos — nos faziam tão somente desejar escapar o mais prontamente possível deste desolado e enlouquecedor mundo austral.

Como o público sabe, nosso retorno ao mundo não teve maiores empecilhos. Todos os aviões alcançaram a antiga base ao anoitecer do dia seguinte — 27 de janeiro — depois de um rápido voo sem escalas; e no dia 28 partimos para o Canal Mc-Murdo em duas etapas, com uma pausa muito curta provocada por um leme defeituoso, em meio à ventania furiosa que soprava sobre a calota de gelo, depois de cruzarmos o grande planalto. Cinco dias mais tarde, o *Arkham* e o *Miskatonic*, como todos os homens e equipamentos a bordo, livravam-se do campo de gelo que endurecia, navegando pelo Mar de Ross com as zombeteiras montanhas da Terra Victoria despontando a oeste contra um borrascoso céu antártico e modulando as rajadas de vento num sopro musical de larga escala que enregelou até o âmago de meu ser. Menos de uma quinzena depois, deixamos para trás os últimos sinais da região polar e agradecemos aos céus por nos livrar de um reino maldito e assombrado onde vida e morte, espaço e tempo, fizeram associações ímpias e tenebrosas em épocas ignotas, quando a matéria pela primeira vez se contraiu e flutuou sobre a crosta ligeiramente esfriada do planeta.

Desde a nossa volta, trabalhamos todos continuamente para desencorajar a exploração antártica e reservamos certas dúvidas e suposições para nós mesmos com esplêndida coesão e lealdade. Mesmo o jovem Danforth, com sua crise nervosa, não vacilou nem se abriu com seu médico — na verdade, como já disse, há uma coisa que acha que só ele viu e que não dirá nem mesmo a mim, embora creia que foi apenas a decorrência ilusória de um choque anterior. É essa a impressão que tenho depois daquelas raras situações de relaxamento em que murmuro coisas desconexas para mim — coisas que rejeito veementemente tão logo me recomponha.

Será difícil dissuadir outros de irem até a grande região branca meridional, e alguns esforços nossos podem inclusive prejudicar nossa causa provocando comentários inquisitivos. Devíamos saber desde logo que a curiosidade humana é imperecível e que os resultados que anunciamos seriam suficientes para atrair outros para a mesma perene busca do desconhecido. Os relatórios de Lake sobre aquelas monstruosidades biológicas excitaram ao máximo naturalistas e paleontólogos, apesar de nossa sensatez de não mostrar as partes seccionadas que tiramos dos espécimes enterrados, ou nossas fotos daqueles espécimes tais como foram encontrados. Também nos abstivemos de mostrar os mais intrigantes ossos escoriados e esteatitas esverdeadas; enquanto Danforth e eu ocultamos cuidadosamente as fotos que tiramos ou obtivemos no superplatô do outro lado da cordilheira, e as coisas enrugadas que alisamos, estudamos horrorizados e trouxemos em nossas bolsas.

Mas agora essa expedição Starkweather-Moore está sendo organizada e com uma perfeição muito superior à procurada por nossa equipe. Se não forem dissuadidos, irão ao núcleo mais interior da Antártida, e derreterão, e perfurarão, até trazerem aquilo que nós sabemos que poderá exterminar o mundo.

Por isso tudo eu tenho que deixar de lado as reticências, enfim — mesmo sobre aquela coisa extrema, inominável, além das montanhas da loucura.

IV

É com enorme hesitação e repugnância que volto minha mente para o acampamento de Lake e o que realmente encontramos ali — e para aquela outra coisa além das montanhas da loucura. É grande a tentação de me esquivar dos detalhes e deixar os indícios passarem por fatos reais e deduções inelutáveis. Espero ter dito o suficiente para poder discorrer resumidamente sobre o resto; o resto, isto é, o horror do acampamento. Já me referi ao terreno devastado pelo vento, aos abrigos danificados, ao maquinário quebrado, à inquietude de nossos cães, ao sumiço dos trenós e outros itens, às mortes de homens e cães, à ausência de Gedney e aos seis espécimes biológicos insanamente enterrados, com a textura estranhamente intacta apesar dos ferimentos estruturais, pertencentes a um mundo desaparecido há quarenta milhões de anos. Não me recordo se mencionei que depois de examinar os cadáveres caninos demos pela falta de um cão. Só viemos a pensar naquilo bem mais tarde — na verdade, somente Danforth e eu chegamos a pensar naquilo.

As coisas importantes que venho guardando relacionam-se aos corpos, e a certos pontos sutis que podem ou não emprestar uma espécie de lógica, odiosa ou incrível, ao aparente caos. Na ocasião, tentei manter as mentes dos homens longe desses pontos, pois era muito mais simples — muito mais normal — atribuir tudo a um surto de loucura em alguns homens do grupo de Lake. Pela aparência das coisas, aquele diabólico vento da montanha bastaria para enlouquecer qualquer pessoa no meio deste centro de todo o mistério e a desolação terrestres.

A suprema anormalidade, é claro, era a condição dos corpos — de homens e de cães. Eles teriam se envolvido em algum horrível combate, dilacerados e mutilados que haviam sido de maneira perversa e totalmente inexplicável. A morte, até onde poderíamos julgar, havia sido, em todos os casos, por estrangulamento ou dilaceração. Estava evidente que os cães haviam iniciado a confusão, pois o estado de seu improvisado abrigo atestava seu rompimento de dentro para fora. Ele havia sido instalado a alguma distância do acampamento devido ao ódio dos animais por aqueles diabólicos organismos arqueanos, mas a precaução parece ter sido inútil. Deixados a sós sob aquele monstruoso vento, protegidos por frágeis paredes de altura insuficiente, eles devem ter provocado um estouro — se foi por causa do vento ou de algum odor sutil e crescente exalado pelos tétricos espécimes, ninguém saberia dizer.

Mas seja o que for que tenha acontecido, foi por demais odioso e repulsivo. Talvez eu devesse deixar os escrúpulos de lado e contar o pior, afinal — ainda que, numa opinião abalizada com base em observações de primeira mão e nas mais rigorosas deduções de Danforth e minhas, o então desaparecido Gedney absolutamente não tenha sido o responsável pelos repugnantes horrores que encontramos. Eu disse que os corpos estavam terrivelmente dilacerados. Devo acrescentar agora que alguns haviam sido dissecados da maneira mais desumana e cruel. O mesmo acontecera com homens e cães. Os corpos mais robustos e mais saudáveis, bípedes ou quadrúpedes, tiveram a massa de seus tecidos mais sólidos cortada e removida, como se submetidas ao trabalho de um operoso açougueiro; e ao seu redor encontramos uma curiosa quantidade de sal espalhado — tirado das caixas de provisões saqueadas dos aviões — capaz de provocar as mais horríveis associações. A coisa havia ocorrido em um dos toscos abrigos de avião do qual o avião havia sido arrastado para fora e os ventos subsequentes haviam apagado todas as pegadas que pudessem fornecer alguma teoria plausível. Pedaços de roupa espalhados, rudemente extraídos das vestes dos humanos dissecados, não forneceram pista alguma. Não vale a pena recordar a impressão causada por certas pegadas fracas deixadas na neve num canto protegido do cercado em ruínas — porque aquela impressão não tinha a ver absolutamente com pegadas humanas e sim com toda a conversa sobre pegadas fósseis que o pobre Lake estivera alimentando nas semanas precedentes. Era preciso controlar a imaginação à sombra daquelas envolventes montanhas da loucura.

Como já observei, Gedney e um cão estavam faltando. Quando chegamos àquele terrível hangar, havíamos perdido dois cães e dois homens; mas a barraca de dissecação, bastante conservada, onde entramos depois de examinar os monstruosos túmulos, tinha algo a revelar. Ela não estava como Lake a havia deixado, pois as partes cobertas da monstruosidade primitiva haviam sido retiradas da mesa improvisada. Na verdade, já havíamos percebido que uma das seis coisas imperfeita e insanamente enterradas que encontráramos — aquela com um traço de cheiro particularmente detestável — devia ser as partes reunidas da criatura que Lake tentara analisar. Na mesa e ao redor dela havia outras coisas espalhadas e não demoramos muito para supor que eram as partes canhestramente dissecadas de um homem e de um cão. Pretendo poupar os sentimentos dos sobreviventes omitindo a identidade do homem. Os instrumentos cirúrgicos de Lake haviam desaparecido, mas havia evidências de terem sido cuidadosamente limpos. O fogão a gasolina também havia sumido, embora tivéssemos encontrado ao redor do lugar onde ele costumava ficar um curioso amontoado de fósforos. Enterramos as partes humanas ao lado dos outros dez homens e as partes caninas com os outros trinta e cinco cães. Quanto às manchas na mesa do laboratório e a confusão de livros ilustrados rudemente manuseados espalhados por perto, ficamos desnorteados demais para especular.

Isto constituía o pior do horror do acampamento, mas outras coisas eram igualmente intrigantes. O desaparecimento de Gedney, do cão, dos oito espécimes biológicos incólumes, dos três trenós e de certos instrumentos, livros técnicos e científicos ilustrados, materiais escritos, lanternas e baterias elétricas, alimentos e combustível, aparelho de aquecimento, barracas sobressalentes, casacos de peles e coisas assim, ia completamente além de qualquer conjectura razoável; assim como as manchas de tinta salpicadas em pedaços de papel e as evidências de uma curiosa e desajeitada experimentação em torno dos aviões e de todos os outros equipamentos mecânicos, tanto no acampamento como na perfuração. Os cães pareciam abominar esse maquinário curiosamente desarrumado. Além disso, a despensa havia sido revolvida, alguns gêneros haviam sumido e havia um cômico amontoado de latas abertas das maneiras as mais impróprias e nos lugares mais improváveis. A profusão de fósforos espalhados, intactos, quebrados ou queimados formavam um enigma menor — bem como as duas ou três lonas de barraca e casacos de pele que encontramos jogados com rasgões peculiares e incomuns concebivelmente provocados por esforços canhestros para adaptações inimagináveis. Os maus-tratos dos corpos humanos e caninos e o maluco sepultamento dos espécimes arqueanos combinavam com esta aparente loucura desintegradora. Pensando na eventualidade de uma situação como a presente, fotografamos cuidadosamente as principais evidências de insana desordem no acampamento e usaremos as fotos para reforçar nossos argumentos contra a partida da planejada Expedição Starkweather-Moore.

Nossa primeira atitude depois de encontrar os corpos no abrigo foi fotografar e abrir a carreira de túmulos insanos encimados por montículos de neve com cinco pontas. Não pudemos deixar de perceber a semelhança entre esses monstruosos montículos com seus feixes de pontos agrupados e as descrições que o pobre Lake fizera das estranhas esteatitas esverdeadas; e quando encontramos algumas das próprias esteatitas na grande pilha de minerais, percebemos que a semelhança era realmente fantástica. Toda a configuração geral, que fique claro, parecia abominavelmente sugestiva da cabeça em forma de estrela-do-mar das entidades arqueanas; e concordamos em que a sugestão devia ter agido poderosamente nas mentes excitadas do extenuado grupo de Lake.

Pois a loucura — pensando em Gedney como único possível agente com vida — foi a explicação espontaneamente adotada por todos em suas manifestações verbais, pelo menos. Entretanto, eu não seria ingênuo a ponto de considerar que cada um de nós deve ter nutrido suposições desenfreadas que só a sanidade mental nos impediu de formular completamente. Sherman, Pabodie e McTighe fizeram uma exaustiva incursão aérea sobre todo o território circundante à tarde, varrendo o horizonte com binóculos à procura de Gedney e dos diversos objetos desaparecidos, mas nada se esclareceu. O grupo informou que a titânica cordilheira se prolongava interminavelmente para a direita e para a esquerda sem qualquer diminuição de altura ou da estrutura essencial. Em alguns picos, porém, as formações regulares em forma de cubo e de amurada eram mais nítidas e mais destacadas, guardando fantástica semelhança com as ruínas montanhosas asiáticas pintadas por Roerich. A distribuição das misteriosas bocas de cavernas nos cumes negros despidos de neve parecia toscamente uniforme até onde a cordilheira podia ser observada.

Apesar de todos os horrores vigentes, restava-nos suficiente zelo científico e espírito aventureiro para especular sobre a região desconhecida além daquelas misteriosas montanhas. Como nossas mensagens reservadas informaram, descansamos à meia-noite depois de nosso dia de horror e perplexidade — mas não sem antes planejar um ou mais voos em grande altitude para cruzar a cordilheira num avião aliviado de peso apenas com uma câmera para fotos aéreas e apetrechos de geologia, a ser empreendido na manhã seguinte. Decidiu-se que Danforth e eu tentaríamos primeiro, e acordamos às sete da manhã pretendendo voar bem cedo; entretanto, ventos fortes — mencionados em nosso curto boletim para o mundo exterior — retardaram nossa partida até as nove.

Já repeti a estória não comprometedora que contamos aos homens do acampamento — e foi transmitida para fora — depois de nosso retorno, dezesseis horas mais tarde. Cumpro agora o doloroso dever de ampliar esse relato preenchendo os vazios piedosos com sugestões do que realmente vimos no oculto mundo transmontano — indícios de revelações que acabaram provocando um colapso nervoso em Danforth. Gostaria que ele acrescentasse um relato franco daquilo que só ele pensa ter visto — ainda que provavelmente tenha sido uma ilusão de origem nervosa — e que talvez tenha sido a última gota do que o colocou onde agora está; mas ele se opõe firmemente a isso. Tudo que posso fazer é repetir seus desconexos murmúrios posteriores sobre o que o fez gritar horrorizado quando o avião alçou voo novamente sobre o desfiladeiro torturado pelo vento depois daquele choque real e tangível que compartilhei. Este será meu último aviso. Se os claros sinais de horrores antigos sobreviventes naquilo que vou revelar não forem suficientes para impedir que outros se aventurem no coração da Antártida — ou, pelo menos, que vasculhem muito profundamente por baixo da superfície daquela vastidão extrema de segredos proibidos e desumana desolação —, a responsabilidade por males inomináveis e, talvez, incomensuráveis, não será minha.

Danforth e eu, estudando as anotações feitas por Pabodie em seu voo da tarde e conferindo com o sextante, havíamos calculado que a passagem mais baixa disponível da cordilheira ficava à nossa direita, fora do alcance da visão do acampamento, em redor de vinte e três mil ou vinte e quatro mil pés acima do nível do mar. Direcionamos o avião aliviado de carga inicialmente para este ponto em nosso voo exploratório. O próprio acampamento, em contrafortes que emergiam de um alto platô continental, estava a perto de doze mil pés de altitude; daí que a ascensão efetiva não foi tão extraordinária como poderia parecer. No entanto, estávamos perfeitamente conscientes do ar rarefeito e do frio intenso durante a ascensão; as condições de visibilidade nos obrigavam a deixar abertas as janelas da cabine. Evidentemente, vestíramos nossos casacos de pele mais grossos.

Ao nos aproximarmos dos proibitivos picos que se projetavam escuros e sinistros acima da superfície de neve entrecortada por fendas e geleiras, pudemos observar, com crescente nitidez, as curiosas formações regulares presas às encostas, novamente recordando as estranhas pinturas asiáticas de Nicholas Roerich. O estrato de rocha antiga desgastado pelo vento confirmava plenamente todos os boletins de Lake provando que esses cumes projetavam-se ali exatamente da mesma maneira desde uma época extraordinariamente ancestral da história da Terra — mais de cinquenta milhões de anos atrás, talvez. O quanto teriam sido mais altos era fútil imaginar; mas tudo nesta estranha paragem apontava para influências atmosféricas obscuras desfavoráveis a mudanças e calculadas para retardar os processos climáticos usuais de desintegração da rocha.

Mas era a confusão de cubos, amuradas e bocas de cavernas nas encostas que mais nos fascinaram e perturbaram. Estudei-a com o binóculo e tirei fotografias aéreas enquanto Danforth pilotava; e às vezes eu o substituía nos controles — apesar do amadorismo de meus conhecimentos aeronáuticos — para ele usar o binóculo. Pudemos facilmente perceber que boa parte do material constituinte das coisas era um quartzito arqueano mais claro, diferente de qualquer formação visível em vastas áreas da superfície geral;

e que sua regularidade era mais absoluta e fantástica que o pobre Lake ousara sugerir.

Como ele havia dito, suas bordas estavam corroídas e arredondadas por incontáveis eras de ação natural do tempo; mas sua solidez preternatural e o material resistente de que eram feitos os haviam salvo da destruição. Muitas partes, especialmente as mais próximas das encostas, pareciam ter a mesma substância que a superfície rochosa circundante. O arranjo todo lembrava as ruínas de Macchu Picchu, nos Andes, ou as primitivas fundações das muralhas de Kish tal como foram escavadas pela Expedição do Oxford Field Museum em 1929; e, tanto Danforth quanto eu, tivemos aquela impressão ocasional de ciclópicos blocos separados que Lake havia atribuído a seu companheiro de voo, Carroll. A explicação da presença dessas coisas neste lugar estava francamente além de minha capacidade, e como geólogo sentia-me estranhamente humilhado. Formações ígneas frequentemente apresentam regularidades estranhas — como o famoso Caminho dos Gigantes na Irlanda — mas esta estupenda cordilheira, apesar da suspeita original de cones fumegantes de Lake, tinha uma estrutura evidentemente não vulcânica.

As curiosas bocas de cavernas, perto das quais as estranhas formações pareciam mais abundantes, representavam outro quebra-cabeça, conquanto menor, devido à regularidade de seu perfil. Tinham um formato geralmente quadrado ou semicircular como informara o boletim de Lake; era como se alguma mão mágica houvesse imprimido aos orifícios naturais uma configuração mais simétrica. Sua quantidade e ampla distribuição eram notáveis, sugerindo que toda a região era interligada por túneis formados pela dissolução de camadas de calcário. Os vislumbres que pudemos ter não permitiram enxergar muito longe no interior das cavernas, mas foi possível perceber que elas aparentemente não continham estalactites nem estalagmites. Do lado de fora, as partes das encostas montanhosas adjacentes às aberturas pareciam invariavelmente lisas e uniformes; e Danforth achou que as pequenas rachaduras e sulcos resultantes do desgaste tendiam a formar padrões inusitados. Abalado que estava pelos horrores e estranhezas descobertos no acampamento, ele sugeriu que os sulcos lembravam vagamente aqueles desconcertantes grupos de pontos espalhados sobre as esteatitas esverdeadas primitivas, tão odiosamente reproduzidos nos montes de neve loucamente erigidos sobre aquelas seis monstruosidades enterradas.

Havíamos subido gradualmente, voando ao lado e por cima dos contrafortes mais altos na direção da passagem relativamente baixa que havíamos escolhido. À medida que avançávamos, olhávamos ocasionalmente para baixo, para a neve e o gelo do caminho terrestre, cismando se poderíamos ter tentado a excursão com o equipamento mais simples de dias anteriores. Para nossa surpresa, vimos que o terreno estava longe de ser difícil, nas circunstâncias; e que, apesar das fendas e outros pontos ruins, ele provavelmente não deteria os trenós de um Scott, um Shackleton, um Amundsen. Algumas geleiras pareciam levar a passagens protegidas do vento com inusitada continuidade e ao atingir a passagem escolhida descobrimos que seu caso não era uma exceção.

A sensação de tensa expectativa quando nos preparávamos para contornar a crista e devassar um mundo intocado dificilmente poderia ser descrita em papel, apesar de não termos motivos para supor que as regiões além da cordilheira fossem essencialmente diferentes das que já havíamos atravessado. O toque de mistério malsão dessa barreira montanhosa e a sedutora vastidão do céu opalino vislumbrado por entre seus cumes eram algo sutil demais para ser expresso em palavras. Era mais uma questão de vago simbolismo psicológico e associação estética — uma coisa misturada com pinturas e poemas exóticos, com mitos arcaicos espreitando de alfarrábios proibidos e evitados. Mesmo a ação do vento parecia conter uma curiosa tensão de malignidade deliberada; e, por um segundo, a combinação sonora pareceu incluir um bizarro sopro ou assobio musical com o vento soprando para dentro e para fora das onipresentes e ressonantes bocas das cavernas. Havia tom de nebulosa repulsa remanescente nesse som, tão complexo e inclassificável quanto qualquer uma das outras impressões soturnas.

Depois de uma lenta ascensão, estávamos agora a vinte e três mil, quinhentos e setenta pés de altitude, segundo o aneroide, tendo deixado a região coberta de neve definitivamente para baixo. Naquela altura, havia apenas encostas rochosas nuas e negras e as fímbrias de geleiras irregularmente fendidas — mas com aqueles intrigantes cubos, amuradas e bocas de cavernas ressonantes acrescentando um presságio do desnaturado, do fantástico e do onírico. Observando a linha de altos picos, pensei ter visto aquele mencionado pelo pobre Lake, com uma amurada exatamente no topo. Ele parecia estar um tanto perdido no meio de uma curiosa névoa antártica — névoa esta que talvez tivesse sido responsável pela ideia inicial de vulcanismo de Lake. A passagem emergia diretamente à nossa frente, lisa e varrida pelo vento por entre os esgar maligno e denteado de seus pilones. Além dele, via-se o céu agitado por vapores turbulentos, iluminado pelo baixo sol polar — o céu daquele misterioso reino distante sobre o qual sentíamos que nenhum olhar humano jamais havia pousado.

Mais alguns pés de altitude e avistaríamos aquela região. Danforth e eu, só conseguindo falar aos berros em meio ao vento ululante que corria pelo desfiladeiro somando-se ao ruído de nossos motores, trocávamos olhares eloquentes. E então, tendo subido esses últimos pés, olhamos efetivamente por sobre a imponente fronteira para os segredos indevassados de uma terra antiga e totalmente estranha.

V

Creio que gritamos ao mesmo tempo num misto de admiração, espanto e descrença em nossos sentidos quando finalmente transpusemos a passagem e vimos o que havia além dela. Com certeza devemos ter formulado alguma teoria natural no fundo de nossas mentes para conservar a integridade de nossas faculdades mentais naquele momento. Provavelmente pensamos em coisas como as pedras grotescamente desgastadas pelo tempo do Jardim dos Deuses no Colorado, ou as rochas escavadas com tão fantástica simetria pelo vento no deserto do Arizona. Talvez tenhamos pensado superficialmente até numa miragem como a que havíamos visto na manhã anterior, em nossa primeira aproximação a essas montanhas da loucura. Devemos ter apelado para algumas ideias normais quando nossos olhos devassaram aquele planalto ilimitado marcado pelas tempestades e abarcamos o labirinto quase infinito de massas de pedra colossais, regulares e geometricamente eurrítmicas, que erguiam suas cristas roídas e desgastadas acima da calota glacial que não tinha mais de quarenta ou cinquenta pés em sua maior espessura, e em alguns pontos, obviamente menos.

O efeito da estupenda visão foi indescritível, pois alguma demoníaca violação da lei natural conhecida pareceu-nos evidente desde o começo. Aqui, num platô diabolicamente antigo a vinte mil pés de altitude e num clima letal para se viver desde uma era pré-humana de não menos de quinhentos mil anos, estendia-se, quase ao limite da visão, um emaranhado de rochas ordenadas que somente o desespero da autodefesa mental poderia não atribuir a alguma intenção consciente e artificial. Nós havíamos previamente rejeitado, até onde o pensamento sério poderia alcançar, qualquer teoria de que os cubos e amuradas das encostas das montanhas tivessem uma origem não natural. Como poderia ser diferente, quando o próprio homem dificilmente teria se diferenciado dos grandes macacos na época em que esta região sucumbiu ao presente reinado da morte glacial?

No entanto, o poder da razão parecia agora inelutavelmente abalado, pois este ciclópico labirinto de blocos quadrados, curvos e angulosos tinha características que eliminavam qualquer refúgio mental confortável. Tratava-se, muito claramente, da ímpia cidade da miragem em total, objetiva e irrefutável realidade. Aquele maldito prodígio tinha enfim uma base material — possivelmente haveria alguma camada horizontal de gelo pulverizado na atmosfera superior e esta terrível sobrevivência de pedra havia projetado sua imagem através das montanhas obedecendo às leis normais da reflexão da luz. O fantasma certamente havia sido distorcido e exagerado e contivera coisas que a fonte real não continha; agora, porém, observando a fonte verdadeira, achamo-la ainda mais odiosa e ameaçadora do que sua imagem distante.

Somente a incrível, sobrenatural solidez dessas enormes torres e amuradas de pedra salvaram a apavorante coisa da completa aniquilação nos centenas de milhares — talvez milhões — de anos em que ela ali existiu em meio às rajadas de uma soturna cordilheira. *"Corona Mundi* - Teto do Mundo" Toda sorte de expressões fantásticas escapou de nossos lábios enquanto observávamos estupefatos o inacreditável espetáculo. Tornei a pensar nos mitos primitivos ancestrais que tão persistentemente vinham me assombrando desde minha primeira visão do estéril mundo antártico — no demoníaco planalto de Leng, em Mi-Go ou o abominável Homem das Neves do Himalaia, nos Manuscritos Pnakóticos com suas implicações pré-humanas, no culto de Cthulhu, no *Necronomicon* e nas lendas hiperbóreas do informe Tsathoggua e da pior que informe geração estelar associada àquela semientidade.

Por incontáveis milhas em cada direção a coisa se espalhava sem perder sua densidade; na verdade, enquanto nossos olhos a acompanhavam para a direita e para a esquerda seguindo a base do baixo contraforte escalonado que a separava efetivamente da borda das montanhas, concordamos em que não podíamos perceber nenhuma redução de sua densidade exceto uma interrupção à esquerda do passo por onde chegáramos. Havíamos apenas topado, aleatoriamente, com uma porção limitada de algo incalculavelmente extenso. Os contrafortes estavam salpicados de grotescas estruturas de pedra espalhadas esparsamente interligando a terrível cidade aos cubos e amuradas que evidentemente formavam seus postos avançados na montanha. Esses últimos, bem como as curiosas bocas de cavernas, eram também abundantes nos lados interno e externo das montanhas.

O indescritível labirinto de pedra consistia, em sua maior parte, de paredes de dez a cento e cinqüenta pés de altura acima do gelo com espessura variando de cinco a dez pés. Estas eram constituídas essencialmente de prodigiosos blocos de escura ardósia, xisto e arenito — blocos medindo geralmente 4 x 6 x 8 pés —, embora, em muitos lugares, parecessem ter sido talhadas diretamente num veio rochoso sólido e uniforme de ardósia pré--cambriana. O tamanho dos edifícios era bastante discrepante, havendo incontáveis arranjos em forma de favos de colmeia de enorme extensão bem como estruturas separadas menores. A forma geral dessas coisas variavam entre muitos cilindros perfeitos, cubos perfeitos, conjuntos de cubos e outras formas retangulares, e uma curiosa distribuição de edifícios angulares cuja planta baixa com cinco pontas sugeria remotamente uma fortificação moderna. Os construtores haviam feito uso constante e profissional do princípio do arco e provavelmente teriam existido cúpulas nos dias de glória da cidade.

A miscelânea toda estava monstruosamente desgastada pelo tempo e a superfície glacial sobre a qual as torres se erguiam estava atulhada de blocos caídos e detritos imemoriais. Onde a glaciação era transparente, podíamos ver as partes inferiores dos gigantescos blocos e observar as pontes de pedra preservadas pelo gelo interligando as diferentes torres em distâncias variáveis acima do chão. Nas paredes expostas, pudemos detectar os locais escoriados onde outras pontes do mesmo gênero, mais altas, teriam existido. Uma inspeção mais de perto revelou incontáveis e amplas janelas; algumas estavam fechadas com postigos de um material petrificado que originalmente havia sido madeira, embora a maioria estivesse escancarada de uma maneira sinistra e ameaçadora. Muitas ruínas, é claro, estavam destelhadas exibindo as bordas superiores irregulares arredondadas pelo vento, enquanto outras, seja por seu estilo mais cônico ou piramidal, seja por estarem protegidas por construções circundantes mais altas, preservavam seus contornos incólumes apesar do onipresente desgaste e esburacamento. Com o binóculo, distinguimos vagamente o que pareciam ser decorações esculpidas em faixas horizontais — decorações que incluíam aqueles curiosos grupos de pontos cuja presença nas esteatitas antigas assumiam agora um significado extraordinariamente maior.

Em muitos locais, os edifícios estavam completamente arruinados e a crosta de gelo profundamente sulcada por causas geológicas diversas. Em outros, a alvenaria de pedra estava arrasada quase ao nível da glaciação. Havia um amplo espaço estendendo-se do interior do platô à fenda nos contrafortes, perto de uma milha à esquerda da passagem que atravessáramos, inteiramente desprovido de edifícios. Concluímos que algum grande rio da Era Terciária — há milhões de anos — provavelmente cruzara a cidade desaguando em algum prodigioso abismo subterrâneo da grande cordilheira. Aquilo tudo certamente se erguia acima de toda uma região de cavernas, gargantas e segredos subterrâneos fora do alcance da percepção humana.

Repassando nossas sensações e recordando nosso espanto ao ver esta sobrevivência monstruosa de tempos imemoriais que consideramos pré-humanos, é admirável termos conservado a aparência de equilíbrio, como fizemos. Por certo sabíamos que alguma coisa — a cronologia, a teoria científica ou nossa própria consciência — estava penosamente errada; no entanto, conservamos suficiente equilíbrio para conduzir o avião, observar muitas coisas minuciosamente e tirar uma série de fotos cuidadosas que ainda poderão servir muito bem a nós e ao mundo. Em meu caso, o inveterado hábito científico pode ter ajudado; pois acima de todo meu espanto e sentimento de risco, ardia a curiosidade de me aprofundar neste segredo das eras — saber que tipo de seres haviam construído e morado neste lugar de tamanho incalculável e que relação com o mundo em geral de seu tempo ou de outros tempos uma concentração de vida tão insólita poderia ter tido.

Pois o lugar não poderia ter sido uma cidade comum. Ele deve ter constituído o centro e núcleo primário de algum capítulo antigo e inacreditável da história terrestre cujas ramificações para fora, recordadas apenas nebulosamente nos mais distorcidos e obscuros mitos, haviam desaparecido completamente em meio ao caos das convulsões terrenas, muito antes de qualquer raça humana que conhecemos ter deixado seu estado simiesco. Alastrara-se aqui uma megalópole paleogênica comparada com a qual as fabulosas Atlantis e Lemuria, Commoriom e Uzuldaroum, e Olathoë, na terra de Lomar, são coisas recentes de hoje — não de ontem; uma megalópole equiparável a blasfêmias pré-humanas sussurradas como Valusia, R'lyeh, Ib na terra de Mnar, e a Cidade Sem Nome no Deserto da Arábia. Enquanto sobrevoávamos aquele emaranhado de torres absolutamente titânicas, minha imaginação às vezes extrapolava todos os limites e errava sem rumo por reinos de fantásticas associações — chegando a tecer vínculos entre este mundo perdido e algum outro de meus próprios sonhos alucinados referentes ao insano horror do acampamento.

Para diminuirmos o peso, não tínhamos enchido completamente o tanque de combustível do avião, por isso precisávamos agora ficar atentos. Mesmo assim, cobrimos uma enorme extensão de terreno — ou melhor, de ar — após descermos rapidamente até um nível em que o vento se tornava virtualmente desprezível. Parecia não haver limite para a cordilheira, ou para a extensão da fabulosa cidade de pedra que margeava seus contrafortes internos. Cinquenta milhas de voo em cada direção não revelaram qualquer mudança no labirinto de rocha e alvenaria que estendia as garras como um cadáver através do gelo eterno. Havia, porém, algumas diversificações altamente intrigantes, como os entalhes na garganta onde o largo rio perfurara algum dia os contrafortes aproximando-se de seu lugar de mergulho na grande cordilheira. Os promontórios na entrada da correnteza haviam sido esculpidos em ciclópicos pilares; e alguma coisa nos perfis sulcados, bojudos, provocou recordações estranhamente vagas, odiosas e confusas tanto em Danforth quando em mim.

Descobrimos também muitos descampados em forma de estrela, evidentemente praças públicas, e observamos várias ondulações no terreno. Quando havia uma íngreme colina, ela era geralmente escavada em algum tipo de edifício de pedras desparelhas; mas havia pelo menos duas exceções. Dessas, uma estava desgastada demais para revelar o que teria havido na saliente projeção, ao passo que a outra ainda conservava um fantástico monumento cônico escavado em rocha sólida lembrando vagamente coisas como a conhecida Tumba da Serpente no antigo vale de Petra.

Voando das montanhas para o interior, descobrimos que a largura da cidade não era infinita, apesar de seu comprimento, ao longo dos contrafortes, parecer ilimitado. Depois de aproximadamente trinta milhas, os grotescos edifícios de pedra começaram a rarear, e dez milhas depois, chegamos a um deserto uniforme sem sinais perceptíveis de produção artificial. O curso do rio além da cidade parecia marcado por uma ampla linha deprimida, enquanto a terra assumia uma feição mais acidentada, parecendo inclinar-se levemente para cima à medida que recuava para o ocidente enevoado.

Até ali não havíamos feito nenhum pouso, mas deixar o planalto sem tentar entrar em algumas daquelas fabulosas edificações teria sido inconcebível. Assim, decidimos procurar um lugar plano nos contrafortes perto de nossa passagem navegável, pousar ali o avião e nos preparar para uma exploração a pé. Embora as encostas estivessem parcialmente cobertas de ruínas, o voo a baixa altitude logo revelou um grande número de possíveis locais de pouso. Escolhendo o mais próximo da passagem, pois nosso voo teria que cruzar a grande cordilheira e voltar ao acampamento, conseguimos pousar às 12h30 da tarde num campo de neve duro e liso completamente desobstruído e apropriado para uma rápida decolagem mais tarde.

Não nos pareceu necessário proteger o avião com um aterro de neve para uma parada tão curta e na confortável ausência de ventos fortes naquela altitude; portanto, cuidamos apenas que os esquis de pouso ficassem bem assentados e que as partes vitais do aparelho ficassem protegidas do frio. Para nossa excursão a pé, descartamos nossos casacos de voo mais pesados e levamos um pequeno equipamento consistindo de bússola de bolso, câmera portátil, provisões leves, volumosos blocos de notas e papel, martelo e cinzel de geólogo, sacolas para espécimes, rolo de corda para escalar e poderosas lanternas elétricas com pilhas sobressalentes; este equipamento havia sido carregado no avião para o caso de podermos fazer um pouso, tirar fotos terrestres, fazer desenhos e esboços topográficos e obter espécimes de rocha de alguma encosta, afloramento ou caverna de montanha desobstruída de neve. Felizmente tínhamos um suprimento extra de papel para rasgar, colocar numa sacola sobressalente para espécimes e usar para demarcar nosso caminho em algum labirinto interior onde porventura entrássemos. Isto havia sido trazido para o caso de encontrarmos algum sistema de cavernas com ar suficientemente estático para permitir o uso desse método simples e rápido em vez do método de riscar a rocha para demarcar a trilha.

Andando cuidadosamente morro abaixo, sobre a crosta de neve, para o estupendo labirinto de pedra que despontava contra o oeste opalino, tivemos uma sensação tão aguda de prodígio iminente quanto a que tivéramos ao nos aproximar do imenso desfiladeiro, quatro horas antes. É bem verdade que já nos havíamos familiarizado com o incrível segredo escondido pela barreira de picos; no entanto, a perspectiva de efetivamente penetrar no interior das construções primordiais erigidas por seres conscientes havia milhões de anos, talvez — antes da existência de qualquer raça conhecida de homens —, não era menos apavorante e potencialmente terrível em suas implicações de cósmica anormalidade. Conquanto a rarefação do ar naquela prodigiosa altitude tornasse o esforço um pouco mais difícil que o usual, tanto Danforth quanto eu suportamos a coisa muito bem, sentindo-nos à altura de qualquer tarefa que pudesse surgir. Foram precisos apenas alguns passos para nos levar a uma ruína informe arrasada até o nível da neve, enquanto, a dez ou quinze varas dali, uma enorme amurada sem teto exibia seu gigantesco perfil de cinco pontas ainda intato, elevando-se a uma altura irregular de dez ou onze pés. Para ali nos dirigimos; e quando finalmente pudemos tocar seus desgastados e ciclópicos blocos, sentimos ter estabelecido um vínculo sem precedente e quase ímpio com eras esquecidas normalmente vedadas a nossa espécie.

Esta amurada em forma de estrela, com uma dimensão provável de trezentos pés de ponta a ponta, era construída de blocos de calcário jurássico de tamanho irregular com uma superfície média de 6 x 8 pés. Havia uma fila de seteiras ou janelas em arco com quatro pés de largura e cinco de altura aproximadamente, espaçadas com grande simetria ao longo das pontas da estrela e de seus ângulos internos, estando suas bases perto de quatro pés acima da superfície gelada. Olhando através delas, pudemos ver que a alvenaria tinha cinco pés de espessura, que não havia sobrado divisões no interior e que havia traços de entalhes ou baixos-relevos interligados nas paredes internas — fatos que efetivamente havíamos imaginado antes ao voar baixo sobre esta amurada e outras parecidas. Embora devam ter existido originalmente partes inferiores, todos seus traços de existência estavam agora totalmente ocultos por uma profunda camada de gelo e neve naquele ponto.

Galgamos uma janela e tentamos inutilmente decifrar as ilustrações murais quase apagadas, mas não tentamos perturbar o piso gelado. Nossos voos de reconhecimento haviam indicado que muitos edifícios da própria cidade estavam menos entupidos de gelo e que talvez pudéssemos encontrar interiores completamente limpos levando ao verdadeiro nível do chão se entrássemos nas construções que ainda conservavam seus telhados. Antes de deixarmos a amurada, nós a fotografamos cuidadosamente e estudamos sua alvenaria ciclópica construída sem argamassa com a mais absoluta admiração. Gostaríamos que Pabodie estivesse presente, pois seus conhecimentos de engenharia poderiam nos ter ajudado a imaginar como blocos tão imensos poderiam ter sido manejados naquela idade tão inacreditavelmente remota em que a cidade e suas vizinhanças foram erguidas.

A caminhada de meia milha morro abaixo até a cidade propriamente dita, com o vento uivando inútil e selvagemente no alto através dos picos eriçados contra o céu ao fundo, foi algo cujos mínimos detalhes permanecerão eternamente gravados em minha imaginação. Somente em pesadelos fantásticos algum ser humano, afora Danforth e eu, poderia conceber tais efeitos ópticos. Entre nós e os vapores revoltos a oeste jazia aquele monstruoso emaranhado de torres de pedra escura com suas formas bizarras e incríveis impressionando-nos repetidamente a cada novo ângulo de visão. Era uma miragem de sólida pedra e, não fosse pelas fotos, eu ainda duvidaria que tal coisa pudesse existir.

O tipo geral de alvenaria era idêntico ao da amurada que havíamos examinado; mas as formas extravagantes que essa alvenaria assumia em suas manifestações urbanas estavam fora do alcance de qualquer descrição.

Mesmo as fotos ilustram apenas uma ou duas fases de sua infinita variedade, sobrenatural solidez e exotismo completamente alienígena. Havia formas geométricas para as quais um Euclides dificilmente saberia nomear — cones e troncos de cones com todos os graus de irregularidade, terraços com toda sorte de desproporções instigantes, pilares com estranhas dilatações bulbosas, colunas quebradas em curiosos agrupamentos e arranjos de cinco pontas ou cinco sulcos loucamente grotescos. Ao nos aproximarmos, pudemos observar embaixo de certas partes transparentes da camada de gelo e detectar algumas pontes de pedra tubulares, interligando as estruturas, erigidas em diversas alturas. Não parecia haver ruas ordenadas; o único espaço aberto amplo ficando a uma milha à esquerda onde o antigo rio certamente fluíra através da cidade para as montanhas.

Nosso binóculo nos revelou que as faixas horizontais, externas, das esculturas quase apagadas e os grupos de pontos eram muito comuns e pudemos meio que imaginar como a cidade deveria ter parecido um dia — mesmo que a maioria dos telhados e pontas das torres houvesse necessariamente desaparecido. No conjunto, ela havia sido um emaranhado complexo de vielas e becos tortuosos, todos eles gargantas profundas e alguns pouco mais que túneis devido aos paredões laterais e às pontes suspensas. Agora, estendida a nossos pés, ela despontava como uma fantasia onírica contra a névoa ocidental em cuja borda setentrional o avermelhado sol antártico do começo da tarde se esforçava para luzir; e quando, por um momento, aquele sol encontrava um obstáculo mais denso e mergulhava a cena em temporária sombra, o efeito provocava uma sutil sensação de ameaça que jamais poderei descrever. Mesmo o tênue soprar e assobiar do mal percebido vento nos grandes desfiladeiros montanhosos à nossa retaguarda adquiria um tom mais selvagem de malignidade intencional. O último estágio de nossa descida para a cidade era especialmente íngreme e abrupto, e uma rocha aflorando na beirada onde o nível mudava levou-nos a pensar que ali havia existido um terraço artificial. Imaginamos que por baixo da glaciação devia haver um lance de degraus, ou algo equivalente.

Quando finalmente mergulhamos na própria cidade, tropeçando em paredes desmoronadas e nos esquivando da opressiva proximidade e esmagadora altura dos onipresentes paredões esburacados e em ruínas, nossas sensações novamente se excitaram de tal forma que me espanta o autocontrole que conseguimos manter. Danforth estava francamente apreensivo e começou a fazer especulações irrelevantes sobre o horror no acampamento — que me incomodaram ainda mais porque não poderia deixar de compartilhar certas conclusões que nos eram forçadas por muitas características desta mórbida sobrevivência de antiguidade abissal. As especulações trabalharam também em sua imaginação; pois em certo lugar — onde uma viela atulhada de escombros dobrava-se numa esquina fechada — ele insistiu em ter visto tênues indícios de marcas no chão de que não gostara; em outro, parou para escutar um som sutil e imaginário vindo de algum ponto indefinido — um sopro musical abafado, dizia ele, não muito diverso daquele produzido pelo vento nas cavernas das montanhas, ainda que, de certa forma, perturbadoramente diferente. A interminável replicação da configuração em cinco pontas na arquitetura circundante e nos poucos arabescos murais discerníveis produzia uma sugestionalidade obscuramente sinistra da qual não podíamos escapar, dando-nos um toque de terrível certeza subconsciente com respeito às entidades primitivas que haviam erigido e habitado este local iníquo.

No entanto, nosso espírito aventureiro e científico não estava completamente morto e empreendemos mecanicamente nosso programa de extração de amostras de todos os diferentes tipos de rochas presentes na alvenaria. Queríamos reunir um conjunto bastante completo para tirar melhores conclusões sobre a idade do lugar. Nas grandes paredes externas, nada parecia ter data posterior aos períodos jurássico e comanchiano, assim como não havia nenhum pedaço de pedra, no lugar todo, mais recente que a Era Pliocênica. Com absoluta certeza, estávamos perambulando em meio a uma morte que ali reinava havia pelo menos quinhentos mil anos, e, provavelmente, mais.

Prosseguindo através daquele labirinto crepuscular de pedras, parávamos em todas as aberturas disponíveis para observar interiores e investigar possibilidades de entrada. Algumas estavam fora de nosso alcance, enquanto outras conduziam apenas a ruínas afogadas em gelo, tão destelhadas e desinteressantes quanto a amurada na colina. Uma, embora espaçosa e convidativa, abria-se num abismo aparentemente sem fundo, sem meio de descida visível. Aqui e ali tivemos a oportunidade de estudar a madeira petrificada de alguma gelosia remanescente, ficando impressionados com a fabulosa antiguidade implícita nos veios ainda visíveis. Essas coisas tinham vindo de gimnospermas e coníferas da Era Mesozoica — especialmente cíclades cretáceas — e de palmeiras e angiospermas anteriores claramente datados do Terciário. Nada definitivamente posterior ao Plioceno pôde ser descoberto. Pela disposição dessas gelosias — cujas bordas indicavam a existência anterior de curiosas dobradiças havia muito desaparecidas —, o uso parecia ter sido variado — algumas ficando do lado de fora e outras do lado de dentro de profundos vãos. Pareciam ter sido fixas no lugar por meio de cunhas, sobrevivendo assim à ferrugem de seus antigos trincos e ferragens, provavelmente metálicos.

Depois de algum tempo, chegamos a uma fila de janelas — nas saliências de um colossal cone de cinco pontas com a ponta intacta — que dava para uma sala enorme e bem preservada com piso de pedra; mas elas ficavam a uma altura excessiva do piso da sala para permitir uma descida sem corda. Trazíamos uma corda, mas não queríamos nos incomodar com esta descida de vinte pés a menos que fôssemos obrigados — especialmente naquele ar rarefeito do planalto que exigia muito do coração. Esta enorme sala provavelmente havia sido algum tipo de vestíbulo ou saguão, e nossas lanternas mostraram esculturas sólidas, separadas e potencialmente espantosas dispostas ao longo das paredes em largas faixas horizontais separadas por faixas igualmente largas de arabescos convencionais. Marcamos cuidadosamente o local pretendendo entrar ali a menos que encontrássemos um interior mais facilmente acessível.

Finalmente encontramos a abertura exata que queríamos; uma arcada com aproximadamente seis pés de largura e dez de altura, indicando a extremidade anterior de uma ponte aérea que havia cruzado sobre uma viela perto de cinco pés acima do nível atual da glaciação. Essas arcadas, é claro, eram niveladas com pisos de pavimentos superiores e, neste caso, um dos pisos ainda existia. A construção assim acessível consistia numa série de terraços retangulares à nossa esquerda virados para o oeste. A do outro lado da viela, onde se escancarava a outra arcada, era um cilindro decrépito, sem janelas, com um curioso bojo perto de dez pés acima da abertura. Seu interior estava totalmente escuro e a arcada parecia se abrir para um poço de ilimitado vazio.

Pilhas de escombros tornavam a penetração na enorme construção à esquerda duplamente fácil, mas hesitamos um instante antes de tirar vantagem da ansiada oportunidade. Pois embora tivéssemos penetrado neste emaranhado de mistério arcaico, era preciso uma novo alento para nos introduzirmos efetivamente no interior de um edifício completo e sobrevivente de um fabuloso mundo antigo cuja natureza ia se tornando cada vez mais nitidamente odiosa. Demos enfim o mergulho arrastando-nos por cima do entulho pelo vão escancarado. O piso era formado por grandes lajotas de ardósia e parecia formar a passagem para um alto e extenso corredor com paredes entalhadas.

Observando as muitas arcadas internas que partiam dali e percebendo a provável complexidade do ninho de recintos em seu interior, decidimos começar nosso sistema de marcação do caminho percorrido. Até então nossas bússolas e frequentes olhadas para a vasta cordilheira por entre as torres à nossa retaguarda tinham bastado para nos guiar, mas dali em diante o recurso artificial seria necessário. Assim, picamos nosso papel extra em pedaços de tamanho adequado, colocamo-los na sacola que seria carregada por Danforth e nos preparamos para usá-los com a economia que a segurança permitisse. Este método provavelmente nos daria a garantia de não nos perdermos, pois não parecia haver fortes correntes de ar no interior da construção primordial. Se surgisse um vento ou se nosso estoque de papel terminasse, certamente poderíamos voltar ao método mais seguro, e mais aborrecido, o de fazer marcas na rocha.

A extensão do território que havíamos desbravado era impossível de imaginar sem uma exploração. A conexão curta e frequente entre os diversos edifícios tornava provável que pudéssemos cruzar de um para outro por meio de pontes abaixo da camada de gelo, exceto onde estivessem obstruídas por desmoronamentos e gretas geológicas, pois não se formara muito gelo no interior das maciças construções. Quase todas as áreas de gelo transparente haviam revelado que as janelas submersas estavam hermeticamente fechadas, como se a cidade tivesse ficado naquele estado inalterado até a camada glacial cristalizar para sempre a parte inferior. Na verdade, ficava-se com a curiosa impressão de que o lugar havia sido deliberadamente fechado e abandonado em alguma obscura era passada e não que fora afetado por uma calamidade inesperada ou mesmo pela decadência gradual. Teria sido prevista a chegada do gelo e a ignota população teria saído *en masse* em busca de uma habitação menos condenada? As precisas condições fisiográficas que provocaram a formação da crosta de gelo teriam que esperar por uma solução posterior. Isto não teria tido, certamente, um percurso complicado. Talvez a pressão das neves acumuladas tivesse sido responsável, talvez alguma cheia do rio, ou a ruptura de alguma antiga barragem glacial na grande cordilheira tivesse ajudado a criar o particular estado que ora se observava. A imaginação poderia conceber quase tudo com respeito a este lugar.

VI

Seria enfadonho dar um relato detalhado, ordenado, de nossas perambulações pelo interior da cavernosa colmeia de alvenaria primitiva ancestralmente deserta — aquele monstruoso covil de segredos antigos que agora ecoava, pela primeira vez, depois de incontáveis eras, com as passadas de pés humanos. Isto é especialmente verdadeiro porque boa parte do horrível drama e revelação veio de um mero estudo dos entalhes murais onipresentes. Nossas fotografias com flash daqueles entalhes contribuirão muito para provar a verdade do que estamos agora revelando, e é lamentável que nosso suprimento de filmes não tivesse sido maior na ocasião. Assim, tivemos que fazer esboços toscos em papel de certas contornos salientes depois de acabarem nossos filmes.

O edifício onde entráramos era grande e muito elaborado, dando-nos uma ideia impressiva da arquitetura daquele inominável passado geológico. As divisões internas eram menos grossas que as paredes externas, mas estavam muito bem conservadas nos níveis inferiores. A complexidade labiríntica, envolvendo diferenças curiosamente irregulares nos níveis do piso, caracterizava toda a organização; e provavelmente nos teríamos perdido desde o começo não fosse a trilha de papel rasgado que fomos deixando em nossa passagem. Resolvemos explorar primeiro as partes superiores mais decrépitas, subindo, pois, pelo labirinto, numa extensão de aproximadamente cem pés, até onde a camada mais alta de câmaras escancarava-se, nevada e destelhada, para o céu polar. A subida foi realizada pelos íngremes planos inclinados ou rampas de pedra com costelas de apoio transversais que serviam de escada. Os quartos que encontramos eram de todas as formas e proporções imagináveis, variando de estrelas de cinco pontas a triângulos e cubos perfeitos. Poder-se-ia dizer que a área do piso tinha, em média, 30 x 30 pés, e a altura, 20 pés, embora existissem recintos bem maiores. Depois de examinar completamente as regiões superiores e o nível glacial, descemos, pavimento a pavimento, pela parte submersa, onde, com efeito, logo percebemos que estávamos num labirinto contínuo de câmaras e passagens interligadas levando provavelmente a áreas ilimitadas fora desta particular construção. A ciclópica solidez e gigantismo de tudo que nos cercava foi se tornando curiosamente opressiva; e havia algo de vaga e profundamente desumano em todos os perfis, dimensões, proporções, decorações e nuances construtivas daquele trabalho em pedra impiamente arcaico. Logo percebemos, pelo que os entalhes revelavam, que a monstruosa cidade existia há muitos milhões de anos.

Ainda não podemos explicar os princípios de engenharia usados na colocação e equilíbrio anômalos das vastas massas de rocha, embora a função do arco fosse muito aproveitada. Os quartos que visitamos estavam totalmente desguarnecidos de objetos móveis, uma circunstância que reforçou nossa crença no abandono deliberado da cidade. O principal recurso decorativo era o sistema quase universal de escultura mural desenvolvida em faixas horizontais contínuas de três pés de largura e dispostas, do chão ao teto, alternadas com faixas de igual largura cobertas por arabescos geométricos. Havia exceções a esta regra de disposição, mas sua preponderância era esmagadora. Frequentemente, porém, uma série de cártulas lisas com grupos de pontos curiosamente ordenados se interpunha em alguma das faixas de arabescos.

A técnica, logo percebemos, era madura, acabada e esteticamente evoluída ao mais alto grau da perícia civilizada, embora completamente estranha, em cada detalhe, a qualquer tradição artística conhecida da raça humana. Em delicadeza de execução, não se equiparava a nenhuma escultura que eu jamais vira. Os mínimos detalhes de elaborada vegetação ou de vida animal eram realizados com espantosa vivacidade, apesar da escala arrojada dos entalhes; enquanto os desenhos convencionais eram maravilhas de complexa habilidade. Os arabescos revelavam um uso profundo de princípios matemáticos e eram formados por curvas e ângulos obscuramente simétricos baseados na quantidade cinco. As faixas ornamentais seguiam uma tradição altamente formalizada e envolviam um tratamento peculiar da perspectiva, mas tinham uma força artística que nos comoveu profundamente, apesar do abismo interposto de vastos períodos geológicos. Seu método de desenho articulava-se em torno de uma singular justaposição da seção reta com a silhueta bidimensional, e incorporava uma psicologia analítica superior à de qualquer raça conhecida da antiguidade. É inútil tentar comparar esta arte com qualquer outra exibida em nossos museus. Os que analisarem nossas fotos provavelmente encontrarão as analogias mais próximas em certas grotescas concepções dos mais ousados futuristas.

Os ornatos em arabesco consistiam inteiramente de linhas rebaixadas cuja profundidade nas paredes não desgastadas pelo tempo variavam de uma a duas polegadas. Quando surgiam cártulas com grupos de pontos — evidentemente como inscrições em alguma linguagem e alfabeto desconhecidos e primordiais —, a depressão em relação à superfície lisa era, talvez, de uma polegada e meia, e a dos pontos, possivelmente, uma polegada a mais. As faixas pictóricas eram em baixo-relevo escareado com o fundo cerca de duas polegadas abaixo da superfície original da parede. Em alguns exemplares, marcas de uma coloração antiga poderiam ser detectadas, embora as incontáveis eras tivessem desintegrado e eliminado a maioria dos pigmentos que poderiam ter sido ali aplicados. Quanto mais estudávamos a maravilhosa técnica, mais ela nos impressionava. Por trás de sua estrita convencionalização, podia-se captar a minuciosa e aguda observação e competência gráfica dos artistas; e, com efeito, as próprias convenções serviam para simbolizar e acentuar a essência real ou diferenciação vital de cada objeto representado. Sentíamos, também, que além dessas perícias reconhecíveis, havia outras à espreita além do alcance de nossas percepções. Certos toques aqui e ali davam vagos indícios de símbolos e estímulos latentes que uma outra bagagem mental e emocional e um equipamento sensorial diferente ou mais completo poderiam ter produzido significados profundos e pungentes para nós.

O tema das esculturas era obviamente fornecido pela vida na época de sua criação, contendo boa dose de evidências históricas. E foi esta anormal consciência histórica da raça primitiva — uma circunstância fortuita operando, por coincidência, milagrosamente a nosso favor — que tornou os entalhes tão significativos para nós e levando-nos a fotografa-los e transcrevê-los com absoluta prioridade. Em certos quartos, o arranjo predominante era substituído pela presença de mapas, cartas astronômicas e outros modelos científicos em escala ampliada — oferecendo uma ingênua e terrível confirmação do que reunimos das frisas e rodapés ilustrados. Especulando sobre o que o todo nos revelava, só posso esperar que meu relato não desperte uma curiosidade maior do que a saudável cautela naquela parte dos que acreditam em mim. Seria trágico se alguém fosse atraído para aquele reino de morte e horror pela própria advertência que pretendia dissuadi-lo.

Altas janelas e enormes portais de doze pés interrompiam as paredes esculpidas, conservando, aqui e ali, as folhas de madeira petrificadas — elaboradamente entalhadas e polidas — das portas e gelosias existentes. Todas as ferragens haviam desaparecido havia muito, mas algumas portas permaneciam no lugar e precisavam ser forçadas para progredirmos de quarto em quarto. Batentes de janelas com curiosas vidraças transparentes — em sua maioria elípticas — sobreviviam aqui e ali, conquanto em pequena quantidade. Havia também frequentes nichos de grande porte, geralmente vazios, mas ocasionalmente contendo algum bizarro objeto esculpido em esteatita verde que haviam sido deixados, seja por estarem quebrados, seja por terem sido considerados inferiores demais para serem removidos. Outras aberturas estavam inquestionavelmente associadas a antigas facilidades mecânicas — aquecimento, iluminação, coisas assim — de um tipo sugerido em muitos entalhes. Os tetos costumavam ser lisos, mas às vezes eram marchetados com esteatita verde ou outros tipos de ladrilhos, em sua maioria caídos, agora. Os pisos também eram pavimentados com esses ladrilhos, embora ali predominassem os ladrilhos de pedra lisos.

Como já disse, não se notava a presença de mobília e outras peças móveis, mas as esculturas davam uma ideia clara dos estranhos dispositivos que algum dia haviam preenchido as reverberantes salas sepulcrais. Acima da camada glacial, os pisos estavam geralmente cheios de detritos, palha, entulho, mas bem mais abaixo esta condição diminuía. Em alguns corredores e câmaras inferiores havia pouco mais do que uma poeira granulosa ou antigas incrustações, enquanto certas áreas tinham um ar esquisito de imaculada e recente limpeza. Por certo, onde haviam ocorrido desmoronamentos e rachaduras, os níveis inferiores estavam cheios de entulho, como os superiores. Um pátio central — como em outras construções que havíamos enxergado do ar — livrava as regiões inferiores da total escuridão de forma que raramente tivemos que usar nossas lanternas nos quartos superiores, exceto para estudar os

detalhes esculpidos. Abaixo da calota de gelo, porém, o lusco-
-fusco se adensava; e em muitas partes do confuso nível térreo
reinava a absoluta escuridão.

Para formar uma ideia rudimentar de nossos pensamentos e
sensações ao penetrarmos neste labirinto secularmente silente de
desumana alvenaria, é preciso recorrer a um caos desconcertante
de memórias, impressões e estados de espírito fugidios. A assustadora antiguidade e letal desolação do lugar bastavam para esmagar
qualquer pessoa sensível, e ainda somava-se a esses elementos o
inexplicável horror no acampamento e as revelações tão recentemente oferecidas pelas terríveis esculturas murais que nos cercavam.
No momento em que chegamos a uma seção de entalhe perfeita,
onde não poderia haver ambiguidades de interpretação, bastou-nos
um pequeno estudo para termos a odiosa verdade — uma verdade
que seria ingenuidade afirmar que Danforth e eu não havíamos suspeitado individualmente antes, embora tivéssemos cuidadosamente
evitado até mesmo sugerir um ao outro. Não poderia agora haver
qualquer dúvida piedosa sobre a natureza dos seres que haviam
construído e habitado esta monstruosa cidade milhões de anos
atrás, quando os ancestrais do homem eram primitivos mamíferos
arcaicos e enormes dinossauros erravam pelas estepes tropicais da
Europa e da Ásia.

Havíamos nos aferrado previamente a uma desesperada al-
ternativa e insistimos — cada um consigo próprio — em que a
onipresença do motivo de cinco pontas significava apenas alguma
exaltação cultural ou religiosa do objeto natural arqueano que tão
patentemente incorporava a qualidade das cinco pontas; como
os motivos ornamentais da Creta minoana exaltavam o touro
sagrado, as do Egito o escaravelho, as de Roma a loba e a águia, e
as de várias tribos selvagens alguns animais totêmicos escolhidos.
Mas este último refúgio nos era agora arrancado e éramos forçados
a nos defrontar definitivamente com a percepção perturbadora que
o leitor destas páginas certamente deve ter há muito antecipado.

Mal suporto transcrevê-la preto no branco, mesmo agora, mas talvez isto não seja necessário.

As coisas que algum dia erigiram e habitaram esta assustadora alvenaria do tempo dos dinossauros não eram efetivamente dinossauros, mas algo muito pior. Os dinossauros foram coisas recentes e quase sem cérebro, mas os construtores da cidade eram sábios e antigos e tinham deixado traços em rochas que já naquela época haviam sido assentadas por volta de um bilhão de anos antes — rochas assentadas antes que a verdadeira vida na terra houvesse progredido além de grupos plásticos de células — rochas assentadas antes da verdadeira vida na terra ter existido. Eles foram os criadores e senhores daquela vida, e acima de qualquer dúvida, os modelos originais dos diabólicos mitos mais antigos que coisas como os Manuscritos Pnakóticos e o *Necronomicon* assustadoramente sugeriam. Eram os poderosos "Antigos" que haviam se filtrado das estrelas quando a Terra era jovem — os seres cuja substância havia sido moldada por uma evolução extraterrestre, e dotados de poderes como jamais se produziram neste planeta. E pensar que apenas um dia antes Danforth e eu havíamos realmente examinado fragmentos de sua substância imemorialmente fossilizada — e que o pobre Lake e seu grupo os haviam visto em sua forma completa.

Seria certamente impossível relatar na ordem correta os estágios pelos quais captamos o que sabemos daquele capítulo monstruoso de vida pré-humana. Depois do primeiro choque da revelação, tivemos que fazer uma pausa para nos recompor e passaram-se três horas completas antes de partirmos em nossa excursão de pesquisa sistemática. As esculturas no edifício onde entramos eram de uma data relativamente posterior — dois milhões de anos atrás, talvez —, conforme verificamos pelas características geológicas, biológicas e astronômicas — exibindo uma arte que poderia ser considerada decadente em comparação com a dos espécimes encontrados em edifícios mais antigos depois de cruzarmos pontes sob a camada glacial. Um edifício talhado em sólida rocha parecia remontar a quarenta, possivelmente cinquenta milhões de anos — ao Eoceno inferior ou Cretáceo superior — e continha baixos-relevos de uma maestria artística que superava todo o resto, com uma fabulosa exceção que encontramos. Esta era, logo concordamos, a mais antiga construção doméstica que cruzamos.

Não fosse pela ajuda daquelas fotos que em breve se tornarão públicas, eu me esquivaria de contar o que encontrei e inferi para não ser confinado como louco. Por certo, as partes infinitamente mais antigas da miscelânica narrativa — representando a vida pré-terrestre das criaturas de cabeça estrelada em outros planetas, em outras galáxias, e em outros universos — podem ser facilmente interpretadas como a mitologia fantástica dessas mesmas criaturas; entretanto, tais partes às vezes continham desenhos e diagramas tão misteriosamente próximos das mais recentes descobertas de matemáticos e astrofísicos que eu mal sabia o que pensar. Que outros julguem ao ver as fotos do que encontramos.

Naturalmente, nenhum conjunto de entalhes que encontramos contava mais do que uma fração de qualquer história conexa, e também não seguimos os estágios daquela história na ordem apropriada. Algumas daquelas salas enormes eram unidades independentes no que diz respeito às decorações, ao passo que em outras uma crônica contínua era desenvolvida numa sequência de salas e corredores. Os melhores mapas e diagramas estavam nas paredes de um pavoroso abismo abaixo do antigo nível térreo — uma caverna com aproximadamente cem pés quadrados de abertura e sessenta pés de altura, que certamente terá sido algum tipo de centro educacional. Havia muitas repetições instigantes do mesmo material em diferentes salas e edifícios, já que certos capítulos de experiência e certos resumos ou fases da história racial haviam sido evidentemente favoritos de diferentes decoradores ou moradores. Às vezes, porém, versões variadas do mesmo tema mostraram-se úteis para estabelecer pontos polêmicos e preencher lacunas.

Ainda me espanto de termos deduzido tanto no curto espaço de tempo que tivemos. Por certo, mesmo agora só temos o mais tosco perfil — e muito do que foi obtido posteriormente com o estudo das fotos e esboços que fizemos. Pode ter sido o efeito desse estudo posterior — as memórias revividas e vagas impressões agindo em conjunto com sua sensibilidade em geral e com aquele suposto vislumbre de horror cuja essência ele não revelará nem mesmo a mim — que provocou a presente crise de Danforth. Mas tinha que ser; pois não poderíamos divulgar nossa advertência inteligivelmente sem a informação mais completa possível, e a transmissão dessa advertência é uma necessidade fundamental. Certas influências remanescentes daquele desconhecido mundo antártico de tempo desordenado e lei natural alienígena tornam imperativo que qualquer nova exploração seja desencorajada.

VII

A historia completa até agora decifrada vai aparecer no boletim oficial da Universidade de Miskatonic. Aqui esboçarei apenas as partes mais importantes de maneira desconexa e desordenada. Mito ou alguma outra coisa, as esculturas falavam da vinda daquelas coisas de cabeça estrelada do espaço cósmico para a Terra nascente e sem vida — de sua vinda e a de muitas outras entidades alienígenas como as que, em certos tempos, embarcam no pioneirismo espacial. Elas pareciam capazes de atravessar o éter interestelar com suas enormes asas membranosas — confirmando estranhamente curiosas narrativas folclóricas que me foram contadas há muito tempo por um colega antiquário. Elas tinham vivido debaixo do mar por um bom tempo, construindo fantásticas cidades e travando pavorosas batalhas com adversários inomináveis em que utilizavam complicados engenhos com princípios de energia desconhecidos. Evidentemente, seu conhecimento científico e mecânico superava largamente o do homem atual, embora só fizessem uso de suas formas mais elaboradas e generalizadas quando obrigados. Algumas esculturas sugeriam que eles haviam passado por um estágio de vida mecanizada em outros planetas, mas haviam recuado disso ao descobrir seus efeitos emocionalmente insatisfatórios. A rigidez de sua organização preternatural e a simplicidade de seus desejos naturais os tornaram peculiarmente capazes de viver num plano elevado sem os frutos mais especializados da manufatura artificial, e mesmo sem roupas, exceto por uma proteção ocasional contra os rigores do tempo.

Foi embaixo d'água, primeiro atrás de comida e depois por outros propósitos, que eles criaram inicialmente a vida terrestre — usando diversas substâncias segundo métodos havia muito conhecidos. Os experimentos mais elaborados vieram depois da aniquilação de vários inimigos cósmicos. Eles haviam feito o mesmo em outros planetas, tendo produzido não só os alimentos necessários, mas certas massas protoplásmicas multicelulares capazes de moldar seus tecidos em toda sorte de órgãos temporários sob influência hipnótica, criando assim escravos ideais para realizarem o trabalho pesado da comunidade. Essas massas viscosas eram, sem a menor dúvida, o que Abdul Alharzed sussurrava sobre os "Shoggots" em seu pavoroso *Necronomicon*, conquanto até mesmo aquele insano árabe não insinuasse que algum deles poderia ter existido na Terra exceto nos sonhos dos que haviam mascado certa erva com determinado alcaloide. Quando os Antigos de cabeça estrelada neste planeta haviam sintetizado suas formas de alimentos simples e produzido um bom suprimento de Shoggots, permitiram o desenvolvimento de outros grupos de células em outras formas de vida animal e vegetal para fins diversos, extirpando todos cuja presença se tornasse incômoda.

Com a ajuda dos Shoggots, cujas expansões podiam ser feitas para levantar pesos prodigiosos, as pequenas e baixas cidades submarinas cresceram para se tornar enormes labirintos imponentes de pedra semelhantes aos que mais tarde construíram em terra. Na verdade, boa parte dos Antigos, altamente adaptáveis, tinham vivido em terra em outras partes do universo, e provavelmente conservavam muitas tradições de construção terrestre. Enquanto estudávamos a arquitetura de todas as cidades paleogênicas esculpidas, inclusive aquela cujos corredores milenarmente mortos ora atravessávamos, ficamos impressionados com uma impressionante coincidência que ainda não tentamos explicar, nem para nós mesmos. Os topos dos edifícios, que na cidade onde estávamos certamente tinham sido transformados em ruínas informes há muitas eras, estavam nitidamente representados nos baixos-relevos e apresentavam vastos feixes de flechas afuniladas, delicados remates em certas pontas de cones e pirâmides, e camadas de finos discos horizontais escalonados coroando colunas cilíndricas. Foi exatamente o que vimos naquela monstruosa e prodigiosa miragem lançada por uma cidade morta da qual tais feições de sua silhueta estavam ausentes há milhares e dezenas de milhares de anos, assomando a nossos olhos ignorantes através das imensuráveis montanhas da loucura quando pela primeira vez nos aproximamos do malfadado acampamento do pobre Lake.

Sobre a vida dos Antigos, tanto debaixo do mar como depois que uma parte deles emigrou para terra, volumes e mais volumes poderiam ser escritos. Os que viviam em águas rasas conservaram o uso pleno dos olhos nas extremidades de seus cinco tentáculos-cabeças principais e praticaram as artes da escultura e da escrita da maneira usual — a escrita era feita com um estilete em superfícies enceradas à prova d'água. Os que viviam nas profundezas do oceano, embora usassem um curioso organismo fosforescente para fornecer luz, ampliavam sua visão por meio de obscuros sentidos especiais operando através dos cílios prismáticos de suas cabeças — sentidos que tornavam todos os Antigos parcialmente independentes da luz em situações de emergências. Suas formas de escultura e escrita haviam mudado curiosamente durante a descida, incorporando certos processos de revestimento aparentemente químicos — provavelmente para garantir a fosforescência — que os baixos-relevos não puderam nos esclarecer. Os seres locomoviam-se no mar em parte nadando — usando os membros crinoides laterais — e em parte serpeando com ajuda do segmento inferior dos tentáculos contendo os pseudopés. Eles ocasionalmente realizavam longas arremetidas para baixo com o uso auxiliar de dois ou mais conjuntos de suas asas em forma de leque. Em terra, usavam localmente os pseudopés, mas de vez em quando voavam a grandes altitudes ou grandes distâncias usando as asas. Os muitos tentáculos em que se ramificavam os membros crinoides eram infinitamente delicados, flexíveis, resistentes e precisos em sua coordenação neuromuscular — garantindo a mais completa habilidade e destreza em todas as atividades artísticas e manuais em geral.

A resistência das coisas era quase inacreditável. Mesmo as terríveis pressões dos mares mais profundos pareciam não afetá-los. Poucos pareciam morrer efetivamente senão por violência, e os locais para serem enterrados eram muito raros. O fato de cobrirem seus mortos sepultados de pé em montes com cinco pontas inscritos provocou associações de ideias em Danforth e em mim, obrigando-nos a uma nova pausa para recuperação quando as esculturas o revelaram. Os seres se multiplicavam por meio de esporos — como pteridófitos vegetais, como Lake havia suspeitado — mas, com sua prodigiosa resistência e longevidade e a consequente desnecessidade de reposição, eles não encorajavam o desenvolvimento em larga escala de novos pró-talos, exceto quando tinham novas regiões para colonizar. Os jovens amadureciam rapidamente e recebiam uma educação evidente superior a qualquer padrão que possamos imaginar. A vida estética e intelectual dominante era altamente desenvolvida, produzindo um duradouro conjunto de costumes e instituições que descreverei mais completamente na monografia que publicarei em breve. Esses variavam ligeiramente segundo a morada fosse em terra ou no mar, mas tinham os mesmos fundamentos gerais.

Embora fossem capazes de tirar nutrição de substâncias inorgânicas como os vegetais, preferiam os alimentos orgânicos, especialmente animais. Comiam seres marinhos crus debaixo do mar, mas cozinhavam suas carnes em terra. Dedicavam-se à caça e criavam animais de corte — abatendo-os com armas afiadas cujas estranhas marcas haviam sido observadas por nossa expedição em certos ossos fósseis. Resistiam magnificamente a todas as temperaturas ordinárias e em seu estado natural podiam viver dentro de águas perto do ponto de congelamento. Quando o grande frio do Pleistoceno se aproximou — em torno de um milhão de anos atrás —, os habitantes de terra tiveram que recorrer a medidas especiais, inclusive ao aquecimento artificial — até que o frio mortal parece os ter enfim empurrado de volta para o mar. Em seus vôos pré-históricos pelo espaço cósmico, dizia a lenda, eles haviam absorvido certas substâncias químicas tornando-se quase independentes das condições de alimentação, respiração e calor — mas por ocasião do grande frio, tinham perdido a pista do método. De qualquer forma, não poderiam ter prolongado o estado artificial indefinidamente sem danos.

Sendo estruturalmente semivegetais e não dependentes de acasalamento, os Antigos não tinham base biológica para a fase familiar da vida mamífera, mas pareciam organizar grandes famílias sobre os princípios da utilização confortável do espaço e — como deduzimos das ocupações e diversões dos comoradores retratados — da associação mental congenial. Ao mobiliar seus lares, conservavam tudo no centro das enormes salas, deixando os espaços das paredes livres para um tratamento decorativo. A iluminação, no caso dos habitantes de terra, era obtida por um dispositivo de natureza eletroquímica. Tanto em terra como debaixo d'água, usavam curiosas mesas, cadeiras, sofás com formas cilíndricas — pois descansavam e dormiam na vertical, com os tentáculos dobrados — e estantes para os conjuntos articulados de superfícies pontilhadas que constituíam seus livros.

O governo era evidentemente complexo e provavelmente socialista, muito embora, a esse respeito, nada poderia ser deduzido com certeza das esculturas que vimos. O comércio era muito desenvolvido, tanto local como entre diferentes cidades — certas fichas chatas e pequenas com cinco pontas e inscrições serviam como dinheiro. Provavelmente as menores das diversas esteatitas esverdeadas encontradas por nossa expedição eram exemplares dessa moeda. Conquanto a cultura fosse principalmente urbana, existia a agricultura em pequena escala e muita criação de gado. A mineração e alguma manufatura eram também praticadas. As viagens eram frequentes, mas a migração permanente parecia relativamente rara, exceto nos vastos movimentos de colonização pelos quais a raça ser expandia. Para a locomoção pessoal não usavam ajuda externa, pois tanto nos movimentos em terra como no ar e na água, os Antigos pareciam possuir uma capacidade de se mover com enorme velocidade. As cargas, porém, eram transportadas pelas bestas de carga — Shoggots debaixo d'água e uma curiosa variedade de vertebrados primitivos nos últimos anos da existência terrestre.

Esses vertebrados, bem como uma infinidade de outras formas de vida — animal e vegetal, marítima, terrestre e aérea —, eram os produtos da evolução natural agindo sobre as células vivas criadas pelos Antigos, mas fora de seu raio de atenção. Elas tiveram permissão de se desenvolver livremente porque não entraram em conflito com os seres dominantes. As formas incômodas, é claro, eram mecanicamente exterminadas. Interessou-nos ver, em algumas das esculturas finais e mais decadentes, um mamífero bamboleante usado ora como alimento, ora como bufão para divertir os moradores de terra, cujos indícios vagamente simiescos e humanos eram inconfundíveis. Na construção das cidades de terra, os enormes blocos de pedra das altas torres eram geralmente levantados por pterodátilos de asas enormes de uma espécie antiga, desconhecida da paleontologia.

A persistência com que os Antigos sobreviveram a diversas mudanças e convulsões geológicas da crosta terrestre havia sido pouco menos que milagrosa. Embora poucas ou nenhuma de suas primeiras cidades parecessem ter permanecido além da Idade Arqueana, não houve nenhuma interrupção em sua civilização ou na transmissão de seus registros. Seu lugar original de chegada ao planeta havia sido o Oceano Antártico, e é provável que ali houvessem chegado pouco depois da matéria formadora da Lua ter sido arrancada do vizinho Oceano Pacífico. Segundo um dos mapas esculpidos, o globo inteiro estava então debaixo d'água com cidades de pedra espalhando-se cada vez mais longe da antártica, com a passagem das eras. Outro mapa mostra uma vasta massa de terra seca ao redor do polo sul, deixando evidente que alguns seres fizeram assentamentos experimentais, embora seus centros principais houvessem sido transferidos para o fundo do mar mais próximo. Mapas posteriores, que mostram a massa terrestre se dividindo e deslizando, e enviando algumas partes destacadas para o norte, referendam de maneira espantosa as teorias de deriva continental ultimamente desenvolvidas por Taylor, Wegener e Joly.

Com a elevação de novas terras no Pacífico Sul, acontecimentos prodigiosos se sucederam. Algumas cidades marítimas foram inapelavelmente abaladas, mas este não foi seu pior infortúnio. Outra raça — uma raça terrestre de seres em forma de polvo e provavelmente correspondentes à fabulosa geração pré-humana de Cthulhu — logo começou a se infiltrar da infinidade cósmica precipitando uma monstruosa guerra que, durante algum tempo, expulsou todos os Antigos de volta para o mar — um golpe colossal, tendo em vista a proliferação dos assentamentos terrestres. Posteriormente, fez-se a paz e as novas terras foram dadas à geração de Cthulhu, enquanto os Antigos conservaram o mar e as terras antigas. Novas cidades terrestres foram fundadas — as maiores na Antártida, pois esta região continuava sendo o centro da civilização dos Antigos, e todas as cidades construídas ali pela geração de Cthulhu foram destruídas. Então, as terras do Pacífico repentinamente afundaram de novo, levando consigo a pavorosa cidade de pedra de R'lyeh e todos os polvos cósmicos, de forma que os Antigos tornaram-se novamente supremos no planeta, exceto por um obscuro pavor sobre o qual não gostavam de falar. Numa era bem posterior, suas cidades pontuavam todas as áreas terrestres e aquáticas do globo — donde a recomendação em minha próxima monografia de que algum arqueólogo faça perfurações sistemáticas, com um aparelho do tipo criado por Pabodie, em algumas regiões bastante espaçadas.

A tendência dominante ao longo das eras foi da água para a terra — um movimento estimulado pela elevação de novas massas terrestres, conquanto o oceano jamais tenha sido totalmente abandonado. Outra causa do movimento no sentido da terra foi a nova dificuldade em produzir e controlar os Shoggots de que dependia o êxito da vida marítima. Com o passar do tempo, como as esculturas lamentosamente admitiam, a arte de criar vida nova a partir de matéria inorgânica havia se perdido, de modo que os Antigos tinham que depender da moldagem das formas já existentes. Em terra, os grandes répteis mostraram-se altamente tratáveis; mas os Shoggots do mar, reproduzindo-se por fissão e adquirindo um perigoso grau de inteligência acidental, apresentaram, por algum tempo, um formidável problema.

Eles sempre haviam sido controlados pelas sugestões hipnóticas dos Antigos e moldado sua rígida plasticidade em diversos membros e órgãos temporários úteis; agora, porém, seus poderes automodeladores eram exercidos às vezes de forma independente e em várias formas imitativas implantadas por sugestões passadas. Ao que parece, tinham desenvolvido um cérebro semi-estável cujo interesse independente e ocasionalmente obstinado refletia a vontade dos Antigos mas nem sempre lhe obedecia. Imagens esculpidas desses Shoggots nos encheram, a Danforth e a mim, de horror e aversão. Eles eram normalmente entidades informes constituídas por uma gelatina viscosa parecendo uma aglomeração de bolhas, e cada um tinha aproximadamente quinze pés de diâmetro quando na forma esférica. Sua forma e seu volume estavam, porém, em constante alteração — projetando membros temporários ou formando aparentes órgãos de visão, audição e fala em imitação de seus amos, ora espontaneamente, ora segundo sugestões.

Eles parecem ter se tornado particularmente intratáveis em meados da Idade Permiana, há cento e cinquenta milhões de anos, quando uma verdadeira guerra de restabelecimento da dominação foi movida contra eles pelos Antigos marítimos. Imagens dessa guerra, e do modo os Shoggots tipicamente deixavam suas vítimas decapitadas e cobertas de uma substância viscosa, tinham um efeito apavorante apesar do abismo interposto de incontáveis eras. Os Antigos usavam curiosas armas de perturbação molecular e atômica contra as criaturas rebeldes e acabaram conquistando uma vitória esmagadora. Dali em diante, as esculturas mostravam um período em que os Shoggots eram domados e amansados por Antigos armados, como os cavalos selvagens do oeste americano eram domados por vaqueiros. Embora os Shoggots houvessem mostrado capacidade de viver fora d'água durante a rebelião, esta transição não foi estimulada — pois sua utilidade em terra dificilmente teria compensado o problema de controlá-los.

Durante o Período Jurássico, os Antigos encontraram novas adversidades na forma de uma nova invasão do espaço exterior — desta vez por criaturas meio-crustáceos, meio-fungos —, criaturas inquestionavelmente semelhantes às que figuram em certas lendas montanhesas sussurradas do Norte e recordadas no Himalaia como o Mi-Go, ou o abominável Homem das Neves. Para combater essas criaturas, os Antigos tentaram, pela primeira vez desde sua chegada a Terra, partir para o éter planetário, mas apesar de todos os preparativos tradicionais, descobriram que não lhes seria mais possível deixar a atmosfera terrestre. Qualquer que tenha sido o antigo segredo de viagem interestelar, ele estava então definitivamente perdido para a raça. No final, os Mi-Go expulsaram os Antigos para as regiões setentrionais, embora não tivessem forças para perturbar os que viviam no mar. Pouco a pouco, a lenta retirada da raça mais antiga para seu habitat antártico original foi começando.

Foi curioso notar pelas batalhas retratadas que tanto a geração de Cthulhu quanto os Mi-Go pareciam ser formados de matéria muito diferente da que sabemos ter sido a substância dos Antigos. Eles eram capazes de sofrer transformações e reintegrações impossíveis para seus adversários, e pareciam, portanto, ter vindo originalmente de abismos ainda mais remotos do espaço cósmico. Os Antigos, exceto por sua resistência anormal e suas propriedades vitais peculiares, eram estritamente materiais e devem ter tido sua origem primeira no contínuo espaço-tempo conhecido — ao passo que as origens primeiras dos outros seres só podem ser imaginadas etereamente. Tudo isto, é claro, supondo que as conexões não terrestres e as anomalias adscritas aos inimigos invasores não são pura mitologia. Concebivelmente, os Antigos poderiam ter inventado um plano cósmico para explicar suas ocasionais derrotas, pois o interesse e o orgulho históricos obviamente eram seu principal elemento psicológico. É significativo que seus anais não façam menção a muitas raças avançadas e potentes de seres cujas poderosas culturas e fabulosas cidades figuram persistentemente em certas lendas obscuras.

O mutação permanente do mundo através das longas eras geológicas aparecia com fantástica vivacidade em muitos mapas e cenas esculpidos. Em certos casos, a ciência existente vai exigir revisão, enquanto em outros, suas corajosas deduções são magnificamente confirmadas. Como já mencionei, a hipótese de Taylor, Wegener e Joly de que todos os continentes são fragmentos de uma massa de terra antártica original que se esfacelou por efeito da força centrífuga e se afastou deslizando sobre uma superfície inferior tecnicamente viscosa — hipótese esta sugerida por circunstâncias como os perfis complementares da África e América do Sul e a maneira como as grandes cadeias montanhosas se erguem — recebe um respaldo precioso desta fantástica fonte.

Mapas evidentemente mostrando o mundo carbonífero de cem milhões de anos atrás ou mais, mostravam as fendas e rachaduras que posteriormente viriam a separar a África dos então reinos contínuos de Europa (a Valusia da lenda primordial), Ásia e Américas, e do continente antártico. Outros mapas — e mais significativamente um relacionado com a fundação, há cinquenta milhões de anos, da imensa cidade morta que nos rodeava — mostravam todos os continentes atuais bem diferenciados. E no mais recente exemplar que pudemos descobrir — datando, talvez, da Era Pliocênica — o mundo aproximado de hoje aparecia claramente, apesar da ligação do Alasca à Sibéria, da América do Norte à Europa através da Groenlândia, e da América do Sul ao continente antártico através da Terra Graham. No mapa do Carbonífero, o globo todo — incluindo o leito oceânico e as massas terrestres elevadas — apresentava símbolos das enormes cidades de pedra dos Antigos, mas nos mapas mais recentes, o gradual recuo para a Antártida tornava-se perfeitamente claro. O exemplar final do Plioceno não mostrava cidades terrestres, exceto no continente antártico e na ponta da América do Sul, nem qualquer cidade oceânica ao norte do paralelo cinquenta de Latitude Sul. O conhecimento e o interesse pelo mundo setentrional, exceto por um estudo de linhas costeiras feito provavelmente durante os longos voos de exploração naquelas asas membranosas em forma de leque, evidentemente haviam caído a zero entre os Antigos.

A destruição de cidades pela elevação de montanhas, a dilaceração centrífuga de continentes, as convulsões sísmicas na terra ou no fundo do mar e outras causas naturais foram todas motivo de registros comuns; e é curioso observar como foram feitas cada vez menos substituições com o correr das eras. A vasta megalópole morta que escancarava suas aberturas ao nosso redor parecia ter sido o último centro importante da raça — construído no início do Período Cretáceo, depois que um titânico encurvamento da terra destruiu uma predecessora ainda mais vasta, não muito distante. Ao que parecia, esta região em geral era seu lugar mais sagrado, onde os primeiros Antigos teriam se estabelecido no fundo de um mar primordial. Na nova cidade — muitas de cujas feições pudemos reconhecer nas esculturas, mas que se estendia por outras cem milhas ao longo da cordilheira além dos limites de nossa incursão aérea — acreditava-se que teriam sido preservadas certas pedras sagradas que pertenceram à primeira cidade do fundo do mar e que emergiram para a luz depois de longas eras, no curso da desintegração geral de estratos geológicos.

VIII

Naturalmente, Danforth e eu estudamos com especial interesse e um senso de admiração peculiarmente pessoal tudo que pertencia ao distrito onde estávamos. Havia naturalmente uma enorme abundância desse material local; e no confuso nível térreo da cidade tivemos a sorte de encontrar uma casa de datação bastante tardia cujas paredes, conquanto um pouco danificadas por uma fissura próxima, continham esculturas de arte decadente contando a história da região muito antes do período do mapa do Plioceno do qual tivéramos nosso último apanhado geral do mundo pré-humano. Este foi o último lugar que examinamos detalhadamente, pois o que ali encontramos nos orientou para um novo objetivo imediato.

Certamente estávamos em um dos mais estranhos, mais misteriosos e mais terríveis de todos os cantos do globo terrestre. De todas as terras existentes, ela era infinitamente a mais antiga. Cresceu a nossa convicção de que este odioso planalto devia efetivamente ser o fabuloso planalto de pesadelo de Leng que até mesmo o enlouquecido autor do *Necronomicon* relutava em discutir. A grande cordilheira era terrivelmente extensa — começando como uma serra baixa na Terra Luitpold, na costa do Mar de Weddell e virtualmente cruzando o continente inteiro. A parte realmente alta se estendia num fabuloso arco começando aproximadamente em 82° de Latitude Leste, 60° de Longitude a 70° de Latitude Leste, 115° de Longitude, com seu lado côncavo virado para nosso acampamento e a extremidade voltada para o mar na região daquela extensa costa bloqueada pelo gelo cujas montanhas foram vislumbradas por Wilkes e Mawson no círculo antártico.

Entretanto, parecia haver excessos ainda mais mons-truosos da natureza perturbadoramente próximos. Eu disse que aqueles picos eram mais altos que o Himalaia, mas as esculturas me impedem de dizer que são os mais altos da Terra. Esse inelutável horror está reservado certamente para algo que metade das esculturas hesitou absolutamente em registrar, enquanto outras abordaram com visível repugnância e pavor. Ao que parece, havia uma parte da terra antiga — a primeira parte que emergiu das águas depois da Terra expelir a Lua e os Antigos se infiltrarem das estrelas — que viera a ser evitada como vaga e inominavelmente maligna. As cidades ali construídas haviam ruído antes de seu tempo e tinham sido encontradas desertas. Então, quando a primeira grande dobra terrestre convulsionou a região na Era Comancheana, uma assustadora linha de picos ergueu-se subitamente em meio ao mais apavorante caos e estrondo — e a Terra recebia suas mais altas e mais terríveis montanhas.

Se a escala dos entalhes estava certa, essas coisas abomináveis deviam ter tido mais de quarenta mil pés de altura — radicalmente maiores até que as espantosas montanhas da loucura que havíamos cruzado. Ao que parece, elas se estendiam de aproximadamente 77° de Latitude Leste, 70° Longitude a 70° de Latitude Leste, 100° de Longitude — a menos de trezentas milhas de distância da cidade morta, de modo que teríamos avistado difusamente seus temíveis cumes no ocidente longínquo não fosse aquele vago nevoeiro opalino. Sua extremidade norte devia também ser visível da extensa linha costeira do círculo polar antártico, na Terra Queen Mary.

Alguns dos Antigos, nos dias de decadência, haviam feito estranhas orações para essas montanhas — mas nenhum jamais chegou perto nem ousou imaginar o que havia além delas. Nenhum olhar humano jamais as vira, e estudando as emoções transmitidas nos entalhes, rezei para que nenhum jamais as veja. Há morros protetores ao longo da costa, além delas — as Terras Queen Mary e Kaiser Wilhelm —, e agradeço aos Céus que ninguém tenha conseguido aportar e galgar esses morros. Não sou tão cético com respeito a velhos temores e narrativas quanto costumava ser, e não rio agora da ideia do escultor pré-humano de que o raio estacava significativamente, de tempos em tempos, em cada uma das borrascosas cristas, e que uma inexplicável luminosidade brilha de um daqueles terríveis cumes sobre toda a longa noite polar. Deve haver um significado muito real e muito monstruoso nos antigos sussurros Pnakóticos sobre Kadath na Vastidão Fria.

Mas o território mais à mão, conquanto menos maldito, não era muito menos estranho. Logo depois da fundação da cidade, a grande cordilheira tornou-se a sede dos principais templos e muitos entalhes mostravam que grotescas e fantásticas torres haviam arranhado o céu onde agora víamos apenas os cubos e amuradas curiosamente seguros. No curso das eras, as cavernas haviam surgido e sido modeladas como anexos dos templos. Com o avanço de épocas ainda mais tardias, todos os veios calcários foram arrastados pelas águas do subsolo, de modo que as montanhas, os contrafortes e as planícies abaixo delas eram uma verdadeira malha de cavernas e galerias interligadas. Muitas esculturas falavam de explorações subterrâneas em profundidade e da descoberta final do mar estígio, onde o sol jamais brilha, espreitando das entranhas da Terra.

Este enorme e tenebroso abismo certamente havia sido escavado pelo grande rio que fluía pelas inomináveis e terríveis montanhas a oeste e que, contornando a base da cordilheira dos Antigos, correra ao lado desta cordilheira na direção do Oceano Índico entre as Terras Budd e Totten na linha costeira de Wilkes. Pouco a pouco, ele havia consumido a base calcária das montanhas à sua volta até que finalmente suas correntes atingiram as cavernas das águas do subsolo e juntaram-se a elas para escavar abismos ainda mais profundos. Finalmente, toda sua massa se esvaziou nas montanhas escavadas deixando o antigo leito rumo ao sequioso oceano. Muito da última cidade tal como agora a encontrávamos havia sido construído às margens daquele antigo leito. Os Antigos, compreendendo o que havia acontecido e exercitando seu sempre agudo senso artístico, haviam esculpido em pilones ornamentais aqueles promontórios dos contrafortes onde a grande correnteza iniciara sua descida para a escuridão eterna.

Este rio, que já fora cruzado por grande número de gloriosas pontes de pedra, era claramente aquele cujo leito extinto havíamos visto em nossa excursão aérea. Sua posição em diferentes entalhes da cidade ajudou a nos orientarmos sobre como a paisagem devia ter sido em vários estágios da história plurimilenar da região, permitindo-nos traçar um mapa aproximado mas cuidadoso dos pontos principais — praças, edifícios importantes, coisas assim — como guia para nossas explorações. Logo conseguimos reconstruir imaginariamente a coisa estupenda toda tal como havia sido há um milhão, ou dez milhões, ou cinquenta milhões de anos, pois as esculturas nos diziam exatamente como eram os edifícios, montanhas, praças, subúrbios, paisagens e a luxuriante vegetação do Terciário. Ela deve ter sido de maravilhosa e mística beleza e, pensando nisto, quase esqueci o pegajoso sentimento de sinistra opressão com que a desumana idade, solidez, abandono, antiguidade e crepúsculo glacial da cidade havia sufocado e pesado sobre meu espírito. No entanto, segundo certos entalhes, os próprios habitantes daquela cidade haviam conhecido as garras do terror opressivo; pois havia um tipo de cena sombrio e recorrente em que os Antigos eram mostrados no ato de recuarem apavorados de algum objeto — nunca mostrado no desenho — encontrado no grande rio e indicado como tendo sido carregado pelas águas através de ondulantes florestas de cícades cobertas de trepadeiras daquelas horríveis montanhas a oeste.

Foi somente na casa do período tardio com as esculturas decadentes que obtivemos alguns indícios da calamidade final que levou ao abandono da cidade. Inquestionavelmente, deve ter havido muitas esculturas da mesma idade em outras partes, mesmo admitindo a frouxidão e os anseios de um período de tensões e incertezas; na verdade, evidências certeiras da existência de outras nos chegaram pouco depois. Mas este foi o primeiro e único conjunto que encontramos diretamente. Pretendíamos pesquisar mais longe depois; mas, como disse, condições imediatas ditaram nosso objetivo presente. Teria, porém, havido um limite — pois depois de todas as esperanças de uma prolongada ocupação futura do lugar se desfazerem entre os Antigos, só poderia ter ocorrido uma cessação total da decoração mural. O golpe final, é claro, foi a chegada do grande frio que um dia tolheu boa parte da Terra e jamais abandonou os infortunados polos — o grande frio que, na outra extremidade do mundo, eliminou as fabulosas terras de Lomar e Hyperborea.

Seria difícil dizer, em anos precisos, exatamente quando esta tendência começou na Antártida. Atualmente situamos o início dos períodos glaciais gerais a uma distância aproximada de quinhentos mil anos do presente, mas, nos polos, o pavoroso flagelo deve ter começado muito antes. Todas avaliações quantitativas são parcialmente conjecturais, mas é bem provável que as esculturas decadentes tenham sido feitas há menos de um milhão de anos e que o efetivo abandono da cidade tenha terminado antes do início convencional do Pleistoceno — quinhentos mil anos atrás —, como se admite para a superfície da Terra como um todo.

Nas esculturas decadentes, havia sinais de vegetação menos densa por toda parte e de um declínio da vida rural por parte dos Antigos. Aparelhos de aquecimento eram mostrados em casas e os viajantes eram representados agasalhados com tecidos protetores no inverno. Vimos então uma série de cártulas — a sequência contínua de entalhes era frequentemente interrompida nesses entalhes tardios — ilustrando uma migração constantemente crescente para os refúgios mais próximos e mais quentes — alguns fugindo para cidades submersas ao largo da costa e outros esgueirando-se pela rede de cavernas de calcário nos montes ocos para o vizinho abismo negro de águas subterrâneas.

Ao final, parece ter sido o abismo vizinho que acolheu a colônia maior. Isto certamente se deveu, em parte, à tradicional santidade desta região especial, mas pode ter sido particularmente determinada pelas oportunidades que oferecia de seguirem usando os grandes templos nas montanhas perfuradas e conservarem a enorme cidade em terra como local de veraneio e base de comunicação com várias minas. A interligação entre moradias antigas e novas foi tornada mais eficiente por meio de vários nivelamentos e melhorias nos meios de ligação, incluindo a escavação de numerosos túneis diretos da antiga metrópole para o negro abismo — túneis apontando diretamente para baixo cujas bocas cuidadosamente assinalamos, segundo nossas melhores estimativas, no mapa de guia que estávamos compilando. Era evidente que pelo menos dois desses túneis se localizavam a uma distância de exploração razoável de onde estávamos — ambos no lado da cidade voltado para a montanha, um deles a menos de um quarto de milha na direção do antigo leito do rio, e o outro possivelmente o dobro dessa distância na direção oposta.

O abismo, ao que parece, tinha praias de terra seca em certos lugares, mas os Antigos construíram sua nova cidade debaixo d'água — certamente devido à maior garantia de um aquecimento uniforme. A profundidade do mar oculto parece ter sido muito grande para o calor interno da Terra poder garantir sua habitabilidade por um período indefinido. As criaturas parecem não ter tido problemas de adaptação para a moradia parcial — e, eventualmente, é claro, total — debaixo d'água, pois jamais permitiram que seus sistemas de guelras atrofiassem. Havia muitas esculturas mostrando como frequentemente visitavam seus parentes submarinos em outros lugares e como banhavam-se regularmente no fundo de seu grande rio. A escuridão do interior da Terra também não seria um obstáculo para uma raça acostumada com as longas noites antárticas.

Por decadente que fosse seu estilo, esses últimos entalhes adquiriam uma qualidade épica quando tratavam da construção da nova cidade no mar da caverna. Os Antigos se empenharam nisto cientificamente — extraindo rochas indissolúveis do coração das montanhas perfuradas e empregando trabalhadores especializados da cidade submarina mais próxima para fazer a construção segundo os melhores métodos. Esses trabalhadores trouxeram consigo tudo que era necessário para criar o novo empreendimento — tecido de Shoggot com que produzir levantadores de pedras e, depois, bestas de carga, para a cidade da caverna, e outras matérias protoplásmicas para moldar em organismos fosforescentes para fins de iluminação.

Finalmente a poderosa metrópole cresceu no fundo daquele mar estígio com arquitetura muito parecida com a da cidade da superfície, e com uma arte revelando pouca decadência devido à precisão matemática inerente às operações de construção. Os recém-criados Shoggots adquiriram um tamanho enorme e uma singular inteligência, e costumavam ser representados recebendo e executando ordens com maravilhosa presteza. Eles pareciam conversar com os Antigos imitando suas vozes — uma espécie de sopro musical de larga escala, se a dissecação de Lake estivesse correta — e trabalhar mais sob comandos verbais do que por sugestão hipnótica como em épocas anteriores. Eram mantidos, porém, sob admirável controle. Os organismos fosforescentes forneciam luz com grande eficiência e certamente compensavam a perda das familiares auroras polares da noite do mundo exterior.

A arte e a decoração prosseguiram, ainda que com certa decadência. Os Antigos pareciam perceber, eles próprios, este declínio, e em muitos casos anteciparam a política de Constantino, o Grande transplantando blocos especialmente belos de entalhe antigo de sua cidade superficial, como o imperador, numa época semelhante de decadência, despojou a Grécia e a Ásia de sua melhor arte para dar, à sua nova capital bizantina, esplendores maiores que seu próprio povo poderia criar. O fato da transferência de blocos esculpidos não ter sido mais abrangente deveu-se, possivelmente, ao fato de a cidade terrestre não ter sido, de início, completamente abandonada. Quando a retirada total aconteceu — e isto seguramente deve ter ocorrido antes do Pleistoceno polar ter avançado demasiadamente —, os Antigos talvez estivessem satisfeitos com sua arte decadente

— ou tivessem deixado de reconhecer o mérito superior dos entalhes mais antigos. De qualquer forma, as ruínas imemorialmente silenciosas que nos cercavam certamente não tinham sido submetidas a um despojamento escultural por atacado, embora todas as melhores estátuas isoladas, bem como outras móveis, houvessem sido removidas.

As cártulas e socos decadentes contando essa história foram, como disse, as mais recentes que pudemos encontrar em nossa limitada busca. Eles nos deixaram com uma imagem dos antigos indo e vindo entre a cidade terrestre no verão e a cidade no mar interior no inverno, e às vezes comerciando com as cidades no fundo do mar da costa antártica. A essa altura, o destino final da cidade terrestre já devia ter sido percebido, pois as esculturas continham muitos indícios das malignas invasões do frio. A vegetação se rarefazia e as terríveis neves do inverno já não se derretiam completamente, mesmo no auge do verão. A criação de sáurios estava quase toda extinta e os mamíferos também não estavam suportando bem a situação. Para manter o trabalho no mundo superior, tornara-se necessário adaptar para a vida terrestre alguns Shoggots amorfos e curiosamente resistentes ao frio — coisa que os Antigos haviam relutando muito em fazer anteriormente. O grande rio estava agora sem vida e o mar superior havia perdido a maioria de seus habitantes, exceto as focas e baleias. Todos os pássaros tinham voado para longe, exceto os grandes e grotescos pinguins.

O que havia acontecido depois só podíamos imaginar. Por quanto tempo a nova cidade do mar da caverna teria sobrevivido? Haveria ainda ali um cadáver de pedra em eterna escuridão? As águas subterrâneas teriam finalmente congelado? A que destino teriam sido entregues as cidades submarinas do mundo exterior? Teria algum dos Antigos escapado para o norte antes do endurecimento da calota de gelo? A geologia existente não revela nenhum traço de sua presença. Representariam ainda os pavorosos Mi-Go uma ameaça no mundo superficial exterior do norte? Como se poderia ter certeza sobre o que teria ou não permanecido, até nossos dias, nesses abismos sem luz e indevassáveis das águas mais profundas da Terra? Aquelas coisas aparentemente eram capazes de suportar qualquer quantidade de pressão — e homens do mar já andaram pescando ocasionalmente alguns objetos muito curiosos. E a teoria da baleia assassina poderia realmente explicar os selvagens e misteriosos ferimentos em focas antárticas observados uma geração atrás por Borchgrevingk?

Os espécimes encontrados pelo pobre Lake não entram nessas suposições, pois seu cenário geológico provava que eles teriam vivido no que deve ter sido um período muito primitivo da história da cidade terrestre. Tinham, de acordo com sua localização, não menos que trinta milhões de anos, e refletimos que, em sua época, a cidade do mar da caverna e a própria caverna ainda não existiam. Eles teriam lembrado um cenário mais antigo, com a luxuriante vegetação do Terciário por toda parte, uma cidade terrestre mais jovem com artes florescentes e um grande rio escoando para o norte ao longo das poderosas montanhas rumo a um distante oceano tropical.

No entanto, não podíamos deixar de pensar naqueles espécimes — especialmente nos oito perfeitos que haviam desaparecido do acampamento pavorosamente devastado de Lake. Havia alguma coisa de anormal naquele negócio todo — coisas estranhas que tentamos tão esforçadamente atribuir à loucura de alguém —, aqueles apavorantes túmulos — a quantidade e a natureza do material que faltava —, Gedney — a sobrenatural resistência daquelas monstruosidades arcaicas e os estranhos caprichos vitais que as esculturas agora mostravam que a raça possuía. Danforth e eu havíamos visto bastante nas últimas horas e estávamos preparados para acreditar e silenciar sobre muitos segredos estarrecedores e incríveis da natureza primordial.

IX

Eu disse que nosso estudo das esculturas decadentes provocaram uma mudança em nossos objetivos imediatos. Isto, é claro, não tinha nada a ver com as passagens esculpidas para o soturno mundo subterrâneo de cuja existência não sabíamos antes, mas que estávamos agora ansiosos para conhecer e atravessar. Pela escala evidente das esculturas, deduzimos que uma íngreme caminhada descendente de aproximadamente uma milha em qualquer dos túneis vizinhos nos levaria à borda dos vertiginosos penhascos escuros à beira do grande abismo, cujas descidas laterais, melhoradas pelos Antigos, levavam à praia rochosa do tenebroso e oculto oceano. Ver este fabuloso abismo em sua plena realidade era uma isca irresistível, quando se tomava conhecimento de sua existência — embora soubéssemos que seria preciso iniciar a busca imediatamente se pretendíamos incluí-la em nossa presente excursão.

Eram oito da noite, agora, e não tínhamos um número apropriado de baterias sobressalentes para operarmos indefinidamente nossas lanternas. Havíamos feito tantos estudos e cópias abaixo do nível glacial, que nosso estoque de baterias fora submetido a pelo menos cinco horas de uso quase ininterrupto e, apesar da fórmula especial de bateria seca, só nos permitiria mais quatro horas de uso apenas — mesmo conservando uma lanterna apagada, exceto em lugares especialmente difíceis ou interessantes, teríamos que controlar para alongar nossa margem de segurança além disso. Não convinha ficar sem luz nestas catacumbas ciclópicas; portanto, para realizar nossa excursão pelo abismo, teríamos que desistir de qualquer nova decifração dos murais. Pretendíamos, certamente, revisitar aqueles locais durante dias e, talvez, semanas de estudos intensivos e fotos — a curiosidade havia muito se impusera ao horror —, mas neste exato momento devíamos nos apressar.

Nosso suprimento de papel para demarcar o caminho estava longe de ser ilimitado e relutávamos em sacrificar os cadernos de reserva e o papel de desenho para aumentá-lo, mas acabamos reservando um grande caderno para este fim. Se acontecesse o pior, recorreríamos ao artifício de marcar a rocha — e certamente só poderíamos alcançar a luz do dia, mesmo em caso de realmente nos perdermos, por uma ou outra passagem, se tivéssemos tempo suficiente para muitas tentativas e erros. Assim, finalmente partimos animados na direção assinalada do túnel mais próximo.

Segundo as esculturas que basearam nosso mapa, a boca do túnel procurado não poderia ficar a mais de um quarto de milha do lugar onde estávamos. O espaço apresentava construções de aparência sólida que possivelmente ainda poderiam ser penetradas até um nível subglacial. A entrada propriamente dita estaria no subsolo — no ângulo mais próximo dos contrafortes — de uma enorme construção de cinco pontas de natureza evidentemente pública e, talvez, cerimonial, que tentamos identificar com base em nossa inspeção aérea das ruínas.

Nenhuma estrutura assim veio à nossa lembrança ao recordarmos o voo, e concluímos que suas partes superiores deviam estar muito danificadas, ou então ela teria se despedaçado inteiramente numa fenda do gelo que havíamos observado. Neste último caso, o túnel provavelmente estaria obstruído e teríamos que tentar o seguinte mais próximo — aquele a menos de uma milha de distância ao norte. O curso do rio interposto nos impediria de tentar alguns dos túneis mais ao sul na presente excursão; na verdade, se os dois mais próximos estivessem obstruídos, era duvidoso que nossas baterias possibilitassem uma tentativa no seguinte, do lado norte — perto de uma milha além de nossa segunda opção.

Enquanto avançávamos com dificuldade pelo labirinto auxiliados pelo mapa e pela bússola — atravessando salas e corredores em todos os graus de ruína ou preservação, subindo rampas para pisos superiores e pontes, e nos arrastando para baixo, novamente, encontrando passagens obstruídas e pilhas de detritos, apressando-nos aqui e ali por trechos bem preservados e imaculadamente limpos, entrando em passagens falsas e tendo que retroceder (nestes casos, recolhendo a trilha de papel que havíamos deixado), e chegando, de vez em quando, ao fundo de um poço descoberto por onde escoava a luz do dia —, éramos persistentemente atormentados pelas paredes esculpidas ao longo do percurso. Muitas deviam ilustrar fatos de tremenda importância histórica e somente a perspectiva de visitas posteriores nos consolava da necessidade de passar ao largo delas. Mesmo assim, reduzíamos o passo, de vez em quando, acendendo nossa segunda lanterna. Se tivéssemos mais filmes, por certo teríamos feito breves paradas para fotografar alguns baixos-relevos, mas a demorada cópia manual estava absolutamente fora de questão.

Chego agora, uma vez mais, a um ponto em que é extremamente forte a tentação de hesitar, ou de sugerir, em vez de afirmar. É necessário, porém, revelar o resto, para justificar meu intento de impedir novas explorações. Havíamos avançado tortuosamente até bem perto do lugar assinalado da entrada do túnel — tendo cruzado uma ponte de segundo andar, que parecia ser o topo de uma parede afunilada, e descido para um corredor arruinado particularmente rico em esculturas de aparência ritualística e elaboradas no estilo decadente da arte tardia —, quando, pouco depois das oito e meia da noite, as jovens narinas aguçadas de Danforth nos deram o primeiro indício de alguma coisa invulgar. Se tivéssemos um cão, imagino que teríamos sido alertados mais cedo. De início, não poderíamos dizer com precisão o que estava errado com o ar que antes nos parecera de uma pureza cristalina, mas, depois de alguns segundos, nossas memórias reagiram definitivamente. Permitam-me tentar descrever a coisa sem hesitações. Havia um odor — e aquele odor era vaga, sutil e inconfundivelmente parecido com o que nos havia nauseado depois de abrirmos o insano túmulo do horror que o pobre Lake havia dissecado.

Evidentemente, a revelação não foi tão nítida na ocasião como soa agora. Havia diversas explicações possíveis e passamos um bom tempo indecisos, conversando em sussurros. O mais importante é que não recuamos sem investigar melhor, pois, tendo chegado até ali, não aceitaríamos ser dissuadidos por algo que não fosse um desastre líquido e certo. De qualquer forma, o que devemos ter suspeitado era extravagante demais para se acreditar. Coisas assim não acontecem em um mundo normal. Foi provavelmente o instinto irracional que nos fez abafar a luz da lanterna — não mais tentados pelas esculturas decadentes e sinistras que espreitavam ameaçadoramente das paredes opressivas — e desacelerar o passo para um cauteloso avanço na ponta dos pés ou um arrastar-se sobre pisos cada vez mais atulhados de montes de detritos.

Os olhos de Danforth, assim como seu nariz, mostraram-se melhores do que os meus, pois foi também ele quem primeiro notou o aspecto curioso dos detritos depois de cruzarmos por muitos arcos semiobstruídos levando a câmaras e corredores do nível térreo. Aquilo absolutamente não tinha a aparência que devia ter depois de incontáveis milhares de anos de abandono e, quando aumentamos cautelosamente a luz, vimos uma espécie de trilha que parecia ter sido recentemente marcada naquele percurso. A desordem reinante impedia qualquer marcação precisa, mas nos locais mais lisos havia sugestões de que objetos volumosos haviam sido arrastados. Em certo momento pensamos ver um indício de marcas paralelas como as que seriam deixadas pelos patins de um trenó. Foi isto que nos fez parar novamente.

Foi durante esta pausa que captamos — ao mesmo tempo, desta vez — o outro odor à frente. Paradoxalmente, era um cheiro menos e mais assustador — menos intrinsecamente, mas infinitamente estarrecedor neste local, nas circunstâncias conhecidas —, não fosse, é claro, por Gedney — pois o cheiro era pura e simplesmente de gasolina, gasolina comum.

Nossa motivação depois disso é algo que deixarei aos psicólogos. Sabíamos agora que alguma terrível extensão dos horrores do acampamento devia ter rastejado para este tenebroso sepulcro dos tempos, e não podíamos mais duvidar da existência de condições inomináveis — atuais ou, pelo menos, recentes, logo adiante. Entretanto, deixamos enfim a ardente curiosidade — ou ansiedade — e o auto-hipnotismo — ou vagos pensamentos de responsabilidade para com Gedney —, ou seja o que for, nos guiar. Danforth sussurrou novamente algo sobre o rasto que pensava ter visto na esquina da viela que dava para as ruínas, lá no alto; e sobre o tênue sopro musical — com um significado potencial tremendo à luz do relatório da dissecação de Lake, apesar de sua estreita semelhança com os ecos produzidos nas bocas de caverna daqueles cumes varridos pelo vento — que imaginava ter ouvido um pouco depois, vindo das insondáveis profundezas abaixo. Eu, de minha parte, sussurrei algo sobre a maneira como o acampamento havia sido abandonado — sobre o que havia desaparecido e sobre como a loucura de um solitário sobrevivente poderia ter concebido o inconcebível — uma extraordinária excursão pelas monstruosas montanhas e a descida para aquela desconhecida alvenaria primitiva...

Mas não pudemos nos convencer mutuamente, nem a nós mesmos, de alguma coisa definida. Havíamos apagado as lanternas enquanto estávamos parados e percebemos que um vago traço da luz do dia profundamente filtrada impedia que a escuridão fosse absoluta. Tendo começado a avançar automaticamente, nós nos guiávamos por clarões ocasionais de nossa lanterna. Os detritos removidos haviam produzido uma impressão da qual não conseguíamos nos livrar, e o cheiro de gasolina aumentava. Mais e mais ruínas batiam em nossos olhos e obstruíam nossos passos até que percebemos, pouco depois, que o caminho à frente parecia prestes a acabar. Estávamos perfeitamente corretos em nossas previsões pessimistas sobre aquela fenda vislumbrada do ar. Nossa busca do túnel era cega e não poderíamos nem mesmo alcançar o porão onde se abria a passagem para o abismo.

O facho da lanterna, brilhando sobre as paredes grotescamente esculpidas do corredor bloqueado onde estávamos, mostrava a existência de várias passagens com diversos graus de obstrução; e de uma delas, o cheiro de gasolina — sufocando quase inteiramente aquele outro cheiro — chegava com especial distinção. Observando com maior atenção, percebemos que sem a menor dúvida houvera uma ligeira e recente desobstrução dos detritos daquela particular abertura. Fosse qual fosse o horror que ali pudesse estar à nossa espreita, acreditávamos que o caminho direto até ele estava agora plenamente manifesto. Ninguém imaginará, creio eu, que esperamos algum tempo apreciável antes de dar o próximo passo.

No entanto, quando nos aventuramos pelo interior daquela arcada escura, nossa primeira impressão foi um anticlímax, pois, afora a confusa vastidão daquela cripta toda esculpida — um cubo perfeito com vinte pés de lado —, não havia ali nenhum objeto recente de tamanho imediatamente perceptível; olhamos, pois, instintivamente, mas em vão, para uma passagem mais distante. No instante seguinte, porém, a visão aguda de Danforth discerniu um lugar onde o entulho do chão havia sido mexido e para ali direcionamos a luz plena de nossas lanternas. Embora o que vimos àquela luz fosse, na verdade, simples e trivial, ainda assim reluto em narrá-lo por suas implicações. Tratava-se de um tosco aplainamento do entulho sobre o qual estavam espalhados descuidadamente vários objetos pequenos e, num de seus cantos, uma quantidade considerável de gasolina parecia ter sido derramada há um tempo suficiente para ter deixado um forte cheiro, mesmo naquela altitude extrema em que estávamos. Em outras palavras, não poderia ser outra coisa senão uma espécie de acampamento — um acampamento montado por criaturas à procura de algo que, como nós, haviam sido barradas pelo caminho inexplicavelmente obstruído para o abismo.

Serei direto. Os objetos espalhados eram todos do acampamento de Lake, consistindo de latas de estanho abertas das maneiras mais exóticas como as que havíamos visto naquele local devastado, muitos fósforos queimados, três livros ilustrados com manchas curiosas, um frasco de tinta vazio com seu cartão de instruções, uma caneta tinteiro quebrada, alguns fragmentos estranhamente retalhados de pele e tecido de barraca, uma pilha elétrica gasta com circular de instruções, um folheto fornecido junto com nosso aquecedor de barraca e um montinho de papéis amassados. Tudo estava muito maltratado, mas quando desamassamos um dos papéis e olhamos seu conteúdo sentimos ter chegado ao pior. Certos papéis estranhamente borrados que encontráramos no acampamento poderiam nos ter preparado, mas o efeito que causavam naquelas abóbadas pré-históricas de uma cidade de pesadelo era insuportável.

Um enlouquecido Gedney poderia ter feito os agrupamentos de pontos imitando os que existiam nas esteatitas esverdeadas, como os pontos naqueles insanos montes tumulares de cinco pontas poderiam ter sido feitos; e era concebível que ele houvesse preparado esboços apressados, toscos — variando no grau de precisão —, esboçando as partes vizinhas da cidade e traçando o caminho de um lugar representado por um círculo fora de nossa rota anterior — um local que identificamos como uma grande torre cilíndrica nos entalhes e um enorme abismo circular vislumbrado em nossa inspeção aérea — até o presente edifício de cinco pontas e a boca do túnel aí contida.

Ele poderia, eu repito, ter preparado tais esboços; pois os que tínhamos à nossa frente haviam claramente sido compilados, como os nossos, das esculturas tardias em algum lugar do labirinto glacial, embora não das que havíamos visto e usado. Mas o que aquele artista improvisado jamais poderia ter feito era executar os esboços com uma técnica estranha e segura, superior talvez, apesar da pressa e do descuido, a qualquer baixo-relevo decadente do qual houvesse sido copiado — a técnica característica e inconfundível dos próprios Antigos no apogeu da cidade morta.

Haverá quem diga que Danforth e eu fomos completamente loucos por não termos fugido dali para salvar nossas vidas depois daquilo, pois nossas conclusões estavam agora — a despeito de sua estranheza — perfeitamente definidas, e não é preciso mencionar sua natureza aos que leram meu relato até aqui. Talvez estivéssemos loucos — pois já não disse que aqueles horríveis picos eram montanhas da loucura? Mas creio que posso detectar algo do mesmo espírito — embora numa forma menos extremada — nos homens que vigiam de perto feras assassinas nas selvas africanas para fotografa-las ou estudar seus hábitos. Ainda que meio paralisados pelo horror, acendera-se em nosso íntimo, porém, uma chama ardente de admiração e curiosidade que acabou triunfando.

Por certo não pretendíamos nos defrontar com aqueles — ou aquele — que sabíamos estarem ali, mas achamos que eles já teriam ido embora. Eles teriam encontrado, a essa altura, a outra entrada vizinha para o abismo, e entrado por ela até algum tenebroso fragmento do passado que poderia estar à sua espera no abismo final — o abismo final que jamais teriam visto. Ou então, se aquela entrada também estivesse bloqueada, teriam partido para o norte à procura de outra. Não custa lembrar que não dependiam absolutamente da luz.

Revivendo aquele momento, mal posso lembrar a forma precisa que nossas novas emoções tomaram — que mudança de objetivo imediato aguçou de tal forma nosso sentimento de expectativa. Certamente não pretendíamos encontrar o que temíamos — mas não negarei que podíamos ter um desejo inicial, inconsciente, de ver certas coisas de algum lugar oculto privilegiado. Provavelmente não havíamos desistido de nossa intenção de vislumbrar o próprio abismo, embora houvesse surgido um novo alvo na forma daquele grande recinto circular descrito nos rascunhos amassados que havíamos encontrado. Nós o reconhecêramos imediatamente como uma monstruosa torre cilíndrica que figurava nas esculturas mais antigas, mas que, vista do alto, parecera somente uma prodigiosa abertura circular. Alguma coisa no caráter impressivo de sua execução, mesmo naqueles diagramas apressados, nos fez pensar que seus níveis subglaciais ainda deviam guardar características de especial importância. Talvez contivesse maravilhas arquitetônicas ainda não encontradas por nós. Ele certamente tinha uma antigüidade incrível, segundo as esculturas onde figurava — estando, na verdade, entre as coisas mais ancestrais construídas na cidade. Suas esculturas, se preservadas, só poderiam ser altamente relevantes. Mais ainda, ele poderia representar uma boa ligação atual com o mundo superior — um caminho mais curto do que aquele que estávamos percorrendo com tanta cautela e, provavelmente, aquele por onde os outros haviam descido.

De qualquer forma, o que fizemos foi estudar os terríveis esboços — que confirmaram perfeitamente os nossos — e partir para o caminho indicado para o espaço circular, fazendo o percurso que nossos inomináveis predecessores deviam ter feito duas vezes antes de nós. A outra passagem vizinha para o abismo ficaria além daquele local. Não preciso falar de nossa jornada — em que continuamos deixando nossa parcimoniosa trilha de papel —, pois foi semelhante à que nos levara ao beco sem saída, exceto que procuramos manter-nos o mais perto possível do nível térreo, chegando a descer para corredores do subsolo. De tempos em tempos, podíamos identificar certos indícios perturbadores nos detritos ou na desordem do chão; e depois de sair do raio de alcance do cheiro de gasolina, tomamos novamente consciência — intermitentemente — daquele cheiro mais odioso e mais persistente. Depois do caminho se ramificar afastando-se de nosso percurso anterior, fazíamos ocasionais varreduras furtivas nas paredes com o facho da lanterna, observando, quase sempre, as onipresentes esculturas que pareciam ter constituído a principal produção estética dos Antigos.

Em torno das nove e meia da noite, atravessando um longo corredor abobadado cujo piso, onde o gelo progredia, parecia, de algum modo, estar abaixo do nível do chão, e cujo teto ia baixando à medida que progredíamos, começamos a perceber uma forte luminosidade diurna à frente e pudemos apagar a lanterna. Tudo indicava estarmos nos aproximando do enorme espaço circular, e nossa distância do ar livre não devia ser muito grande. O corredor terminava num arco surpreendentemente baixo para essas ruínas megalíticas, mas pudemos ver muito através dele, mesmo antes de emergirmos. Abria-se além dele um prodigioso espaço circular coberto de detritos com mais de duzentos pés de diâmetro e rodeado por inúmeras arcadas obstruídas como a que estávamos em via de cruzar. As esculturas nos espaços disponíveis das paredes formavam uma faixa em espiral de proporções gigantescas, exibindo, apesar do desgaste provocado pelo tempo devido à exposição do lugar, um esplendor artístico muito superior a tudo que havíamos encontrado anteriormente. Boa parte do chão atulhado estava coberto de gelo, e imaginamos que o verdadeiro fundo ficava a uma profundidade consideravelmente maior.

Mas o objeto de destaque do local era a titânica rampa de pedra que, esquivando-se das arcadas por uma acentuada curva para fora no piso exposto, corria em espiral subindo pelo fabuloso paredão cilíndrico como uma contraparte interna daquelas que galgavam as monstruosas torres ou zigurates da antiga Babi-

Iônia. Somente a velocidade de nosso voo e a perspectiva que confundira a rampa com o paredão interior da torre nos haviam impedido de notar essa característica do ar, levando-nos, pois, a procurar outra passagem para o nível subglacial. Pabodie poderia nos dizer que tipo de arquitetura a mantinha em pé, mas a mim e Danforth só nos restava a admiração. Podíamos ver imponentes colunas e modilhões de pedra aqui e ali, mas o que víamos parecia impróprio à função realizada. A coisa estava muito bem preservada até o presente topo da torre — circunstância notável tendo em vista como estava exposta — e sua proteção havia ajudado a preservar as bizarras e perturbadoras esculturas cósmicas das paredes.

Saindo do fundo do monstruoso cilindro — de cinquenta milhões de anos de idade, sem dúvida, a construção mais ancestral jamais vista por nossos olhos — para a assustadora claridade difusa do dia, percebemos que as laterais percorridas pela rampa projetavam-se até a vertiginosa altura de sessenta pés. Isto significava, com base em nossa inspeção aérea, uma camada de gelo de aproximadamente quarenta pés do lado de fora; e como o abismo escancarado que havíamos visto do avião estava no topo de um monte de aproximadamente vinte pés de alvenaria desmoronada, tinha três quartos de sua circunferência parcialmente protegidos pelas maciças paredes curvas de uma renque de ruínas mais altas. Segundo as esculturas, a torre original ficava no centro de uma imensa praça circular e tinha possivelmente quinhentos ou seiscentos pés de altura, com camadas de discos horizontais perto do topo e uma carreira de pináculos pontiagudos acomodados na borda superior. Boa parte da alvenaria havia obviamente desmoronado para fora e não para dentro — um feliz acaso, pois, de outro modo, a rampa poderia ter sido esmagada e todo o interior poderia estar obstruído. Nas circunstâncias, a rampa havia sido duramente maltratada e a obstrução era tal que as arcadas do fundo pareciam ter sido recentemente desobstruídas.

Bastou um instante para concluirmos que este era de fato o caminho por onde os outros haviam descido e que este seria o caminho natural para nossa própria subida, apesar da extensa trilha de papel que deixáramos para trás. A boca da torre não ficava mais distante dos contrafortes e de nosso avião do que o grande edifício por onde entráramos, e qualquer futura exploração abaixo do nível do gelo que pudéssemos empreender na presente viagem ficaria nesta região. Curiosamente, ainda estávamos pensando em possíveis viagens subsequentes — mesmo depois de tudo que havíamos visto e imaginado. Então, quando partíamos cuidadosamente passando por cima do entulho do enorme piso, surgiu uma visão que naquele momento excluiu todas as outras preocupações.

Tratava-se de um monte nitidamente arrumado dos três trenós no canto mais distante da parte mais baixa e mais projetada para fora da rampa, que até então estivera fora do alcance de nossa visão. Ali estavam eles — os três trenós que faltavam no acampamento de Lake — maltratados por uma utilização pesada que devia ter incluído seu arrastamento forçado por grandes distâncias de alvenaria e detritos sem neve e por serem carregados nos braços em locais completamente intransitáveis. Estavam cuidadosa e inteligentemente acondicionados e amarrados, e continham objetos muito familiares: o fogão a gasolina, latas de combustíveis, latas de provisões, encerados certamente repletos de livros, e alguns conteúdos salientes menos óbvios — tudo do equipamento de Lake.

Depois do que havíamos encontrado naquela outra sala, estávamos até certo ponto preparados para esta descoberta. O choque realmente grande veio quando nos aproximamos e desatamos um encerado cujos contornos nos haviam inquietado particularmente. Ao que tudo indicava, outros além de Lake procuraram coletar espécimes típicos, pois havia dois ali, rigidamente congelados, perfeitamente conservados, remendados com fita adesiva em volta do pescoço, onde algum ferimento teria ocorrido, e embrulhados com cuidado para impedir novos danos. Eram os corpos do jovem Gedney e do cão desaparecido.

X

Muitos nos julgarão insensíveis, além de loucos, por pensar no túnel e no abismo ao norte tão em seguida a esse tenebroso achado, e não estou preparado para dizer que tivemos imediatamente tais pensamentos, exceto por uma particular circunstância que se apossou de nós provocando um novo curso de especulações. Havíamos recoberto o pobre Gedney com o encerado e estávamos ali, parados, numa espécie de mudo apavoramento, quando os sons finalmente alcançaram a nossa consciência — os primeiros sons que ouvíamos desde que saíramos do ar livre onde o vento da montanha gemia fracamente de suas alturas celestiais. Conquanto mundanos e bem conhecidos, sua presença neste remoto mundo em ruínas foi mais inesperada e enervante do que qualquer outro som grotesco ou fabuloso poderia ter sido, pois provocava um novo tipo de perturbação em todas nossas ideias de harmonia cósmica.

Se tivesse sido algum traço daquele bizarro sopro musical em ampla escala que o relatório da dissecação de Lake nos levara a esperar daqueles outros — e que, com efeito, nossas fantasias exacerbadas vinham detectando em cada uivo do vento que ouvíamos desde a partida dos horrores do acampamento —, teria tido uma espécie de infernal coerência com a região ancestralmente morta que nos cercava. Uma voz de outras épocas faz parte de um sepulcro de outras épocas. Nas circunstâncias, porém, o ruído abalou todos os nossos preparativos mentais profundamente assentados — toda a nossa tácita aceitação da Antártida interior como um deserto irrevogavelmente desprovido de qualquer vestígio de vida normal. O que ouvimos não era o som fabuloso de alguma sepultada blasfêmia da Terra ancestral de cuja extraordinária rigidez um sol polar que lhes fora vedado por muitas eras agora despertava uma reação monstruosa. Era antes uma coisa tão jocosamente normal e familiar de nossos dias de navegação ao largo da Terra Victoria e nossos dias de acampamento no Canal McMurdo, que estremecemos ao pensá-lo ali, onde tais coisas não deveriam estar. Em suma — era o simples grasnar rouco de um pinguim.

O som abafado se infiltrava de recessos subglaciais na direção quase oposta ao corredor daquele outro túnel para o vasto abismo. A presença de uma ave aquática viva naquela direção — num mundo cuja superfície trazia as marcas da mais absoluta e uniforme ausência de vida havia muitas eras — só poderia levar a uma conclusão; daí que a nossa primeira idéia foi verificar a realidade objetiva do som. Ele se repetiu parecendo às vezes sair de mais de uma garganta. Tentando descobrir sua origem, entramos por uma arcada onde muitos detritos haviam sido removidos e recomeçamos a marcação de nosso percurso — com um novo suprimento de papel tirado, com grande repugnância, de um dos fardos dos trenós — ao deixarmos para trás a luz do dia.

Quando o piso gelado cedeu lugar a uma confusão de detritos, discernimos claramente umas curiosas pegadas arrastadas, e logo depois Danforth descobriu uma pegada nítida de um tipo cuja descrição seria por demais supérflua. O curso indicado pelos gritos dos pinguins era precisamente o que nosso mapa e nossa bússola indicavam na direção da boca de túnel mais ao norte, e nos contentou descobrir que uma passagem sem ponte nos níveis do solo e do porão parecia desimpedida. O túnel, conforme o mapa, devia começar no subsolo da grande estrutura piramidal que, na vaga lembrança de nossa inspeção aérea, parecia extraordinariamente bem preservada. Durante o percurso, nossa única lanterna acesa mostrava a costumeira profusão de esculturas, mas não paramos para examiná-las.

De repente, uma bojuda forma branca se destacou à nossa frente e lançamos a luz da segunda lanterna sobre ela. É estranho como esta nova busca havia afastado nossas mentes dos antigos temores sobre o que poderia surgir. Aqueles outros, tendo deixado seus suprimentos no grande espaço circular, deviam ter planejado voltar depois de sua excursão de reconhecimento na direção do abismo, ou de seu interior, mas havíamos abandonado então toda a cautela a seu respeito, como se jamais tivessem existido. A coisa branca, bamboleante, tinha seis pés de altura, mas logo nos pareceu que não era um daqueles outros. Eles eram maiores e mais escuros e, segundo as esculturas, locomoviam-se com agilidade na superfície terrestre, apesar da estranheza de seus órgãos tentaculares de origem marinha. Mas dizer que a coisa branca não nos assustou terrivelmente seria inútil. Ficamos momentaneamente paralisados por um terror primitivo quase mais agudo do que o pior de nossos medos racionalizados daqueles outros. Veio então um instante de relaxamento quando a forma branca moveu-se em direção a uma arcada lateral à nossa esquerda para se reunir a outras duas da mesma espécie que a chamavam em tons roucos, pois tratava-se mesmo de um pinguim — ainda que de uma espécie enorme, desconhecida, maior do que o maior dos pinguins reais conhecidos, e monstruosa na sua combinação de albinismo e virtual cegueira.

Seguimos a criatura pela arcada e, dirigindo a luz das duas lanternas sobre o grupo indiferente e despreocupado de três, vimos que eles eram todos albinos e cegos, da mesma espécie gigantesca e desconhecida. Seu tamanho nos recordou alguns dos pinguins arcaicos ilustrados nas esculturas dos Antigos, e não demoramos para concluir que tinham a mesma descendência — certamente teriam sobrevivido recuando para alguma região interior mais quente cuja escuridão perpétua havia destruído sua pigmentação e atrofiado seus olhos, transformados em meras fendas inúteis. Não havia a menor dúvida de que seu hábitat atual era o vasto abismo que procurávamos, e esta evidência da habitabilidade e calor persistentes no abismo nos povoaram das mais curiosas e perturbadoras fantasias.

Ficamos imaginando, também, o que teria levado essas três aves a se aventurarem fora de seu domínio habitual. O estado e o silêncio da grande cidade morta deixavam claro que ela jamais havia sido o hábitat de uma colônia sazonal comum, enquanto a manifesta indiferença do trio à nossa presença fazia estranhar que qualquer grupo passante daqueles outros pudesse espantá-los. Seria possível que aqueles outros houvessem tomado alguma atitude agressiva ou tentado aumentar seu suprimento de carne? Era duvidoso que aquele cheiro pungente que os cães tanto haviam odiado pudesse causar uma antipatia igual nesses pinguins, pois seus ancestrais certamente teriam existido em termos excelentes com os Antigos — uma relação amistosa que devia ter sobrevivido no abismo inferior enquanto restou algum dos Antigos. Lamentando — num lampejo do velho espírito científico — não podermos fotografar essas fabulosas criaturas, deixamo-las pouco depois com seu andar bamboleante e seguimos na direção do abismo cuja abertura estava agora tão positivamente comprovada para nós, e cuja exata direção era indicada pelas pegadas ocasionais de pinguins.

Pouco tempo depois, uma íngreme descida por um corredor comprido, baixo, sem portas e estranhamente sem esculturas nos levou a acreditar que estávamos nos aproximando enfim da boca do túnel. Havíamos cruzado com dois outros pinguins e ouvíramos outros imediatamente à frente. Então o corredor terminou num prodigioso espaço aberto que nos fez ofegar involuntariamente — um perfeito hemisfério invertido, por certo profundamente abaixo da superfície, com cem pés de diâmetro e cinquenta de altura, baixas arcadas se abrindo em toda a extensão da circunferência exceto num trecho onde escancarava-se uma abertura arqueada, escura, quebrando a simetria da abóbada até uma altura aproximada de quinze pés. Era a entrada do grande abismo.

Neste vasto hemisfério cujo teto côncavo era admiravelmente esculpido, ainda que no estilo decadente, à semelhança da abóbada celeste primordial, alguns pinguins albinos bamboleavam — estrangeiros ali, mas cegos e indiferentes. O túnel escuro dava passagem a uma íngreme descida, tendo a boca adornada com batentes e lintel grotescamente cinzelados. Daquela abertura críptica, dava a impressão de chegar uma corrente de ar ligeiramente mais quente e talvez, mesmo, uma suspeita de vapor; e ficamos cismando que entidades vivas, além dos pinguins, o ilimitado vazio abaixo e as perfurações contíguas da terra e das montanhas titânicas poderiam ocultar. Ficamos cismando, também, se o traço de fumaça no topo da montanha inicialmente imaginado pelo pobre Lake, bem como a estranha névoa que nós mesmos percebêramos em torno do pico rodeado de amuradas não poderiam ser causados pela ascensão tortuosa desse vapor de regiões insondáveis do núcleo terrestre.

Entrando no túnel, vimos que seu perímetro tinha — pelo menos no começo — cerca de quinze pés de raio — paredes, piso e teto arqueado da alvenaria megalítica normal. Os lados eram esporadicamente decorados com cártulas de desenhos convencionais de estilo decadente, tardio; e toda a construção e as esculturas estavam muito bem conservadas. O piso estava perfeitamente limpo, exceto por um pouco de detritos exibindo as pegadas de pinguins para fora e para dentro. Quanto mais avançávamos, maior o calor, o que logo nos obrigou a desabotoar nossos pesados abrigos. Ficamos imaginando se haveria alguma real manifestação ígnea abaixo, e se as águas daquele mar subterrâneo eram quentes. Depois de uma curta distância, a alvenaria cedeu lugar para a rocha maciça, embora o túnel conservasse as mesmas proporções e mantivesse o mesmo aspecto de regularidade em suas esculturas. Ocasionalmente, sua inclinação variável tornava-se tão íngreme que havia sulcos perfurados no chão. Várias vezes notamos as bocas de pequenas galerias laterais não registradas em nossos diagramas; nenhuma delas capaz de complicar o problema de nosso retorno e todas bem-vindas como possíveis refúgios em caso de encontrarmos criaturas indesejadas em nossa volta do abismo. O odor indescritível daquelas coisas era muito nítido. Por certo seria uma tolice suicida aventurar-se naquele túnel nas condições conhecidas, mas a atração pelo desconhecido é mais forte em algumas pessoas do que a maioria imagina — na verdade, era exatamente essa atração que nos havia trazido para este sobrenatural deserto polar. Vimos muitos pinguins enquanto avançávamos, e especulamos sobre a distância que teríamos que percorrer. As esculturas nos haviam levado a esperar uma íngreme descida de aproximadamente uma milha até o abismo, mas nossas perambulações anteriores nos haviam mostrado que em questões de escala elas não eram muito confiáveis.

Depois de aproximadamente um quarto de milha, aquele cheiro indescritível ficou muito forte e tratamos de prestar atenção nas diversas entradas laterais que cruzávamos. Não havia vapor visível como na entrada, mas isto certamente se devia à falta do ar mais frio contrastante. A temperatura subia rapidamente e não ficamos surpresos ao topar com um descuidado monte de material pavorosamente familiar. Era formado por peles e lonas de barraca tiradas do acampamento de Lake, mas nem sequer paramos para estudar as formas bizarras como os tecidos haviam sido rasgados. Pouco depois deste ponto, notamos um claro aumento no tamanho e no número das galerias laterais, e concluímos ter atingido a região densamente perfurada embaixo dos contrafortes mais altos. O cheiro indescritível estava agora curiosamente misturado com um outro e pouco mais ofensivo de cuja natureza não poderíamos suspeitar, embora pensássemos em organismos em decomposição e, talvez, desconhecidos fungos subterrâneos. Veio então um espantoso alargamento do túnel para o qual as esculturas não nos haviam preparado — um alargamento e ascensão para uma imponente caverna elíptica de aparência natural, com piso plano, aproximadamente setenta e cinco pés de comprimento e cinquenta de largura, e muitas passagens laterais imensas levando para escuridões tumulares.

Embora a caverna tivesse uma aparência natural, uma inspeção com as duas lanternas sugeriu que ela havia sido construída pela destruição artificial de diversas paredes entre túneis adjacentes. As paredes eram ásperas e o alto teto abobadado estava forrado de estalactites; mas o chão de rocha sólida havia sido aplainado e se apresentava limpo, uma limpeza positivamente anormal, sem detritos, entulho ou mesmo poeira. Exceto pela passagem de onde viéramos, isto valia para os pisos de todas as aberturas das grandes galerias que dali saíam; e a singularidade da condição era tal que nos deixou inutilmente intrigados. O curioso novo fedor que havia suplementado o cheiro indescritível era tão pungente ali que destruía todos os indícios do outro. Alguma coisa naquele lugar, com seu piso limpo, quase reluzente, nos provocou uma sensação mais vagamente desconcertante e horrível do que qualquer outra coisas monstruosa previamente encontrada.

A regularidade da passagem imediatamente à frente, bem como o maior fluxo de pinguins por ali, impedia qualquer confusão quanto ao caminho correto em meio àquela pletora de bocas de caverna igualmente grandes. No entanto, resolvemos retomar nossa marcação do caminho com papel para o caso de surgir qualquer nova complexidade, pois certamente ali não poderíamos mais esperar pegadas no pó. Recomeçando nosso avanço direto, lançamos um facho de luz sobre as paredes do túnel e estacamos imediatamente, admirados com a mudança extraordinária nas esculturas desta parte da passagem. Havíamos percebido, por certo, a grande decadência da escultura dos Antigos da época das perfurações, e havíamos efetivamente notado a maestria inferior dos arabescos nos trechos à nossa retaguarda. Mas agora, nesta parte mais profunda além da caverna, havia uma súbita diferença que transcendia a qualquer explicação — uma diferença na natureza básica além da mera qualidade envolvendo uma degradação tão profunda e calamitosa da habilidade que nada nos levaria a esperar na taxa de declínio até então observada.

Esta obra nova e degenerada era tosca, grosseira e completamente desprovida de sutileza nos detalhes. Era escareada com extrema profundidade em faixas acompanhando a mesma linha geral que as cártulas esparsas das seções anteriores, mas como a altura dos relevos não atingia o nível da superfície geral, Danforth teve a ideia de que se tratava de um segundo cinzelamento — uma espécie de palimpsesto formado depois da obliteração do desenho antigo. Em natureza, era inteiramente decorativo e convencional, e consistia de espirais e ângulos acompanhando toscamente a tradição matemática pentagonal dos Antigos, mas parecendo antes uma paródia do que uma perpetuação daquela tradição. Não conseguíamos tirar da cabeça que algum elemento sutil mas profundamente alienígena fora acrescido ao sentimento estético por trás da técnica — um elemento alienígena que, na ideia de Danforth, havia sido o responsável pela laboriosa substituição. Era parecido, mas perturbadoramente diferente do que viéramos a identificar como a arte dos Antigos; e eu me recordava persistentemente de coisas híbridas como aquelas canhestras esculturas de Palmira concebidas à moda romana. Que outros haviam recentemente observado este cinturão de esculturas era indicado pela presença de uma bateria de lanterna usada no chão, diante de uma das cártulas mais características.

Como não podíamos nos dar ao luxo de gastar nenhum tempo apreciável em seu estudo, retomamos nosso avanço depois de uma observação superficial, mas frequentemente dirigíamos a luz para as paredes para observar se surgiam novas mudanças decorativas. Nada do gênero foi percebido, embora as esculturas estivessem muito separadas em virtude das numerosas bocas dos túneis laterais com seu piso aplainado. Vimos e ouvimos alguns pinguins, mas pensamos ter captado um vago indício de um coro deles infinitamente distante, vindo de algum lugar nas profundezas. O novo e inexplicável odor era abominavelmente forte e mal conseguíamos captar um sinal daquele outro cheiro indescritível. Baforadas visíveis de vapor à nossa frente evidenciavam o contraste crescente da temperatura e a relativa proximidade dos penhascos do mar subterrâneo do grande abismo. Foi então que avistamos, inesperadamente, certas obstruções no chão polido à frente — obstruções que definitivamente não eram pinguins — e acendemos a outra lanterna depois de nos certificar de que os objetos estavam perfeitamente imóveis.

XI

Novamente cheguei a um ponto em que é muito difícil prosseguir. A essa altura, eu já deveria estar calejado, mas há certas experiências e sugestões que marcam profundamente para permitir a cura, e deixam a sensibilidade de tal forma aguçada que a memória inspira novamente todo o horror original. Vimos, como já mencionei, certas obstruções sobre o chão polido à nossa frente, e devo acrescentar que nossas narinas foram assaltadas quase instantaneamente por uma intensificação muito estranha do terrível fedor dominante, agora misturado com o mau cheiro indescritível daqueles outros que haviam passado antes. A luz da segunda lanterna não deixou dúvida sobre o que eram as obstruções, e só ousamos nos aproximar delas porque pudemos ver, mesmo a distância, que tinham perdido todo poder ofensivo como os seis espécimes similares desenterrados daqueles monstruosos túmulos estrelados do acampamento do malfadado Lake.

Elas estavam, na verdade, tão incompletas quanto a maioria das que haviam sido desenterradas — embora ficasse claro, pela espessa poça verde escuro ao seu redor, que esse seu estado era muito mais recente. Parecia haver apenas quatro deles, enquanto os boletins de Lake haviam sugerido não menos do que oito formando o grupo que nos havia precedido. Encontrá-los nesse estado era inteiramente inesperado, e ficamos imaginando que sorte de luta monstruosa teria ocorrido ali, na escuridão.

Pinguins, atracados a um cadáver, retalhavam-no selvagemente com seus bicos e nossos ouvidos agora se asseguraram da existência de uma colônia muito distante deles. Teriam aqueles outros perturbado o local e provocado uma perseguição assassina? Não era o que as obstruções sugeriam, pois os bicos dos pinguins contra os resistentes tecidos que Lake havia dissecado dificilmente poderiam ser responsáveis pelos terríveis danos que a aproximação de nosso olhar permitiu discernir. Ademais, os enormes pássaros cegos que víramos nos pareceram singularmente pacíficos.

Teria havido então uma luta entre aqueles outros, e os quatro ausentes seriam os responsáveis? Sendo assim, onde estariam eles? Estariam por perto, constituindo-se numa ameaça imediata para nós? Olhamos ansiosamente para algumas passagens laterais aplainadas ao prosseguirmos nossa lenta e relutante aproximação. Qualquer que tivesse sido, fora a luta que assustara os pinguins levando-os a sua inusitada perambulação. Ela devia ter começado, então, perto daquela colônia, ouvida fracamente, no incomensurável abismo, pois não havia sinais de que as aves habitassem normalmente aqui. Em nossa ideia, talvez houvesse acontecido uma odiosa perseguição, com a parte mais fraca tentando recuar para os trenós escondidos quando seus perseguidores acabaram com ela. Podia-se até imaginar a infernal batalha entre criaturas indescritivelmente monstruosas surgindo do tenebroso abismo com grandes nuvens de frenéticos pinguins grasnando e correndo à sua frente.

Digo que nos aproximamos daquelas obstruções espalhadas e incompletas com vagar e muita relutância. Antes nunca tivéssemos nos aproximado e fugíssemos com toda pressa daquele túnel ímpio com seus pisos reluzentes e seus degenerados murais imitando e zombando das coisas que haviam substituído — que fugíssemos antes de vermos o que vimos e antes de nossas mentes serem marcadas por algo que jamais nos permitirá respirar livremente!

Com os fachos de nossas duas lanternas concentrados nos objetos prostrados, logo pudemos perceber o fator dominante de sua mutilação. Espancados, comprimidos, torcidos e rasgados como estavam, seu principal dano comum era a decapitação. A cabeça de estrela-do-mar tentaculada de cada um havia sido removida, e percebemos, ao nos aproximar, que o modo de remoção parecia antes algum diabólico tipo de rasgadura ou sucção do que alguma forma comum de segmentação. Seu fétido icor verde escuro formava uma grande poça espalhada, mas o mau-cheiro era um tanto encoberto pelo fedor mais novo e estranho, aqui mais pungente do que em qualquer outro ponto de nosso percurso. Foi somente quando chegamos bem perto das obstruções espalhadas que pudemos associar aquele segundo e inexplicável fedor a alguma fonte próxima — e no instante em que o fizemos, Danforth, recordando certas vívidas esculturas da história dos Antigos na Idade Permiana, cento e cinquenta milhões de anos antes, soltou um grito torturante que ecoou histericamente por aquela passagem abobadada e arcaica com as diabólicas palimpsésticas esculturas.

Eu estive muito perto de fazer eco a seu grito, pois também havia visto aquelas esculturas ancestrais e admirado, entre calafrios, o modo como o desconhecido artista havia sugerido aquele odiosa cobertura lodosa encontrada em certos Antigos mutilados

— aqueles tipicamente mortos e sugados numa hedionda decapitação durante a grande guerra de reconquista, pelos apavorantes Shoggoths. Eram esculturas infames e sombrias, mesmo em se tratando de coisas muito antigas, passadas, pois os Shoggoths e suas obras não deveriam ser vistos por seres humanos, nem retratados por qualquer criatura. O louco autor do *Necronomicon* tentara neuroticamente jurar que nenhum deles fora criado neste planeta e que seriam, tão somente, fruto da imaginação de sonhadores drogados. O protoplasma informe capaz de imitar e reproduzir todas as formas, órgãos e processos — viscosos aglutinados de células borbulhantes — esferoides borrachudos de quinze pés infinitamente plásticos e dúcteis — escravos da sugestão, construtores de cidades — cada vez mais furiosos, cada vez mais inteligentes, cada vez mais anfíbios, cada vez mais imitativos! Grande Deus! Que loucura teria levado aqueles ímpios Antigos ao desejo de moldar e usar essas coisas?

E agora, quando Danforth e eu vimos o grosso lodo negro lustroso com reflexos iridescentes grudado àqueles corpos sem cabeça e desprendendo aquele fedor obsceno do novo cheiro desconhecido cuja causa só uma mórbida fantasia poderia imaginar — agarrado àqueles corpos e espalhado com menor volume, em certo trecho liso da parede malditamente reesculpida, numa série de pontos agrupados —, compreendemos a qualidade do medo cósmico em sua mais absoluta profundeza. Não era o medo daqueles quatro ausentes — pois suspeitávamos que eles também não nos poderiam mais causar nenhum dano. Pobres diabos! Afinal, eles não eram as coisas daninhas de sua espécie. Eram os homens de outra era e de outra ordem de existência. A natureza lhes pregara uma peça infernal — assim como fará com quaisquer outros que a humana loucura, insensibilidade ou crueldade levar doravante a remexer naquele odioso deserto polar morto ou adormecido — e esta havia sido sua trágica volta ao lar. Eles nem mesmo haviam sido selvagens — pois o que tinham realmente feito? Aquele terrível despertar no frio de uma época desconhecida — talvez um ataque de peludos quadrúpedes latindo freneticamente, de símios brancos com estranhos embrulhos e parafernália... pobre Lake, pobre Gedney... e pobres Antigos! Cientistas até o fim — o que teriam feito que nós também não faríamos em seu lugar? Deus, quanta inteligência e perseverança! Que enfrentamento com o incrível, assim como aqueles parentes e ancestrais esculpidos haviam se defrontado com coisas apenas um pouco menos incríveis! Radiados, vegetais, monstruosidades, geração estelar — seja o que for que tenham sido, eram homens!

Haviam cruzado os picos gelados em cujas encostas cobertas de templos eles algum dia oraram e perambularam por entre samambaias. Encontraram a cidade morta florescendo debaixo de sua maldição e leram seus últimos dias esculpidos como nós havíamos feito. Tentaram encontrar seus camaradas vivos em fabulosas profundezas de escuridão que jamais haviam visto — e o que encontraram? Tudo isso lampejou simultaneamente nos pensamentos de Danforth e nos meus enquanto corríamos o olhar daquelas formas decapitadas cobertas de lodo para as repugnantes esculturas palimpsésticas e os diabólicos grupos de pontos de lodo fresco sobre a parede ao seu lado — olhávamos e compreendíamos o que devia ter triunfado e sobrevivido ali, na ciclópica cidade aquática daquele tenebroso abismo rodeado de pinguins, de onde, naquele exato momento, uma sinistra névoa espiralada começara a subir palidamente como que em resposta ao grito histérico de Danforth.

O choque do reconhecimento daquele monstruoso lodo e das criaturas decapitadas nos havia paralisado em estátuas mudas, imóveis, e foi em conversas posteriores que tomamos conhecimento da perfeita identidade de nossos pensamentos naquele instante. Parecia que estávamos ali havia muitos séculos, mas realmente não havia decorrido mais do que dez a quinze segundos. Aquela odiosa névoa esbranquiçada progredia enrodilhando-se como se empurrada pelo avanço de algum corpo volumoso distante — e foi então que nos chegou um som que abalou muito do que havíamos acabado de imaginar, e assim quebrou o encanto e nos permitiu correr como loucos deixando para trás os confusos pinguins grasnantes em nosso antigo caminho de volta à cidade, percorrendo corredores magalíticos mergulhados em gelo para o grande círculo aberto e dali para o alto, por aquela arcaica rampa espiral, num frenética, automática disparada para o saudável ar exterior e a luz do dia.

O novo som, como sugeri, abalou muito do que havíamos pensado, pois era o que a dissecação do pobre Lake nos levara a atribuir àqueles que julgávamos mortos. Era, Danforth posteriormente me disse, precisamente o que ele havia captado numa forma infinitamente abafada quando estava naquele ponto além da esquina da viela, acima do nível glacial; e certamente guardava uma apavorante semelhança com os sopros do vento que ambos ouvíramos em torno das cavernas das imponentes montanhas. Sob o risco de parecer pueril, acrescentarei outra coisa, quando menos por causa da surpreendente maneira como as impressões de Danforth concordaram com as minhas. Por certo a leitura comum é que nos havia preparado a ambos para fazer a interpretação, embora Danforth tenha aludido a estranhas noções sobre fontes proibidas e insuspeitas às quais Poe deve ter tido acesso quando escreveu seu *Arthur Gordon Pym*, há um século. Não custa lembrar que naquele conto fantástico há uma expressão de significado terrível e prodigioso relacionada com a Antártida e gritada eternamente pelas gigantescas aves espectralmente brancas do coração daquela região maligna. *"Tiquili-li! Tiquili-li!"* Isto, devo admitir, é exatamente o que pensamos ter ouvido naquele repentino som acompanhando o avanço da névoa branca — aquele insidioso sopro musical numa escala singularmente ampla.

Estávamos em plena fuga antes de três notas ou sílabas terem sido emitidas, embora soubéssemos que a rapidez dos Antigos permitiria a qualquer sobrevivente do massacre alertado pelo grito nos alcançar no momento em que bem quisesse. Tínhamos uma vaga esperança, porém, de que uma atitude não agressiva da nossa parte e uma manifestação de cordialidade poderia levar tal criatura a nos poupar em caso de captura, quando menos por curiosidade científica. Afinal, se a referida criatura nada tivesse a temer, não teria razão para nos agredir. Como seria inútil tentar nos ocultar nestas circunstâncias, usamos a lanterna para uma rápida olhada para trás, notando um adensamento da névoa. Veríamos, enfim, um espécime vivo e completo daqueles outros? Novamente chegou até nos aquele insidioso sopro musical — *"Tiquili-li! Tiquili-li!"*

Notando então que estávamos efetivamente ganhando terreno sobre nosso perseguidor, ocorreu-nos que a criatura poderia estar ferida. Mas não podíamos nos arriscar, pois ela estava claramente se aproximando mais em resposta ao grito de Danforth do que por fugir de alguma outra criatura. O tempo era muito apertado para vacilações. Sobre o paradeiro daquele pesadelo menos concebível e menos mencionável — aquela fétido amontoado de protoplasma expelidor de gosma cuja raça havia conquistado o abismo e enviado pioneiros à superfície para reesculpir e se esgueirar pelas covas das montanhas — não pudemos formar nenhuma hipótese; e foi-nos verdadeiramente doloroso abandonar este Antigo, provavelmente aleijado — talvez um solitário sobrevivente — aos riscos da recaptura e de um destino inominável.

Graças aos Céus não arrefecemos nossa corrida. A névoa enrodilhada adensara-se novamente e avançava com crescente velocidade, enquanto os pinguins espalhados à nossa retaguarda grasnavam e gritavam apresentando sinais de um pânico realmente surpreendente, tendo em vista a algazarra relativamente menor que fizeram quando cruzáramos com eles. Uma vez mais ouvimos aquele sopro em larga escala — *"Tiquili-li! Tiquili-li!"*. Estávamos errados. A coisa não estava ferida; apenas fizera uma pausa ao encontrar os corpos de seus parentes abatidos e a diabólica inscrição acima deles. Jamais pudemos saber o que dizia a demoníaca mensagem — mas aqueles sepulcros no acampamento de Lake haviam mostrado a importância que os seres atribuíam a seus mortos. Nossa lanterna, usada agora ininterruptamente, revelou, à nossa frente, a grande caverna para onde convergiam vários caminhos, e ficamos contentes de deixar para trás aquelas mórbidas esculturas palimpsésticas — quase sentidas, mesmo quando apenas vislumbradas.

Outro pensamento que a chegada à caverna suscitou foi a possibilidade de desnortear nosso perseguidor nesta desconcertante convergência de amplas galerias. Havia muitos pinguins albinos e cegos no espaço aberto, e parecia claro que seu pavor pela criatura que se aproximava era quase indescritível. Se reduzíssemos ao mínimo necessário para nossa locomoção a claridade da lanterna a esta altura, mantendo seu facho de luz diretamente para frente, os assustados movimentos bamboleantes dos enormes pássaros no meio do nevoeiro poderiam confundir nosso rastro, ocultar nosso verdadeiro rumo e, de alguma forma, criar uma pista falsa. Em meio à névoa revolta, o piso atulhado e fosco do túnel principal além desse ponto, diferente das outras cavernas reluzentes, dificilmente permitira a formação de pegadas claramente discerníveis; inclusive, até onde podíamos conjecturar, para aqueles sentidos especiais que tornavam os Antigos parcial e imperfeitamente não dependentes da luz, em emergências. Na verdade, estávamos um tanto apreensivos de nós mesmos nos extraviarmos naquela cidade morta, pois as consequências de se perder nos subterrâneos daqueles contrafortes seriam impensáveis.

O fato de termos sobrevivido e saído é prova suficiente de que a criatura tomou uma galeria errada enquanto nós, providencialmente, escolhemos a certa. Os pinguins sozinhos não nos poderiam ter salvos, mas junto com a névoa, pareciam ter conseguido. Somente um destino benévolo conservou os vapores enovelados suficientemente densos no momento certo, pois eles estavam sempre mudando e ameaçando se desfazer. Na verdade, eles aumentaram por um momento, pouco antes de emergirmos daquele túnel de esculturas nauseantes para a caverna, de modo que realmente pudemos ter um primeiro e parcial vislumbre da criatura que entrava quando lançamos um último e apavorado olhar para trás, antes de reduzirmos a luz da lanterna e nos misturarmos com os pinguins na esperança de burlar o perseguidor. Se a sorte que nos protegia era benévola, a que nos proporcionou aquele vislumbre parcial foi infinitamente oposta, pois àquele lampejo de visão pode ser atribuído metade do horror que desde então vem nos assombrando.

O motivo exato de olharmos para trás talvez não tenha sido mais que o imemorial instinto do perseguido de verificar a natureza e o percurso de seu caçador; ou, talvez, uma tentativa automática de responder à pergunta subconsciente colocada por um de nossos sentidos. No meio de nossa fuga, com todas as faculdades concentradas no problema da escapada, não estávamos em condições de observar e analisar detalhes; entretanto, mesmo assim, nossas células cinzentas devem ter atentado para a mensagem que lhes era transmitida por nossas narinas. Posteriormente percebemos do que se tratava — aquele nosso recuo ante a gosma fétida que recobria as obstruções decapitadas e a coincidente aproximação da criatura perseguidora não nos trouxeram a mudança de odores que a lógica sugeria. Na vizinhança das criaturas prostradas, aquele novo e inexplicável fedor havia sido inteiramente dominante; mas agora ele deveria ter cedido lugar ao odor indescritível associado àqueles outros. Isto não ocorrera — pois o cheiro mais novo e menos suportável era agora virtualmente integral, tornando-se mais venenosamente insistente a cada segundo.

Olhamos, pois, aparentemente ao mesmo tempo, para trás, embora o movimento inicial de um provavelmente tenha desencadeado uma imitação do outro. Ao fazê-lo, lançamos os fachos de nossas lanternas na direção da névoa momentaneamente rarefeita, seja pela radical ansiedade primitiva de ver o que pudéssemos, seja num esforço menos primitivo, mas igualmente inconsciente, de ofuscar a entidade antes de reduzirmos nossa luz e nos imiscuirmos entre os pinguins do centro do labirinto à nossa frente. Gesto infeliz! Nem o próprio Orfeu, ou a esposa de Lot, pagou tão caro por um olhar para trás. E novamente nos chegou aquele apavorante sopro em larga escala — *"Tiquili-li! Tiquili-li!"*.

Eu poderia ser perfeitamente franco — conquanto não possa suportar ser muito direto — ao descrever o que vimos, embora sentíssemos, na ocasião, que não devíamos admiti-lo mesmo um para o outro. As palavras que chegam ao leitor jamais poderão sequer sugerir a atrocidade da própria visão. Ela estropiou de tal forma nossa consciência, que fico cismado ao pensar como foi que conseguimos reduzir a luz das lanternas conforme o planejado e atingir o túnel certo na direção da cidade morta. Só o instinto deve nos ter guiado — melhor, talvez, do que a razão poderia ter feito. Entretanto, se foi ele que nos salvou, pagamos um alto preço. De razão, pouca coisa, por certo, nos restou.

Danforth ficou totalmente esgotado, e a primeira coisa de que me lembro do resto da jornada é ouvi-lo entoar desvairadamente uma fórmula histérica que só eu, de toda a humanidade, poderia ter considerado algo mais do que um insano despropósito. Ela reverberava em falsete por entre os grasnidos dos pinguins; reverberava pelas galerias à frente, e — graças a Deus — pelas agora desimpedidas galerias à retaguarda. Ele não poderia tê-la iniciado imediatamente — caso contrário não estaríamos vivos e correndo cegamente. Estremeço ao pensar no quê uma ligeira diferença em suas reações nervosas poderia ter provocado.

"Estação South - Estação Washington - Estação Park Street - Kendall - Central - Harvard". O pobre rapaz cantarolava as estações familiares do túnel Boston-Cambridge do trem metropolitano que perfurava nosso pacífico solo nativo a milhares de milhas de distância, na Nova Inglaterra, conquanto para mim o ritual não fosse relevante, nem trouxesse algum sentimento de nostalgia. Eu sentia apenas horror por perceber a monstruosa, a nefanda analogia que ele sugeria. Olhando para trás, esperávamos ver uma pavorosa e inacreditável criatura em movimento se a névoa estivesse suficientemente rarefeita; mas daquela criatura havíamos formado uma ideia clara. O que vimos — pois a névoa estava, na verdade, muito densa — foi algo muito diferente e incomensuravelmente mais odioso e detestável. Foi a total e objetiva corporificação da "coisa que não deveria existir" do novelista do fantástico; e a analogia mais próxima compreensível é a arremetida de um enorme trem de metrô tal como se vê da plataforma de uma estação — a enorme fachada escura emergindo colossalmente de uma distância subterrânea infinita, constelado por luzes curiosamente coloridas e enchendo a prodigiosa cova como um pistão enche um cilindro.

Mas não estávamos numa plataforma de estação. Estávamos no trilho à frente enquanto a apavorante coluna plástica de fétida iridescência escura escoava apertadamente para a frente por uma abertura de quinze pés adquirindo uma velocidade espantosa e empurrando à sua frente uma nuvem espiral adensada do pálido vapor abissal. Era uma coisa pavorosa, indescritível, mais vasta do que qualquer trem subterrâneo — um aglomerado informe de borbulhas protoplásmicas, fracamente luminosas, e com miríades de olhos temporários formando-se e desaparecendo como pústulas de luz esverdeada, ocupando toda a boca do túnel — que caía sobre nós, esmagando os frenéticos pinguins e deslizando sobre o piso reluzente de onde ela e sua amaldiçoada espécie haviam removido todo o entulho. Mais uma vez nos chegou aquele ancestral grito zombeteiro — *"Tiquili-li! Tiquili-li!"* — e finalmente nos lembramos de que os demoníacos Shoggoths — que receberam padrões de vida, pensamento e órgãos plásticos exclusivamente dos Antigos e não tinham outra linguagem exceto aquela expressa pelos grupos de pontos — também não tinham voz, limitando-se à imitação dos sons emitidos por seus antigos amos.

XII

Danforth e eu temos lembranças de emergir no grande hemisfério esculpido e de percorrer o caminho de volta pelas salas e corredores ciclópicos da cidade morta, embora não passem de fragmentos de sonho sem qualquer recordação de decisões, detalhes ou esforço físico. Era como se flutuássemos num mundo nebuloso ou numa dimensão sem tempo, causação ou orientação. A luz acinzentada do vasto espaço circular devolveu-nos um pouco de nosso juízo, mas evitamos nos aproximar daqueles trenós e não tornamos a olhar para o pobre Gedney e para o cão. Eles tinham um estranho e titânico mausoléu, e espero que o fim deste planeta ainda os encontre incólumes.

Foi subindo com esforço a colossal rampa que pudemos sentir a terrível fadiga e a falta de fôlego resultantes de nossa corrida ao ar rarefeito do platô; mas nem sequer o medo de um colapso nos faria parar antes de atingirmos o reino exterior normal de sol e céu. Houve algo vagamente apropriado em nossa partida daquelas épocas sepultas, pois, enquanto percorríamos o caminho ascendente pelo cilindro de sessenta pés de alvenaria primitiva, vislumbrávamos ao nosso lado uma contínua procissão de esculturas heroicas na técnica primitiva e não decaída da raça extinta — um adeus dos Antigos, gravado milhões de anos atrás.

Chegando finalmente ao topo, encontramo-nos em meio a um grande amontoado de blocos caídos, com as paredes curvas das construções de pedra mais altas erguendo-se a oeste e os picos das grandes montanhas assomando além dos edifícios arruinados a leste. O baixo sol antártico avermelhado da meia-noite espreitava do horizonte meridional pelos vãos das ruínas denteadas, e a terrível antiguidade e placidez da pavorosa cidade pareciam ainda mais completas em contraste com os aspectos relativamente mais conhecidos e familiares da paisagem polar. O céu lá no alto era uma massa inquieta e opalina de tênues vapores gelados, e o frio embotava nossas funções vitais. Pousando, exaustos, as sacolas de equipamentos que não havíamos largado durante toda nossa fuga desesperada, abotoamos novamente as roupas pesadas para descer o morro aos tropeções e caminhar pelo ancestral labirinto de pedra até os contrafortes onde nosso avião nos aguardava. Sobre o que nos pusera em fuga daquela escuridão de abismos secretos e arcaicos da Terra, nada dissemos.

Em menos de um quarto de hora havíamos chegado aos contrafortes — o provável terraço antigo — por onde havíamos descido, e pudemos avistar o vulto escuro de nosso grande avião em meio às ruínas espalhadas sobre a encosta ascendente à frente. A meio caminho da subida, paramos por um momento para recuperar o fôlego e nos viramos para olhar uma vez mais o emaranhado fantástico de incríveis formações de pedra abaixo — uma vez mais delineado misticamente contra um ocidente desconhecido. Ao fazê-lo, vimos que o céu além dele havia perdido sua nebulosidade matinal; os intermináveis vapores gelados haviam escoado para o zênite, onde seus contornos zombeteiros pareciam a ponto de formar algum padrão bizarro que temiam tornar muito definido ou conclusivo.

Alçava-se ali, no extremo horizonte branco por trás da grotesca cidade, uma tênue silhueta feérica violeta cujos cumes pontiagudos despontavam oniricamente contra o agradável tom róseo do firmamento ocidental. Na direção dessa borda reluzente, ascendia o antigo platô atravessado pelo curso escavado de um rio desaparecido como uma irregular faixa de sombra. Por um segundo, ficamos arquejantes de admiração diante da beleza irreal e cósmica da cena, mas, logo depois, um vago horror começou a se insinuar em nossos espíritos. Pois este contorno violeta não poderia ser outra coisa senão as terríveis montanhas da terra proibida — os mais altos picos terrestres e centro da malignidade da Terra; abrigo de horrores inomináveis e segredos arqueanos; evitados e venerados por aqueles que temiam esculpir seu significado; jamais palmilhados por algum ser vivo da Terra, mas visitados por sinistros relâmpagos e enviando estranhos feixes luminosos sobre as planícies na noite polar —, sem sombra de dúvida, o misterioso arquétipo daquela temida Kadath na Vastidão Fria, além da abominável Leng evasivamente sugerida em lendas primitivas.

Se os mapas e ilustrações esculpidos na cidade pré-humana diziam a verdade, aquelas crípticas montanhas violetas não poderiam estar muito além de trezentos milhas de distância; no entanto, sua obscura feérica essência assomava acima daquela crista remota e nevada, como a borda serrilhada de um monstruoso planeta alienígena prestes a se lançar para um céu desconhecido. Sua altura, então, deve ter sido monstruosa, além de qualquer comparação — elevando-as até as camadas atmosféricas rarefeitas habitadas somente por espectros gasosos relatados em sussurros por alguns aviadores imprudentes depois de quedas inexplicáveis de seus aparelhos. Olhando-as, recordei-me ansiosamente de certas sugestões esculpidas daquilo que o grande rio desaparecido teria arrastado de suas amaldiçoadas encostas para a cidade — e fiquei imaginando quanto senso e quanta loucura existiram nos temores daqueles Antigos que as talharam com tanta reticência. Recordei como a sua extremidade setentrional devia ficar próxima da costa da Terra Queen Mary onde, naquele mesmo momento, a expedição de Sir Douglas Mawson estava trabalhando a menos de mil milhas de distância; e desejei que nenhum destino perverso oferecesse a Sir Douglas e a seus homens um vislumbre do que poderia existir além da protetora cordilheira da costa. Tais pensamentos mostram uma medida de minha exaustão naquele momento — e Danforth parecia ainda pior.

No entanto, muito antes de termos cruzado pela grande ruína em forma de estrela e alcançado nosso avião, nossos temores se transferiram para a cordilheira mais baixa, mas ainda assim enorme, que teríamos que cruzar em nossa volta. Destes contrafortes, as encostas negras cobertas de ruínas se erguiam hediondamente contra o leste, relembrando-nos novamente aquelas bizarras pinturas asiáticas de Nicholas Roerich; e quando pensávamos nas apavorantes criaturas amorfas que poderiam ter aberto seu fétido caminho sinuoso, mesmo até seus mais altos píncaros escavados, não podíamos considerar sem pânico a perspectiva de tornar a voar sobre aquelas sugestivas bocas de cavernas viradas para o céu onde o vento produzia sons parecidos com um diabólico sopro musical de ampla escala. Para piorar, vimos traços distintos de neblina ao redor de vários picos — como o pobre Lake deve ter visto quando cometeu seu erro inicial sobre vulcanismo — e pensamos, estremecendo, naquela névoa parecida da qual acabáramos de escapar; nela, e no ímpio, apavorante abismo de onde os vapores provinham.

O avião estava em boa forma e desajeitadamente nos enfiamos em nossos pesados casacos de peles. Danforth acionou o motor sem problema e fizemos uma decolagem muito suave sobre a cidade de pesadelo. Abaixo de nós, a ciclópica alvenaria se espraiava como na primeira vez em que a víramos, e começamos a subir e a virar para testar o vento antes de cruzarmos a passagem. Numa altitude muito elevada, deve ter havido uma grande perturbação, pois as nuvens geladas do zênite formavam toda sorte de figuras fantásticas; mas a vinte e quatro mil pés, a altura que necessitávamos para passar, descobrimos que a navegação era bastante praticável. Ao nos aproximarmos dos picos salientes, o estranho sopro do vento novamente se tornou manifesto e pude observar as mãos de Danforth tremendo nos controles.

NAS MONTANHAS DA LOUCURA

Por muito amador que eu fosse, pensei, naquele momento, que poderia ser melhor navegador do que ele para realizar a perigosa passagem entre os picos; e quando eu fiz gestos para trocar de lugar, ele abriu mão de suas obrigações sem protesto. Tentei exercer toda minha habilidade e autodomínio e olhei para o distante segmento de céu avermelhado entre os paredões do desfiladeiro — recusando-me, resolutamente, a prestar atenção nas baforadas de vapor no topo da montanha e desejando ter os ouvidos tampados com cera como os homens de Ulisses ao largo da costa das Sereias para preservar minha consciência daquele perturbador sopro do vento.

Mas Danforth, dispensado de pilotar e à beira de uma crise nervosa, não conseguia se manter quieto. Eu o sentia virar-se e retorcer-se observando, atrás, a terrível cidade que se distanciava; à frente, os picos infestados de cubos e perfurados de cavernas; ao lado, o soturno mar de contrafortes nevados salpicados de amuradas; e ao alto, o calmante céu grotescamente nublado. E foi exatamente quando eu tentava manobrar o aparelho com segurança através do desfiladeiro que ele lançou seu grito estridente e enlouquecido, quase nos levando ao desastre. Com meu autocontrole momentaneamente abalado, atrapalhei-me com os comandos do avião por alguns instantes, mas um segundo depois meu autodomínio triunfou e concluímos a travessia com segurança. Temo, porém, que Danforth jamais será o mesmo.

Eu disse que Danforth não quis me contar o horror final que o fizera gritar tão insanamente — um horror que, na minha triste certeza, foi o principal responsável por seu presente colapso. Conversamos entrecortadamente gritando por cima do sopro do vento e do ronco do motor quando atingimos o lado seguro da cordilheira e descíamos lentamente em direção ao acampamento, mas a conversa se prendeu mais aos votos de segredo que fizéramos preparando-nos para deixar a cidade de pesadelo. Concordamos que certas coisas não eram para todas as pessoas saberem e discutirem levianamente — e eu não falaria delas agora, não fosse a necessidade de dissuadir a expedição Starkweather-Moore, e outras, a qualquer custo. É absolutamente necessário para a paz e segurança da humanidade que alguns cantos obscuros, tenebrosos e algumas profundezas indevassadas da Terra sejam deixados em paz, a menos que se queira a ressurreição de aberrações adormecidas e que ímpios pesadelos vivos se contorçam e se esgueirem para fora de suas soturnas covas para novas e mais amplas conquistas.

Tudo o que Danforth jamais sugeriu é que o horror final era uma miragem. Não tinha nada a ver, declarara ele, com os cubos e cavernas naquelas ressonantes, enevoadas, perfuradas montanhas da loucura que cruzamos, mas um único vislumbre fantástico, demoníaco, por entre as revoltas nuvens do zênite, do que existia por trás daquelas outras montanhas violetas a oeste que os Antigos haviam evitado e temido. É bem provável que a coisa fosse uma completa ilusão resultante das tensões anteriores por que passáramos, e da miragem real, mas não identificada, da cidade transmontana extinta vivenciada perto do acampamento de Lake no dia anterior; mas foi tão real para Danforth que isto ainda o faz sofrer.

Em raras ocasiões, ele tem murmurado coisas desconexas e desconjuntadas sobre "O poço negro", "a borda entalhada", "os proto-Shoggoths", "os sólidos de cinco dimensões sem janelas", "o cilindro inominável", "o Farol ancestral", "Yog-Sothoth", "a gelatina branca primordial", "a cor no espaço exterior", "as asas", "os olhos na escuridão", "a escada da lua", "o original, o eterno, o imperecível", entre outras concepções bizarras; mas quando ele está normal, repudia tudo isso atribuindo-o a suas leituras curiosas e macabras de anos anteriores. Danforth é, sabidamente, um dos poucos que jamais ousou examinar aquela cópia roída pelos vermes do *Necronomicon* mantida, debaixo de chaves, na biblioteca da universidade.

O alto do céu, quando cruzamos a cordilheira, estava, de fato, vaporoso e agitado e, conquanto eu não visse o zênite, posso perfeitamente imaginar que seus turbilhões de poeira de gelo possam ter adquirido formas exóticas. A imaginação, sabendo que cenas distantes podem ser ocasionalmente refletidas, refratadas e amplificadas com muita vivacidade por tais camadas de nuvens irrequietas, poderia facilmente ter proporcionado o resto — e, é claro, Danforth não sugeriu nenhum desses horrores específicos antes de sua memória ter a oportunidade de recorrer a leituras passadas. Ele jamais poderia ter visto tanto num único e instantâneo olhar.

Na ocasião, seus gritos histéricos se restringiram à repetição de uma única e insana expressão de origem mais do que evidente: *"Tiquili-li! Tiquili-li!"*.

A casa temida

A ironia raramente está ausente, mesmo no maior dos horrores. Às vezes ela entra diretamente na composição dos fatos, enquanto em outras relaciona-se apenas com sua situação fortuita entre pessoas e lugares. Este último tipo é esplendidamente exemplificado pelo caso da velha cidade de Providence onde, no final dos anos quarenta, Edgar Allan Poe costumava frequentemente alojar-se, durante sua malsucedida corte da talentosa poeta, a Sra. Whitman. Poe costumava alojar-se na Mansion House, da Rua Benefit — a famosa Golden Ball Inn cujo teto abrigou Washington, Jefferson e Lafayette —, e seu passeio favorito o levava para o norte, pela mesma rua, até a casa da Sra. Whitman e ao vizinho cemitério enladeirado de St. John, cuja oculta extensão de túmulos do século dezoito tinha, para ele, um fascínio peculiar.

A ironia é a seguinte. Nesse passeio, tantas vezes repetido, o maior mestre mundial do terrível e do bizarro era obrigado a passar por uma determinada casa do lado leste da rua, uma construção suja, antiquada, empoleirada no lado absolutamente íngreme da colina, com um grande pátio maltratado datando da época em que parte da região era um campo aberto. Ao que parece, ele jamais escreveu sobre ela, e não há evidências de que jamais a tenha notado. No entanto, aquela casa, para as duas pessoas em posse de certas informações, se iguala, ou supera, em horror a mais desenfreada fantasia do gênio que, com tanta frequência, passava inadvertidamente por ela, e ali permanece à espreita, grave, como um símbolo de tudo que é inefavelmente hediondo.

A casa tinha — e, para todos os efeitos, ainda tem — um jeito que atrai a atenção do curioso. Originalmente uma casa de fazenda ou chácara, reproduzia as linhas coloniais comuns da Nova Inglaterra de meados do século dezoito — o telhado pontiagudo, dois andares e sótão sem água-furtada e a entrada georgiana, e os painéis de madeira internos ditados pela evolução do gosto da época. Estava voltada para o sul com uma face, enterrada até as janelas mais baixas, voltada para a encosta leste da colina, e a outra exposta até as fundações voltada para a rua. Sua construção, perto de um século e meio atrás, havia acompanhado a inclinação e o estreitamento da rua naquela particular vizinhança, pois a Rua Benefit — inicialmente chamada Rua Back — fora traçada como uma viela serpenteando entre os túmulos dos primeiros colonos, e só foi retificada quando a remoção dos corpos para o North Burial Ground tornou decentemente possível atravessar os antigos lotes familiares.

Inicialmente, a parede ocidental ficava separada da rua por vinte pés de íngreme gramado, mas um alargamento na época da Revolução encurtara boa parte desta distância, expondo de tal forma as fundações que fora preciso erguer uma parede de tijolos no subsolo, o que proporcionara ao alto porão uma fachada para a rua com a porta e duas janelas acima do chão, perto do novo traçado da via pública. Quando a calçada foi feita, há um século, o resto do espaço frontal restante foi engolido. Poe, em suas caminhadas, deve ter visto apenas uma íngreme elevação de monótonos tijolos cinzentos, rente à calçada, encimada, a uma altura de dez pés, pelo antigo volume revestido de ladrilhos de madeira da casa propriamente dita.

O terreno da antiga chácara penetrava profundamente pela encosta da colina quase até a Rua Wheaton. O espaço ao sul da casa, confinado pela Rua Benefit, ficava evidentemente muito acima do nível da calçada existente, formando um terraço limitado por um alto paredão de arrimo de pedra úmido e musgoso perfurado por um íngreme lance de escada com degraus estreitos que seguia para dentro entre superfícies semelhantes à de uma garganta para a região superior de um gramado raquítico, reumáticas paredes de tijolos e jardins abandonados cujas desmanteladas urnas de cimento, chaleiras enferrujadas caídas de tripés de hastes intrincadas e semelhante parafernália iam até a frente desgastada da porta com sua claraboia, suas pilastras jônicas apodrecidas e seu carcomido frontão triangular.

O que eu ouvi, em minha juventude, sobre a casa temida foi apenas que um número alarmante de pessoas morrera ali. Que esta havia sido a razão, conforme me disseram, para os proprietários originais terem se mudado cerca de vinte anos depois de construir o local. Ela era claramente insalubre, talvez pela umidade e a proliferação de fungos no porão, o cheiro doentio imperante, as correntes de ar nos corredores ou a qualidade do poço e da água bombeada. Essas coisas já eram suficientemente ruins, e foram elas que ganharam o crédito entre as pessoas de meu conhecimento. Somente os cadernos de meu tio antiquário, Dr. Elihu Whipple, revelaram-me a extensão das conjecturas mais vagas e mais tenebrosas que constituíam um tendência folclórica entre antigos criados e pessoas simples, conjecturas que nunca foram muito longe e que, em sua maioria, acabaram esquecidas quando Providence se transformou numa metrópole com uma população móvel e moderna.

O fato é que a casa nunca foi considerada, pela parte sensata da comunidade, em nenhum sentido geral, "mal-assombrada". Não corriam histórias sobre cadeias chocalhando, correntes de ar frio, luzes se apagando ou rostos na janela. Alguns exagerados às vezes diziam que a casa era "funesta", mas isto era o máximo a que chegavam. O que não podia ser realmente contestado era a assustadora proporção de pessoas que morriam ali; ou, mais precisamente, que *haviam morrido* ali, pois depois de estranhos acontecimentos há cerca de sessenta anos, o edifício ficara de tal forma largado que seria praticamente impossível alugá-lo. Essas pessoas não haviam morrido subitamente de alguma causa isolada comum; ao que parece, sua vitalidade era insidiosamente exaurida e cada uma delas morria mais cedo em virtude de algum tipo de debilidade a que fosse naturalmente propensa. E as que não morriam apresentavam diversos graus de uma espécie de anemia ou abatimento, e, às vezes, uma debilitação das faculdades mentais que depunha contra a salubridade da construção. Deve-se acrescentar que as casas vizinhas pareciam perfeitamente salubres.

Tudo isto eu sabia antes de meu tio, pressionado por meu insistente questionamento a mostrar-me as anotações que acabaram nos embarcando, a ambos, numa hedionda investigação. Em minha infância, a casa temida estava vazia, com velhas árvores estéreis, retorcidas, terríveis, a grama alta singularmente pálida e ervas daninhas pavorosamente deformadas no quintal elevado em forma de terraço onde os pássaros nunca se detinham. A meninada costumava atravessar correndo o local, e ainda me lembro do pavor juvenil que eu sentia não só da mórbida estranheza dessa sinistra vegetação, mas do odor e da atmosfera aterrorizantes da casa maltratada, cuja porta da frente destrancada era frequentemente transposta em busca de arrepios. A maioria das janelas de vidros pequenos estava quebrada, e uma atmosfera de indescritível desolação pairava sobre os precários painéis de madeira, as destroçadas venezianas internas, o papel de parede descascado, o reboco caído, a escada periclitante e os restos de mobília quebrada que ainda restavam. A poeira e as teias de aranha acrescentavam seu toque de pavor; e ousado era o menino que voluntariamente subisse a escada para o sótão, uma vasta extensão guarnecida de vigas, iluminado apenas por pequenas janelas pestanejantes na ponta das empenas e cheio de um amontoado de arcas, cadeiras e rocas que infinitos anos de deposição de pó haviam amortalhado e engrinaldado em formas monstruosas e diabólicas.

Mas o sótão, afinal, não era a parte mais terrível da casa. Esta era o úmido e abafado porão que às vezes nos provocava a mais forte aversão, apesar de ficar inteiramente acima do nível do chão do lado da rua, separado do movimentado passeio apenas por uma porta fina e uma parede de tijolo com janela. Não sabíamos muito bem se devíamos frequenta-lo com espectral fascinação ou evitá-lo para o bem de nossas almas e de nossa sanidade mental. Primeiramente porque o mau cheiro da casa era mais forte ali e depois porque não gostávamos da proliferação de fungos brancos que ocasionalmente brotavam, no período chuvoso do verão, da terra dura do piso. Aqueles fungos, grotescamente parecidos com a vegetação do quintal do lado de fora, tinham um perfil verdadeiramente horripilante, detestáveis paródias de cogumelos venenosos que jamais tínhamos visto em qualquer outra situação. Eles apodreciam rapidamente e, a certa altura, tornavam-se ligeiramente fosforescentes levando passantes noturnos a falarem ocasionalmente de fogos fátuos brilhando por trás dos vidros quebrados das janelas por onde emanava um fedor muito particular.

Nunca — nem mesmo em nossas mais alucinadas brincadeiras do Dia das Bruxas — visitávamos esse porão à noite, mas em algumas de nossas visitas diurnas podíamos perceber a fosforescência, especialmente quando o dia estava escuro e úmido. Havia também uma coisa mais sutil que frequentemente pensávamos captar — uma coisa muito estranha que, no fundamental, era porém meramente sugestiva. Refiro-me à espécie de nebulosa configuração esbranquiçada no chão imundo — uma vaga camada cambiante de mofo ou salitre que às vezes pensávamos detectar entres as proliferações esparsas de fungos perto do enorme fogão da cozinha do porão. De vez em quando, ocorria-nos que este local guardava uma fantástica semelhança com uma figura humana, embora geralmente não tivesse essa aparência e muitas vezes nem houvesse qualquer depósito alvacento. Certa tarde chuvosa em que a ilusão pareceu extremamente forte, e quando, além disso, eu imaginei ter vislumbrado uma espécie de exalação fina, amarelada e cintilante elevando-se da configuração salitrada para a boca escancarada do fogão, falei com meu tio sobre o assunto. Ele sorriu diante dessa estranha concepção, mas seu sorriso parecia matizado de lembranças. Posteriormente ouvi dizer que uma concepção semelhante integrava alguns desvairados relatos ancestrais do povo — uma concepção aludindo também às formas demoníacas, ferozes, tomadas pela fumaça da grande chaminé, e aos curiosos contornos desenhados pelas sinuosas raízes de árvores que abriam passagem para o porão por entre as pedras soltas do alicerce.

II

Foi só quando atingi a maturidade que meu tio me apresentou as anotações e dados que havia coligido a respeito da casa temida. O Dr. Whipple era um médico saudável e conservador da velha guarda, e apesar de todo seu interesse no lugar, não estava interessado em estimular pensamentos juvenis para o anormal. Seu próprio ponto de vista, postulando simplesmente uma construção e localização em condições particularmente insalubres, nada tinha a ver com anormalidade, mas ele percebia que o caráter pitoresco que despertara seu próprio interesse produziria, na mente imaginativa de um garoto, toda sorte de repulsivas associações fantasiosas.

O doutor era um cavalheiro antiquado, solteiro, de cabelos brancos e rosto escanhoado. Era um destacado historiador local que frequentemente terçara armas com controvertidos guardiães da tradição, como Sidney S. Rider e Thomas W. Bicknell. Morava com um criado numa herdade georgiana com aldrava e escada com corrimão de ferro, misteriosamente equilibrada na íngreme subida da Rua North Court, ao lado do antigo palácio de justiça e sede da colônia onde seu avô — primo daquele ilustre navegador, o Capitão Whipple, que queimara a escuna armada *Gaspee* de Sua Majestade em 1772 — havia votado, no parlamento, em 4 de maio de 1776, pela independência da Colônia de Rhode Island. Ao seu redor, na úmida biblioteca de teto baixo com as paredes revestidas de mofados painéis brancos, pesadas janelas entalhadas com vidraças pequenas encimadas por cornijas e sombreadas por trepadeiras, estavam as relíquias e recordações de sua antiga família, entre as quais havia muitas alusões ambíguas à temida casa da Rua Benefit. Este local pestilento não ficava muito distante — pois a Benefit corre à beira do rochedo, pouco acima do palácio de justiça, ao longo da íngreme colina por onde se espalhara a colonização primitiva.

Quando, enfim, minha insistente perseguição e minha maturidade conseguiram extrair de meu tio o conhecimento acumulado que eu buscava, tive diante de mim uma crônica assaz estranha. Apesar de parte do material ser enfadonha, estatística e terrivelmente genealógica, perpassava-a um fio contínuo de horror tenaz e insistente e uma malignidade sobrenatural que me impressionou ainda mais do que impressionara o bom doutor. Fatos separados encaixavam-se de maneira sinistra e detalhes aparentemente irrelevantes continham um manancial de hediondas possibilidades. Apossou-se de mim uma nova e ardente curiosidade diante da qual minha curiosidade infantil era frágil e incipiente. A primeira

A CASA TEMIDA

revelação levou-me a uma exaustiva pesquisa e, finalmente, àquela arrepiante busca tão desastrosa para mim e para os meus, pois meu tio insistiu em se unir na busca que eu havia iniciado e, depois de uma certa noite naquela casa, não saiu dali comigo. Sinto-me só sem aquela alma gentil cujos longos anos de vida foram preenchidos com honra, virtude, bom gosto, benevolência e sabedoria. Erigi uma urna de mármore em sua memória no cemitério St. John — o lugar que Poe amava —, o bosque oculto de gigantescos ciprestes na colina, onde túmulos e lápides se apertam silenciosamente entre o volume imponente da igreja e as paredes de casas e bancos da Rua Benefit.

A história da casa, começando por uma confusão de datas, não revelava nenhum indício de alguma coisa sinistra, quer em sua construção, quer na próspera e honrada família que a construíra. Um indício inicial de calamidade, logo aumentado para um significado ominoso, era aparente. O registro cuidadosamente compilado por meu tio começava com a construção do edifício, em 1763, e perseguia o tema com uma quantidade inusitada de detalhes. A casa temida, ao que parece, fora habitada inicialmente por William Harris e sua esposa Rhoby Dexter, com seus filhos, Elkanah, nascido em 1755, Abigail, nascida em 1757, William Jr., nascido em 1759, e Ruth, nascida em 1761. Harris era um abastado comerciante e navegador no comércio das Índias Ocidentais, ligado à firma de Obadiah Brown e sobrinhos. Após a morte de Brown, em 1761, a nova firma de Nicholas Brown & Co. tornou-o comandante do brigue *Prudence*, de 120 toneladas, construído em Providence, permitindo-lhe assim construir a nova mansão que desejara desde seu casamento.

O local escolhido — uma parte recentemente aplainada da nova e agradável Rua Back, que contornava a colina acima do abarrotado Cheapside — era tudo que ele poderia desejar, e o prédio fez justiça à localização. Era o melhor que os meios moderados poderiam proporcionar, e Harris logo mudou-se para lá antes do nascimento de um quinto filho que a família esperava. A criança, um menino, chegou em dezembro, mas era natimorto. Nenhuma criança haveria de nascer com vida naquela casa durante um século e meio.

No mês de abril seguinte, as crianças adoeceram, e Abigail e Ruth morreram antes do fim do mês. O Dr. Job Ives diagnosticou o mal como alguma febre infantil, embora outros tenham declarado que antes teria sido um mero definhamento ou enfraquecimento físico. De todo modo, parecia contagioso, pois Hannah Bowen, um dos dois criados, morreu do mesmo mal no mês de junho seguinte. Eli Lideason, o outro criado, queixava-se constantemente de fraqueza e teria voltado para a fazenda de seu pai, em Rehoboth, não fosse por um súbito apego por Mehitabel Pierce, que havia sido contratada para suceder a Hannah. Ele morreu no ano seguinte — um ano triste, de fato, pois marcou a morte do próprio William Harris, debilitado que estava pelo clima da Martinica onde sua ocupação o mantivera por períodos consideráveis na década precedente.

A viúva, Rhoby Harris, nunca se recuperou do choque da morte de seu marido, e o falecimento de seu primogênito Elkanah, dois anos mais tarde, foi o golpe final para sua razão. Em 1768, ela caiu vítima de uma forma leve de insanidade mental e ficou, daquele momento em diante, confinada na parte superior da casa. Sua irmã mais velha, a solteira Mercy Dexter, mudou-se para a casa com a finalidade de cuidar da família. Mercy era uma mulher ossuda, franca, vigorosa, mas sua saúde claramente declinou desde o momento de sua chegada. Ela era muito dedicada à infortunada irmã e tinha uma afeição especial por seu único sobrinho sobrevivente, William, que se transformara de uma criança robusta num rapaz magro e enfermiço. Neste ano, a criada Mehitabel morreu, e o outro criado, Preserved Smith, partiu sem uma justificação coerente — ou, pelo menos, com umas estórias estranhas e queixas contra o cheiro do lugar. Durante algum tempo, Mercy não pôde conseguir nenhuma ajuda, pois as sete mortes e o caso de loucura, ocorridos todos no espaço de cinco anos, haviam começado a pôr em circulação a onda de rumores que posteriormente se tornaram tão bizarros. Ela acabou conseguindo novos empregados de fora da cidade; Ann White, uma mulher taciturna daquela parte de North Kingstown atualmente desmembrada como município de Exeter, e um homem competente de Boston chamado Zenas Low.

Foi Ann White a primeira a dar uma forma definida à sinistra boataria. Mercy deveria ter feito melhor do que contratar alguém do condado de Nooseneck Hill, pois aquele afastado pedaço de mato era então, como agora, um berço das mais inquietantes superstições, pois se mesmo em 1892 uma comunidade de Exeter exumou um cadáver e queimou ritualisticamente seu coração para impedir alegadas incursões prejudiciais à paz e à saúde pública, pode-se imaginar a opinião reinante na mesma região em 1768. A língua de Ann era perniciosamente ativa e, poucos meses depois, Mercy a despediu, preenchendo seu lugar com uma mulher aguerrida, cordial e fiel de Newport, Maria Robbins.

Enquanto isso, Rhody Harris, em sua loucura, relatava sonhos e fantasias dos mais odiosos tipos. Às vezes, seus gritos tornavam-se insuportáveis e durante períodos prolongados ela soltava gritos apavorantes que exigiram que o filho fosse morar temporariamente com o primo, Peleg Harris, na Presbyterian Lane, perto do novo edifício da universidade. O garoto parecia melhorar depois dessas visitas, e se Mercy tivesse sido tão inteligente quanto era bem-intencionada, teria deixado que ele morasse permanentemente com Peleg. O que a Sra. Harris gritava em seus surtos de violência, a tradição hesita em relatar, ou melhor, apresenta relatos tão extravagantes que se anulam pelo grau de absurdo. Por certo soa como absurdo ouvir que uma mulher educada apenas nos rudimentos do francês gritasse, durante horas, numa forma tosca e coloquial daquela língua, ou que a mesma pessoa, isolada e vigiada, se queixasse desvaira-

154   H.P. LOVECRAFT

damente de uma coisa à espreita que a mordia e mastigava. Em 1772, o empregado Zenas morreu, e quando a Sra. Harris ficou sabendo, riu com um prazer chocante, completamente estranho. No ano seguinte, ela própria morreu e foi enterrada no North Burial Ground ao lado de seu marido.

Com a eclosão dos conflitos com a Grã-Bretanha em 1775, William Harris, apesar de seus parcos dezesseis anos e de sua constituição frágil, conseguiu alistar-se na Força de Observação sob o comando do general Greene, e daquele momento em diante teve um sólido progresso em sua saúde e prestígio. Em 1780, como capitão das forças de Rhode Island em Nova Jersey sob as ordens do coronel Angell, ele conheceu e desposou Phebe Hetfield, de Elizabethtown, a quem trouxe para Providence quando foi desmobilizado, com honra, no ano seguinte.

A volta do jovem soldado não foi algo de consumada felicidade. A casa, é verdade, ainda estava em boas condições, e a rua havia sido alargada e tivera seu nome mudado de Rua Back para Rua Benefit. Mas a constituição outrora robusta de Mercy Dexter havia sofrido uma profunda degeneração tornando-a uma figura encurvada e patética de voz cava e uma palidez desconcertante — qualidades essas compartilhadas, em grau singular, com a única criada restante, Maria. No outono de 1782, Phebe Harris deu à luz uma filha natimorta e no dia quinze do mês de maio seguinte, Mercy Dexter despediu-se de uma vida profícua, austera e virtuosa.

William Harris, enfim plenamente convencido da natureza radicalmente insalubre de sua residência, tomou medidas para abandoná-la, trancando-a para sempre. Providenciando alojamentos provisórios para ele e a esposa na recém-inaugurada Golden Ball Inn, dispôs sobre a construção de uma casa nova e melhor na Rua Westminster, na parte em desenvolvimento da cidade, do outro lado da Ponte Great. Ali, em 1785, nasceu seu filho Duteel e ali a família habitou até a invasão do comércio empurrá-los de volta para o outro lado do rio e colina acima, até a Rua Angell, no novo distrito residencial do East Side, onde o falecido Archer Harris construiu sua suntuosa e hedionda mansão de telhado francês em 1876. William e Phoebe sucumbiram na epidemia de febre amarela de 1797, mas Dutee foi criado com seu primo Rathbone Harris, filho de Peleg.

Rathbone era um homem prático e alugou a casa da Rua Benefit, apesar de William querer mantê-la vazia. Ele considerava uma obrigação de sua tutela extrair o máximo de todas as propriedades do rapaz e pouco se importava com as mortes e doenças que haviam causado tantas mudanças de inquilinos, ou o firme crescimento da aversão com que a casa era geralmente considerada. É provável que ele só tenha se aborrecido quando, em 1804, o conselho municipal ordenou que ele fumigasse o local com enxofre, alcatrão e cânfora por conta das muito discutidas mortes de quatro pessoas, presumivelmente causadas pela epidemia de febre amarela que então regredia. Diziam que o lugar tinha um cheiro de febre.

O próprio Dutee não pensava muito na casa, pois cresceu para se tornar marinheiro e servir, com distinção, no *Vigilant*, sob as ordens do capitão Cahoone, na Guerra de 1812. Voltou incólume, casou-se em 1814 e tornou-se pai naquela memorável noite de 23 de setembro de 1815, quando um grande vendaval atirou as águas da baía sobre metade da cidade, e levou um barco flutuando até a Rua Westminster de forma que seus mastros quase batiam nas janelas de Harris numa simbólica afirmação de que o novo garoto, Welcome, era filho de um marinheiro.

Welcome não sobreviveu a seu pai, mas viveu para morrer gloriosamente em Fredericksburg, em 1862. Nem ele nem seu pai Archer tomaram conhecimento da casa temida, exceto como um trambolho quase impossível de alugar — talvez por causa do mofo e do odor doentio da velhice mal cuidada. Na verdade, ela nunca foi alugada depois de uma série de mortes culminando em 1861, que a agitação da guerra conseguiu colocar no esquecimento. Carrington Harris, o último da linhagem masculina, a conhecia somente como um centro de lenda, abandonado e algo pitoresco, até eu lhe contar a minha experiência. Ele pretendia derrubá-la e construir um prédio de apartamentos no lugar, mas depois de meu relato, decidiu mantê-la, instalar encanamentos e alugá-la. Até agora, não teve a menor dificuldade de arranjar inquilinos. O horror acabou.

III

Pode-se perfeitamente imaginar como fiquei abalado com os anais dos Harris. Neste registro contínuo parecia gestar-se uma malignidade persistente, além de tudo que eu conhecera na natureza; uma malignidade claramente relacionada à casa e não à família. Esta impressão era confirmada pelo arranjo menos sistemático de fatos variados coligidos por meu tio — lendas transcritas da boataria de criados, recortes de jornais, cópias de certificados de óbito fornecidas por colegas médicos, coisas assim. Não pretendo transcrever todo este material, pois meu tio era um antiquário incansável e estava profundamente interessado na casa temida, mas devo me referir a vários pontos importantes que merecem destaque por sua recorrência em muitos registros de diversas fontes. Por exemplo, a boataria de criados era praticamente unânime em atribuir ao *porão* bolorento e malcheiroso da casa uma vasta supremacia na influência maligna. Houve criados — especialmente Ann White — que não usavam a cozinha do porão, e pelo menos três lendas bem definidas se apoiavam nos estranhos desenhos quase humanos ou diabólicos assumidos pelas raízes de árvores e manchas de bolor naquela parte. Esses últimos relatos interessaram-me profundamente pelo que eu havia visto em minha meninice, mas senti que boa parte do significado havia sido, em todos os casos, muito obscurecido por acréscimos do estoque comum de conhecimentos locais sobre fantasmas.

Ann White, com a superstição típica de Exeter, havia divulgado o relato mais extravagante e, ao mesmo tempo, mais consistente, afirmando que devia haver um daqueles vampiros debaixo da casa — aquele morto que conserva a forma corporal e vive do sangue ou do alento dos vivos — cujas hediondas legiões colocam suas formas ou espíritos predadores em circulação, à noite. Nossas avós diziam que para destruir um vampiro é preciso exumá-lo e queimar seu coração, ou, pelo menos, enfiar uma estaca naquele órgão; e a obstinada insistência de Ann numa busca debaixo do porão havia sido decisiva para sua dispensa.

Suas histórias, porém, tiveram ampla audiência e foram mais prontamente aceitas porque a casa erguia-se num terreno previamente usado para fins sepulcrais. Para mim, seu interesse dependia menos dessa circunstância do que da maneira peculiarmente apropriada como eles se encaixavam em certas coisas — a queixa do criado Preserved Smith, que precedera Ann e nunca ouvira falar dela, ao deixar o emprego, de que alguma coisa "sugava seu alento" à noite; os certificados de óbito de vítimas da febre de 1804, emitidos pelo Dr. Chad Hopkins, falando de quatro pessoas falecidas, todas inexplicavelmente exangues; e as passagens obscuras dos delírios de Rhoby Harris, onde ela se queixava dos dentes aguçados de uma presença meio visível de olhos vidrados.

Por mais desprovido de ideias supersticiosas injustificadas que eu seja, essas coisas produziram em mim uma estranha sensação que foi intensificada por um par de recortes de jornais, amplamente separados no tempo, relacionados com mortes na casa temida — um do *Providence Gazette and Country-Journal* de 12 de abril de 1815, e o outro do *Daily Transcript and Chronicle* de 27 de outubro de 1845 — cada um detalhando uma circunstância apavorante cuja duplicação era notável. Em ambos os casos, parece que a pessoa a morrer, uma doce velhinha de nome Stafford em 1815 e um mestre-escola de meia-idade chamado Eleazar Durfee em 1845, estava terrivelmente transfigurada, fitando o médico que a atendia com os olhos vidrados e tentando morder sua garganta. Mais intrigante ainda foi o último caso que pôs fim ao aluguel da casa — uma série de mortes por anemia precedidas por um enlouquecimento progressivo em que o paciente atentava habilmente contra as vidas de seus parentes com incisões no pescoço ou nos pulsos.

Isto ocorreu em 1860 e 1861, quando meu tio mal iniciara sua atividade médica, e, antes de partir para o fronte, ele ouviu muito a esse respeito de seus colegas de profissão mais velhos. A coisa realmente inexplicável era a maneira como as vítimas — pessoas ignorantes, pois a malcheirosa e muito temida casa já não conseguia ser alugada para ninguém — balbuciavam maldições em francês, um língua que dificilmente poderiam ter estudado em algum momento de suas vidas. Isto fazia pensar na pobre Rhoby Harris quase um século antes, instigando meu tio a iniciar uma coleta de dados históricos sobre a casa depois de ouvir, algum tempo depois de seu retorno da guerra, o relato em primeira mão dos Drs. Chase e Whitmarsh. Eu pude perceber que meu tio havia realmente meditado muito no assunto e que ficou contente com o meu próprio interesse — um interesse despretensioso e simpático que lhe permitia discutir comigo assuntos que teriam provocado a zombaria de outros. Sua fantasia não tinha ido tão longe quanto a minha, mas ele sentia que o lugar oferecia raras possibilidades imaginativas no campo do grotesco e do macabro.

De minha parte, eu estava disposto a considerar o assunto todo com a mais profunda seriedade e comecei imediatamente, não só a repassar as evidências, como também a coligir o máximo delas que pudesse. Conversei com o velho Archer Harris, o então proprietário da casa, muitas vezes, antes de sua morte em 1916, e obtive dele e de sua irmã solteira ainda viva, Alice, uma corroboração autêntica de todos os dados familiares que meu tio havia reunido. Quando, porém, lhes perguntei que relação a casa poderia ter com a França ou com a sua língua, confessaram-se francamente surpresos e tão ignorantes quanto eu sobre o assunto. Archer não sabia nada e tudo que a Srta. Harris pôde dizer foi uma antiga alusão que seu avô, Dutee Harris, tinha ouvido, que poderia lançar um pouco de luz. O velho marinheiro, que sobrevivera dois anos à morte de seu filho Welcome, morto em batalha, não havia conhecido, ele próprio, a lenda, mas recordava-se de que sua antiga ama, a velha Maria Robbins, parecia sinistramente cônscia de algo que poderia ter emprestado um significado tenebroso aos delírios de Rhoby Harris, que ela ouvira, com tanta frequência, nos últimos dias daquela infeliz mulher. Maria havia permanecido na casa temida de 1769 até a saída da família, em 1783, e tinha visto Mercy Dexter morrer. Certa vez ela insinuou ao pequeno Dutee alguma circunstância peculiar dos últimos momentos de Mercy, mas ele logo esquecera tudo, exceto que era algo peculiar. Mais ainda, até isto a neta recordava com dificuldade. Ela e seu irmão não estavam muito interessados na casa, assim como o filho de Archer, Carrington, o atual proprietário, com quem conversei depois de minha experiência.

Tendo extraído toda a informação que a família Harris poderia fornecer, voltei minha atenção para fatos e registros antigos da cidade com um zelo ainda mais intenso do que o revelado ocasionalmente por meu tio no mesmo trabalho. O que eu procurava era uma história abrangente do local desde sua colonização, em 1636 — ou mesmo antes, se alguma lenda dos índios Narragansett pudesse ser desenterrada para fornecer os dados. Descobri, no início, que o terreno fizera parte de uma extensa faixa de terra concedida originalmente a John Throckmorton, uma de muitas faixas similares começando na Rua Town, ao lado do rio, e estendendo-se colina acima até uma linha aproximadamente correspondente à moderna Rua Hope. O lote de Throckmorton fora muito subdividido posteriormente e eu me concentrei no levantamento daquele trecho onde posteriormente passaram as Ruas Back e Benefit. Um rumor dizia que ali havia sido o cemitério dos Throckmorton, mas quando examinei com maior cuidado os registros, descobri que todos os túmulos haviam sido transferidos, numa data anterior, para o North Burial Ground na Pawtucket West Road.

Cheguei então, de repente — por uma rara circunstância do acaso, pois ela não estava no corpo principal dos registros e poderia ter facilmente escapado — a uma coisa que despertou minha mais absoluta impaciência pelo tanto que combinava com muitas das mais extraordinárias fases do problema. Tratava-se do registro de um arrendamento, em 1697, de um pequeno pedaço de terra a um certo Etienne Roulet e esposa. Surgia enfim o elemento francês — isto e um outro elemento mais profundo de horror que o nome resgatava dos recessos mais recônditos de minhas curiosas e heterogêneas leituras — e tratei de estudar febrilmente as plantas da localidade de antes da abertura e parcial retificação da Rua Back entre 1747 e 1758. Descobri o que, de certa forma, já esperava: que no lugar onde agora se assentava a casa temida, os Roulet haviam disposto suas sepulturas atrás de uma casinha térrea com sótão, e que não existia nenhum registro de transferência dos túmulos. O documento, é verdade, terminava de forma muito confusa, e fui obrigado a vasculhar a Sociedade Histórica de Rhode Island e a Biblioteca Shepley para encontrar uma porta local que o nome Etienne Roulet destrancasse. Consegui finalmente encontrar algo, algo com uma importância tão vaga, mas monstruosa, que parti dali imediatamente para examinar o próprio porão da casa temida com renovada minúcia.

Os Roulets, ao que parece, haviam chegado em 1696 de East Greenwich, ao sul da costa ocidental da Baía Narragansett. Eram huguenotes de Caude e haviam encontrado muita oposição até a elite de Providence permitir que se estabelecessem na cidade.

A impopularidade os perseguira em East Greenwich, de onde chegaram em 1686, depois da revogação do Édito de Nantes, e rumores diziam que a causa da aversão a eles ia além do mero preconceito racial e nacionalista, ou das disputas fundiárias que envolveram outros colonos franceses com os ingleses em disputas que nem sempre o Governador Andros conseguira controlar. Mas seu ardente protestantismo — ardente demais, murmuravam alguns — e sua evidente situação aflitiva quando foram virtualmente expulsos da aldeia, valeram-lhes um abrigo, e o trigueiro Etienne Roulet, menos apto para a agricultura do que para a leitura de livros estranhos e o traçado de diagramas exóticos, recebeu um posto de escriturário no armazém da doca de Pardon Tillinghast, bem ao sul da Rua Town. Houvera, porém, uma espécie de rebelião mais tarde — quarenta anos depois da morte de Roulet, talvez — e ninguém parece ter ouvido falar da família depois daquilo.

Por um século ou mais, ao que parece, os Roulet foram bem lembrados e frequentemente discutidos como incidentes insólitos na pacata vida de um porto marítimo da Nova Inglaterra. O filho de Etienne, Paul, um sujeito rabugento cuja conduta excêntrica teria provocado o tumulto que extinguiu a família, foi um motivo especial de especulações, e conquanto Providence jamais tenha compartilhado os pânicos relacionados com bruxaria de suas vizinhas puritanas, velhas senhoras sugeriam abertamente que não dizia suas orações no momento certo, nem para o objeto adequado. E isto certamente constituiu a base da lenda conhecida pela velha Maria Robbins. Que relação teria com os delírios franceses de Rhoby Harris e de outros habitantes da casa temida, só a imaginação e futuras descobertas poderiam determinar. Tentei imaginar quantos dos que haviam conhecido as lendas perceberam aquela associação adicional com o terrível que leituras mais amplas me haviam proporcionado; que item ominoso nos anais do mórbido horror que fala da criatura *Jacques Roulet, de Caude*, que, em 1598, foi condenada à morte como demoníaca, mas depois foi salva da fogueira pelo parlamento de Paris e trancada num manicômio. Ele havia sido encontrado coberto de sangue e tiras de carne num bosque logo em seguida à morte e dilaceração de um menino por um par de lobos. Um lobo fora visto trotando para longe íncólume. Uma ótima história para se contar ao pé da lareira, sem dúvida, com uma curiosa significação quanto ao nome e lugar, mas eu decidi que os boateiros de Providence não a poderiam ter amplamente conhecido. Se o tivessem, a coincidência de nomes teria provocado alguns atos drásticos e apavorados — na verdade, esses murmúrios limitados não poderiam ter precipitado a revolta final que varreu os Roulets da cidade?

Eu visitava, agora, o lugar maldito com crescente frequência, estudando a raquítica vegetação do jardim, examinando todas as paredes do edifício e esquadrinhando cada polegada do chão de terra do porão. Finalmente, com a permissão de Carrington Harris, preparei uma chave para a porta não usada do porão que dava diretamente para a Rua Benefit, preferindo ter um acesso mais direto ao mundo exterior do que a escura escada, o vestíbulo do andar térreo e a porta da frente poderiam me proporcionar. Ali, onde a morbidez espreitava com maior intensidade, eu procurava e cismava durante longas tardes com a luz solar filtrando pela porta coberta de teias de aranha que me deixava a alguns passos apenas da plácida calçada lá fora. Nenhuma novidade premiou meus esforços — sempre o mesmo deprimente bolor e as tênues sugestões de odores nocivos e desenhos salitrosos no chão — e imagino que muitos pedestres devem ter me olhado com curiosidade pelas vidraças partidas.

Com o tempo, por sugestão de meu tio, decidi investigar o local no período noturno, e numa certa meia-noite tempestuosa corri o facho da lanterna elétrica sobre o piso mofado com seus fungos quase fosforescentes de formas extravagantes e distorcidas. O lugar havia me deprimido curiosamente naquela noite e eu estava quase preparado quando vi — ou pensei ter visto — em meio aos depósitos esbranquiçados, uma definição particularmente nítida da "forma confusa" de que havia suspeitado em minha meninice. Sua nitidez era espantosa e sem precedente — e enquanto eu a olhava, parecia rever a tênue exalação amarelada cintilante que me havia estarrecido naquela tarde chuvosa havia muitos anos.

Acima da mancha de bolor antropomórfica ao lado do fogão, ele subia, um vapor sutil, mórbido, quase luminoso, que pairando trêmulo no ambiente úmido parecia desenvolver vagas e chocantes sugestões de forma e depois se desfazia gradualmente numa dissolução nebulosa e subia para a escuridão da grande chaminé deixando um fedor em sua esteira. Era verdadeiramente horrível, e mais ainda para mim pelo que eu sabia do local. Recusando-me a fugir, eu o observava desfazer-se — e enquanto olhava, sentia que ele, por sua vez, me observava vorazmente com olhos antes imaginados que visíveis. Quando contei a meu tio sobre aquilo, ele ficou muito animado, e, após uma hora de tensa reflexão, chegou a uma decisão drástica e definitiva. Pesando a importância do assunto e o significado de nossa relação com ele, insistiu em que ambos investigássemos — e, se possível, destruíssemos — o horror da casa numa noite ou noites de vigília conjunta naquele porão mofado e bolorento.

IV

No dia 25 de junho de 1919, uma quarta-feira, depois da devida notificação a Carrington Harris que não inclui conjecturas sobre o que esperávamos encontrar, meu tio e eu levamos para a casa temida duas cadeiras de acampamento e um cama de lona dobrável junto com alguns instrumentos científicos de maior peso e complexidade. Colocamos tudo no porão durante o dia, vedando as janelas com papel e planejando retornar ao anoitecer para nossa primeira vigília. Havíamos trancado a porta do porão para o andar térreo e tendo uma chave da porta deste para a rua, preparamo-nos para deixar ali nosso aparato delicado e caro — que havíamos conseguido secretamente e com grande custo — tantos dias quanto nossas vigílias viessem a exigir. Nossa intenção era ficarmos sentados até bem tarde e depois vigiar individualmente, em turnos de duas horas, até o amanhecer, primeiro eu e depois meu companheiro; quem estivesse inativo, repousaria na cama de lona.

A liderança natural com que meu tio conseguiu os instrumentos dos laboratórios da Universidade Brown e do Arsenal da Rua Cranston e instintivamente assumiu o comando de nossa empreitada era um atestado maravilhoso da vitalidade e resistência de um homem de oitenta e um anos. Elihu Whipple tinha vivido de acordo com as normas de higiene que havia pregado como médico e, não fosse pelo que aconteceu mais tarde, ainda estaria entre nós na plenitude de seu vigor. Somente duas pessoas suspeitam do que aconteceu — Carrington Harris e eu. Precisei contar a Harris porque ele era o dono da casa e merecia saber no que dera aquilo tudo. Aliás, já havíamos falado a ele antecipadamente sobre nossa busca, e eu senti, depois do passamento de meu tio, que ele compreenderia e me ajudaria em algumas explicações públicas muito necessárias. Ele empalideceu, mas concordou em me ajudar, decidindo que já seria seguro alugar a casa.

Dizer que não estávamos nervosos naquela noite chuvosa de vigília seria um exagero tosco e ridículo. Não éramos, como já disse, em nenhum sentido, infantilmente supersticiosos, mas o estudo científico e a reflexão nos haviam ensinado que o universo tridimensional conhecido abarca a menor fração de substância e energia da totalidade cósmica. Neste caso, um acúmulo fantástico de evidências de numerosas fontes autênticas apontava para a obstinada existência de certas forças de grande poder e, no que trata do ponto de vista humano, de excepcional malignidade. Dizer que realmente acreditávamos em vampiros ou lobisomens seria uma declaração descuidada e genérica. Seria possível dizer, sim, que não estávamos preparados para negar a possibilidade de certas alterações não classificadas e incomuns da força vital e da matéria atenuada existindo muito raramente no espaço tridimensional devido a sua mais íntima conexão com outras unidades espaciais, mas suficientemente encerrada nas fronteiras de nossa própria unidade para produzir manifestações ocasionais que nós, por falta de um ponto de observação privilegiado, talvez nunca possamos compreender.

Em suma, meu tio e eu achávamos que um conjunto de fatos indiscutíveis apontavam para alguma influência persistente na casa temida, passível de ser rastreada até algum desafortunado colono francês de dois séculos antes, e ainda atuante por via de leis raras e desconhecidas do movimento atômico e eletrônico. Que a família de Roulet possuíra uma anormal afinidade com círculos de entidades exteriores — esferas sombrias que, nas pessoas comuns, provocam apenas repulsa e terror — o registro de sua história parecia comprovar. Teriam os tumultos daqueles anos da década de 1730 colocado em movimento certos padrões cinéticos no cérebro mórbido de um ou mais deles — especialmente do sinistro Paul Roulet —, que teriam misteriosamente sobrevivido aos corpos assassinados e continuado funcionando em algum espaço multidimensional ao largo das linhas de força originais determinadas por um ódio insano da comunidade agressora?

Isto certamente não seria uma impossibilidade física ou bioquímica à luz de uma ciência mais nova que incluísse as teorias da relatividade e da atividade intra-atômica. Poder-se-ia facilmente imaginar uma entidade alienígena de substância ou energia, com ou sem forma, mantida viva por subtrações imperceptíveis ou imateriais da força vital ou dos tecidos e fluidos corporais de outras, e mais palpáveis, coisas vivas nas quais penetrasse e com cujo tecido se fundisse, às vezes, completamente. Ela poderia ser ativamente hostil, ou ditada meramente pela motivação cega da autopreservação. De qualquer forma, semelhante monstro deveria necessariamente ser, em nosso esquema de coisas, uma anomalia e um intruso, cuja extirpação seria um dever primordial de todo homem que não fosse um inimigo da vida, saúde e sanidade mental do mundo.

O que nos aturdia era nossa completa ignorância do aspecto em que poderíamos encontrar a coisa. Nenhuma pessoa sã jamais a vira, e poucas a haviam sentido efetivamente. Ela poderia ser energia pura — uma forma etérea e fora do reino material — ou ser parcialmente material, alguma massa plástica vaga e desconhecida capaz de mudar, à vontade, para nebulosas aproximações do sólido, do líquido, do gasoso, ou de estados sutis sem partículas. A mancha de bolor antropomórfica no chão, a forma do vapor amarelado e o retorcimento das raízes de árvores em alguns relatos, todos depunham, pelo menos, para uma remota e reminiscente conexão com a forma humana, mas o quão representativa e permanente essa similaridade poderia ser ninguém saberia dizer com algum grau de certeza.

Havíamos idealizado duas armas para combatê-la: um grande tubo de Crookes especialmente adaptado, operado por potentes baterias e com telas e refletores peculiares para o caso da coisa se mostrar intangível e passível de enfrentamento somente com vigorosas radiações destrutivas de éter; e um par de lança-chamas militares do tipo usado na Guerra Mundial para o caso de se mostrar parcialmente material e suscetível à destruição mecânica — pois, como os supersticiosos camponeses de Exeter, estávamos preparados para queimar o coração da coisa se houvesse um coração para ser queimado. Instalamos todo esse aparato bélico no porão em posições cuidadosamente estudadas em relação à cama e as cadeiras, e ao local diante do fogão onde o mofo havia adquirido formas estranhas. Aquela sugestiva mancha, aliás, era fracamente visível quando instalamos nossos móveis e instrumentos e, ao retornarmos, naquela noite, para a vigília. Por um momento, quase duvidei de jamais havê-la visto na forma mais definida descrita — mas lembrei então das lendas.

Nossa vigília no porão começou às dez da noite, a luz do dia poupando tempo, e no começo não percebemos nenhum indício de desenvolvimento significativo. Um fraco brilho filtrado das luzes da rua fustigadas pela chuva e uma tênue fosforescência dos detestáveis fungos de dentro iluminavam a pedra gotejante das paredes, das quais haviam desaparecido todos os traços de cal; o úmido, fétido, mangrado chão de terra batida com seus fungos obscenos; os restos apodrecidos do que haviam sido bancos, cadeiras, mesas e outros móveis mais deformados; as pesadas pranchas e sólidas vigas do piso do térreo acima; a decrépita porta de tábuas levando para depósitos e câmaras embaixo de outras partes da casa; a estropiada escada de pedra com arruinado corrimão de madeira; e o tosco e cavernoso fogão de tijolos enegrecidos onde fragmentos de ferro enferrujados revelavam a presença passada de ganchos, cães de chaminé, espetos, suportes de caldeirão e a porta para o forno holandês — essas coisas e nossas austeras cadeiras e cama, e o pesado complexo equipamento que havíamos trazido.

Deixáramos a porta para a rua destrancada, como em minhas pessoais explorações anteriores, para ter uma rota de fuga prática e direta para o caso de termos de lidar com manifestações acima de nossas forças. A ideia era que nossa presença noturna permanente atrairia alguma entidade maligna que estivesse ali à espreita, e que, estando preparados, poderíamos cuidar da coisa com um ou outro de nossos recursos tão logo a tivéssemos identificado e observado o suficiente. Não tínhamos ideia do tempo que poderia levar para atrair a coisa e eliminá-la. Ocorreu-nos também que nossa empreitada estava longe de ser segura, pois ninguém poderia dizer com que intensidade a coisa poderia surgir. Mas achávamos que o risco valia a pena e embarcamos nele sozinhos e sem hesitar, conscientes de que a procura de ajuda externa só nos exporia ao ridículo e, talvez, ao malogro de todo nosso propósito. Tal era nosso estado de espírito enquanto conversávamos — em hora bem avançada da noite, até que a crescente sonolência de meu tio lembrou-o de se deitar para suas duas horas de sono.

Alguma coisa parecida com medo me provocava calafrios enquanto eu estava ali sentado, sozinho nas primeiras horas da madrugada — digo sozinho porque quem se senta ao lado de uma pessoa adormecida está na verdade sozinho; mais só, talvez, do que pode perceber. Meu tio respirava pesadamente, suas profundas inalações e exalações acompanhadas pela chuva lá fora, e pontuadas por um outro som enervante de gotejamento de água ao longe, ali dentro — pois a casa era repulsivamente úmida mesmo em tempo seco e, nesta tempestade, estava positivamente encharcada. Estudei a alvenaria antiga, solta, das paredes à luz do fungo e dos tênues raios que se infiltravam da rua pelas janelas vedadas e, em certo momento, quando a fétida atmosfera do lugar estava prestes a me enjoar, abri a porta e olhei para os dois lados da rua, deleitando o olhar em vistas conhecidas e as narinas no ar saudável. Nada sucedera ainda para recompensar minha vigília, e eu bocejava sem parar, a fadiga se impondo à apreensão.

Foi então que a agitação de meu tio em seu sono atraiu minha atenção. Ele havia se virado várias vezes na cama durante a última meia hora, mas agora estava respirando com uma irregularidade incomum, dando suspiros ocasionais que mais pareciam gemidos estrangulados. Dirigi o facho da lanterna para ele e, percebendo que estava virado para o outro lado, levantei-me e, cruzando para o outro lado da cama, iluminei-o de novo para ver se estava sofrendo. O que vi inquietou-me surpreendentemente, considerando-se sua relativa trivialidade. Deve ter sido a mera associação de uma circunstância inusitada com a natureza sinistra de nosso local e nossa missão, pois a circunstância em si não era, seguramente, assustadora ou sobrenatural. Era apenas que a expressão facial de meu tio, sem dúvida perturbada pelos sonhos estranhos favorecidos por nossa situação, traía uma agitação considerável e não parecia absolutamente característica dele. Sua expressão habitual era de bondosa e polida tranquilidade, ao passo que agora uma grande diversidade de emoções parecia lutar em seu íntimo. Penso que foi esta *diversidade* que particularmente me inquietou. Meu tio, enquanto arquejava e se sacudia com crescente perturbação e com olhos que começavam a se abrir, não parecia um e sim muitos homens, sugerindo uma curiosa alienação de si próprio.

De repente ele começou a murmurar e não gostei de ver sua boca e seus dentes enquanto ele falava. As palavras eram inicialmente indistintas mas depois — com um tremendo sobressalto — reconheci nelas algo que me encheu de gélido terror até me lembrar da amplitude dos conhecimentos de meu tio e das intermináveis traduções que ele fazia de artigos sobre antropologia e antiguidades na *Revue des Deux Mondes*. Pois o venerável Elihu Whipple estava murmurando em francês, e as poucas frases que pude distinguir pareciam relacionadas com os mais tenebrosos mitos de que ele já fizera adaptações para a famosa revista parisiense.

Subitamente, uma perspiração brotou na testa do homem adormecido e ele saltou bruscamente, meio acordado. A algaravia em francês mudou para um grito em inglês, e a voz rouca exclamava excitadamente, "Meu alento, meu alento!" Então o despertar se completou e com o retorno de sua expressão facial ao normal, meu tio segurou minha mão e começou a relatar um sonho cujo significado íntimo eu só pude imaginar com uma espécie de espanto.

Ele havia saído flutuando de uma série muito comum de paisagens oníricas para um cenário cuja estranheza não se relacionava com nada de que já houvesse lido. Era deste mundo, mas não era — uma obscura confusão geométrica em que podiam ser vistos elementos de coisas familiares nas mais incomuns e perturbadoras combinações. Havia uma sugestão de imagens estranhamente caóticas superpostas, num arranjo onde as condições essenciais de tempo e de espaço pareciam dissolvidas e misturadas da maneira mais ilógica. Nesse vórtice caleidoscópico de imagens fantasmagóricas ocorriam instantâneos ocasionais, se podemos usar este termo, de singular clareza, mas indescritível heterogeneidade.

Em certo momento, meu tio pensou estar deitado numa cova aberta, escavada sem cuidado, com uma multidão de rostos enfurecidos, emoldurados por cabelos desgrenhados e chapéus tricórnios, olhando carrancudos para ele. Novamente ele parecia estar no interior de uma casa — mas os detalhes e moradores mudavam continuamente e ele nunca conseguia estar certo dos rostos ou dos móveis, ou mesmo do próprio recinto, pois as portas e janelas pareciam estar em estado tão fluido quanto os objetos presumivelmente mais móveis. Era fantástico — infernalmente fantástico — e meu tio falou quase timidamente, como que esperando não merecer muito crédito, ao declarar que, dos rostos estranhos, muitos traziam as feições inconfundíveis da família Harris. E, de vez em quando, havia uma sensação pessoal de sufocamento, como se alguma presença invasiva houvesse se espalhado por seu corpo tentando se apossar de seus processos vitais. Estremeci à ideia daqueles processos vitais, combalidos que estariam por oitenta e um anos de funcionamento ininterrupto, em conflito com forças desconhecidas que a mais jovem e mais forte das constituições poderia perfeitamente temer; mas, logo depois, refleti que sonhos são apenas sonhos e que essas visões incômodas poderiam ser, quando muito, uma reação de meu tio às investigações e expectativas que ultimamente vinham preenchendo com exclusividade nossas mentes.

A conversa logo conseguiu dissipar minha sensação de estranheza e, com o tempo, voltei a meus bocejos e assumi meu turno de descanso. Meu tio parecia agora bastante desperto e saudou seu período de vigília, apesar de o pesadelo o haver despertado muito antes das duas horas previstas. Adormeci em seguida e fui imediatamente assediado por sonhos dos mais perturbadores. Sentia, em minhas visões, uma solidão cósmica e abissal, com a hostilidade surgindo de todos os lados em alguma prisão onde havia sido confinado. Eu me sentia amarrado, amordaçado e insultado por gritos reverberados de multidões distantes sedentas pelo meu sangue. O rosto de meu tio chegava até mim com associações menos agradáveis do que nas horas de vigília, e recordo-me de muitos enfrentamentos inúteis e tentativas de gritar. Não foi um sono agradável e, por um segundo, não lamentei o grito lancinante que atravessou as barreiras do sonho e atirou-me num estado de vigília atento e alarmado em que cada objeto real diante de meus olhos se destacava com uma nitidez e realidade mais do que natural.

V

Eu estava deitado de costas para a cadeira de meu tio, de modo que, ao despertar abruptamente, vi apenas a porta da rua, a janela mais ao norte e a parede, o chão e o teto na direção norte do quarto, tudo fotografado com mórbida vivacidade em meu cérebro sob uma luz mais brilhante do que o clarão dos fungos ou dos feixes que vinham da rua. Não era uma luz forte, nem muito forte; certamente não tão forte para permitir a leitura de um livro comum. Mas projetava uma sombra minha e da cama no piso, e tinha um brilho amarelado, penetrante, que sugeria coisas mais potentes do que a luminosidade. Isto eu percebi com mórbida nitidez, apesar de dois de meus outros sentidos terem sido violentamente acionados, pois em meus ouvidos persistiam as reverberações daquele grito lancinante, enquanto minhas narinas sofriam com o mau cheiro que enchia o lugar. Minha mente, tão alerta quanto meus sentidos, reconheceu a presença do insólito e, quase automaticamente, saltei e me virei para pegar os instrumentos de destruição que deixáramos apontados para a mancha de mofo perto do fogão. Enquanto eu me virava, temia o que estava prestes a ver, pois o grito era da voz de meu tio e eu não sabia contra que ameaça teria que defender a ele e a mim.

Mas a visão acabou sendo pior do que eu esperava. Há horrores além de todos os horrores e este era um daqueles núcleos de toda hediondez imaginável que o cosmos guarda para destruir alguns poucos infelizes e desgraçados. Da terra infestada de fungos emanava uma vaporosa luz cadavérica, amarela e doentia, que borbulhava e se enovelava a uma altura enorme em vagos contornos meio humanos, meio monstruosos, através dos quais eu podia ver a chaminé e o fogão por trás. Ela era toda olhos — ferozes e zombeteiros — e a cabeça enrugada como a de um inseto dissolvia-se, nas alturas, numa tênue corrente de névoa que se enrodilhava putridamente até desaparecer pela chaminé. Digo que vi esta coisa, mas foi apenas numa rememoração consciente que eu identifiquei, em definitivo, sua infernal aproximação com a forma. No momento, ela era para mim apenas uma tênue nuvem revolta fosforescente de fúngica repugnância envolvendo e dissolvendo, com abominável plasticidade, o único objeto onde se concentrava toda minha atenção. Este objeto era meu tio — o venerável Elihu Whipple — que, com as feições escurecidas e se decompondo, olhava de soslaio para mim falando coisas desconexas e estendendo garras gotejantes para me despedaçar na fúria que o horror havia trazido.

A CASA TEMIDA

Foi o senso de rotina que me impediu de enlouquecer. Eu havia me preparado para o momento crucial e foi esse treinamento que me salvou. Não reconhecendo o mal borbulhante como alguma substância atingível por matéria ou química material e, portanto, ignorando o lança-chamas que despontava à minha esquerda, liguei a corrente do tubo de Crookes e direcionei para aquela cena de imortal impiedade as mais fortes radiações etéreas que a arte humana é capaz de resgatar dos espaços e dos fluidos da natureza. Surgiu uma neblina azulada e uma crepitação frenética, e a fosforescência amarelada se atenuou diante de meus olhos. Mas percebi que a atenuação resultava tão somente do contraste e que as ondas da máquina não tiveram nenhum efeito.

Então, em meio àquele espetáculo demoníaco, vi um novo horror que trouxe gritos aos meus lábios e me enviou, às apalpadelas e tropeções, para aquela porta destrancada que dava para a rua calma, sem me importar com os horrores anormais que estivesse libertando no mundo, nem com as ideias e juízos que os homens despejariam sobre minha cabeça. Naquela tenebrosa mistura de azul e amarelo, a forma de meu tio havia começado a sofrer uma nauseante liquefação cuja essência foge a qualquer descrição e onde ocorriam tais mudanças de identidade em seu rosto evanescente que só a loucura poderia conceber. Ele era simultaneamente um demônio e uma multidão, um sepulcro e um cortejo. Iluminada pelos raios de luz incertos e misturados, aquela face gelatinosa assumiu uma dezena — uma multidão, uma centena — de feições, arreganhando os dentes num sorriso enquanto afundava no chão num corpo se derretendo como sebo, numa semelhança caricatural com legiões de pessoas estranhas e, ainda assim, não estranhas.

Eu vi as feições da linhagem dos Harris, masculinas e femininas, adultas e infantis, e outras feições velhas e moças, rudes e refinadas, familiares e não familiares. Por um segundo, elas relampejaram numa degenerada imitação de uma miniatura da pobre Rhoby Harris que eu vira no Museu da School of Design, e em outro momento pensei ter captado a imagem ossuda de Mercy Dexter, tal como dela me lembrava de um quadro, na casa de Carrington Harris. Meu pavor era indescritível. Mais para o fim, quando uma curiosa mistura de feições de criados e bebês tremeluziu perto do piso mofado onde uma poça de graxa esverdeada se espalhava, era como se as feições mutantes lutassem contra elas mesmas esforçando-se para formar perfis como os do rosto bondoso de meu tio. Gosto de pensar que ele existia, naquele momento, e que tentava me dizer adeus. Tenho a impressão de eu mesmo ter-lhe soluçado um adeus de minha própria garganta ressecada enquanto me lançava para a rua com uma fina corrente de graxa em meu encalço atravessando a porta para a calçada encharcada.

O resto é obscuro e monstruoso. Não havia ninguém na rua ensopada e, no mundo inteiro, não havia ninguém a quem eu ousasse contar. Perambulei desvairadamente na direção sul passando pela College Hill e o Athenaeum, pela Rua Hopkins, e sobre a ponte, para a área comercial, onde altos edifícios pareciam proteger-me como as coisas materiais modernas protegem o mundo de prodígios antigos e perniciosos. A aurora cinzenta surgia, úmida, no leste, destacando a silhueta da arcaica colina e suas veneráveis cúpulas, e convocando-me para o lugar onde eu deixara meu trabalho incompleto. E afinal para ali fui, molhado, de cabeça descoberta e entorpecido sob a luz da manhã, e entrei pela terrível porta da Rua Benefit que havia deixado entreaberta e que ainda balançava cripticamente a plena vista dos antigos inquilinos aos quais eu não ousava falar.

A graxa desaparecera, pois o chão mofado era poroso. E na frente do fogão não havia vestígio da gigantesca forma salitrosa enrodilhada. Olhei para a cama, as cadeiras, os instrumentos, meu esquecido chapéu e o chapéu de palha amarelada de meu tio. Meu torpor era extremo e eu mal conseguia lembrar o que era sonho e o que era realidade. Então, aos poucos, fui recuperando a razão e eu soube que havia testemunhado coisas mais horríveis do que havia sonhado. Sentando-me, tentei conjecturar, até onde a sanidade me permitia, sobre o que exatamente havia acontecido e como eu poderia pôr fim ao horror, se ele fosse efetivamente real. Matéria ele não parecia ser, nem éter, nem alguma coisa concebível a uma mente mortal. O que, então, senão alguma emanação exótica, um daqueles vapores vampirescos que os camponeses de Exeter afirmam que saem de certos cemitérios? Senti que isto era uma pista e olhei novamente para o piso à frente do fogão onde o mofo e o salitre haviam assumido formas estranhas. Em dez minutos, minha mente estava recomposta, e, pegando o chapéu, fui para casa, tomei banho, comi e encomendei, por telefone, uma picareta, uma pá, uma máscara de gás militar e seis garrafões de ácido sulfúrico, tudo para ser entregue na manhã seguinte, na porta do porão da casa temida da Rua Benefit. Depois, tentei dormir e, não conseguindo, passei as horas em leituras e compondo versos fúteis para contrabalançar meu estado de espírito.

Às onze da manhã do dia seguinte, comecei a cavar. O dia estava ensolarado e isto me agradava. Eu ainda estava sozinho, pois por muito que temesse o horror desconhecido que procurava, tinha mais medo ainda da ideia de contar a alguém. Mais tarde, contei a Harris apenas por absoluta necessidade e porque ele tinha escutado histórias extravagantes de pessoas antigas que sempre haviam merecido algum crédito de sua parte. Enquanto eu revolvia a fétida terra escura em frente do fogão, minha pá fazendo escorrer uma seiva viscosa amarela dos fungos brancos que atingia, eu tremia com os pensamentos ambíguos sobre o que poderia desenterrar. Alguns segredos do interior da terra não prestam para a humanidade e este parecia ser um deles.

Minha mão tremia perceptivelmente, mas eu seguia cavando e, algum tempo depois, estava dentro do grande buraco que havia cavado. Com o aprofundamento do buraco, que tinha cerca de seis pés quadrados, o cheiro ruim aumentava, e eu perdi todas as dúvidas sobre a iminência de meu contato com a coisa infernal cujas emanações haviam amaldiçoado a casa por mais de um século e meio. Eu ficava imaginando como ela seria — quais seriam sua forma e sua substância, e que tamanho poderia ter adquirido em longos séculos sugando vidas. Saí, enfim, do buraco, e dispersei a terra acumulada, dispondo então os grandes garrafões de ácido em torno e próximos de dois lados, para que, havendo a necessidade, eu pudesse esvaziá-los na abertura em rápida sucessão. Depois disso, eu amontoava a terra apenas nos outros dois lados, trabalhando mais lentamente e vestindo a máscara de gás quando o cheiro aumentou. A proximidade com uma coisa inominável no fundo de um poço estava me deixando enervado.

De repente, a pá bateu em alguma coisa mais macia do que a terra. Eu estremeci e fiz um movimento para sair do buraco que agora alcançava a altura de meu pescoço. Então a coragem voltou e eu escavei mais sujeira à luz da lanterna elétrica que havia providenciado. A superfície que descobri era suspeita e vítrea — uma espécie de geleia congelada, meio apodrecida, com sugestões de transparência. Eu segui cavando e vi que a coisa tinha forma. Formava-se uma fenda numa parte dobrada da substância. A área exposta era enorme e toscamente cilíndrica, como uma enorme chaminé macia branco-azulada dobrada em dois, com a parte maior tendo cerca de dois pés de diâmetro. Escavei mais e então, subitamente, saltei fora do buraco e para longe da coisa imunda, destapando e entornando freneticamente os pesados garrafões, e precipitando seu conteúdo corrosivo, um após outro, naquele abismo sepulcral e sobre aquela inimaginável aberração cujo titânico *cotovelo* eu havia visto.

O vórtice cegante de vapor amarelo-esverdeado que emergiu tempestuosamente daquele buraco enquanto a torrente de ácido descia jamais me deixará a lembrança. Por toda a colina, as pessoas falam do dia amarelo, quando fumaças horríveis e virulentas subiram do lixo industrial despejado no rio Providence, mas eu sei o quão enganados elas estão quanto à origem. Elas comentam, também, o hediondo rugido que se ouviu ao mesmo tempo, vindo de alguma tubulação principal de água ou de gás defeituosa no subsolo — mas novamente, eu poderia corrigi-las, se ousasse. Foi indescritivelmente chocante e não sei como eu sobrevivi àquilo. Depois de derramar o quarto garrafão que eu tive que manejar depois que os vapores haviam começado a penetrar em minha máscara, desmaiei, mas, ao me recuperar, percebi que o buraco já não estava exalando emanações.

Os dois garrafões restantes eu esvaziei sem nenhum resultado particular e, passado algum tempo, senti segurança para devolver a terra escavada ao buraco. Anoiteceu antes de eu terminar, mas o pavor havia desaparecido do lugar. A umidade era menos fétida e todos os estranhos fungos haviam ressecado para uma espécie de pó acinzentado e inofensivo pairando, como cinza, sobre o chão. Um dos mais vis terrores da Terra havia perecido para sempre e, se existe um inferno, ele recebeu pelo menos a alma demoníaca de alguma coisa profana. E enquanto eu socava a última pá de mofo, derramei a primeira de muitas lágrimas com que paguei um sincero tributo à memória de meu amado tio.

Na primavera seguinte acabaram-se a grama pálida e as estranhas ervas daninhas no jardim aterraçado da casa temida e, pouco tempo depois, Carrington Harris alugou-a. Ela ainda é espectral, mas sua estranheza me fascina, e encontrarei, misturado com meu alívio, um curioso sentimento de pena quando ela for derrubada para ceder lugar a uma loja espalhafatosa ou algum vulgar prédio de apartamentos. As velhas árvores estéreis do quintal começaram a produzir pequenas maçãs adocicadas e, no ano passado, pássaros fizeram ninhos em seus galhos retorcidos.

OS SONHOS NA CASA ASSOMBRADA

Se os sonhos ocasionaram a febre ou se a febre ocasionou os sonhos, Walter Gilman não sabia. Espreitava por trás de tudo o envolvente, exasperante horror da velha cidade e do mofado, ímpio sótão onde ele escrevia, estudava e se debatia com cifras e fórmulas, quando não estava largado na esquálida cama de ferro. A acuidade de seus ouvidos estava adquirindo um grau intolerável e sobrenatural, e havia muito ele fizera parar o relógio barato da cornija da lareira cujo tiquetaquear ia se assemelhando a um estrondo de artilharia. À noite, o discreto alvoroço da cidade às escuras lá fora, a sinistra correria dos ratos nos tabiques carcomidos e o estralejar de vigas ocultas na casa secular bastavam para lhe dar uma sensação de estridente pandemônio. A escuridão sempre foi prenhe de ruídos inexplicáveis — mas ele, porém, às vezes se arrepiava de medo, temendo que os ruídos que escutava pudessem enfraquecer deixando-o ouvir outros ruídos mais fracos que ele suspeitava estarem à espreita por trás dos primeiros.

Ele estava na imutável cidade de Arkham das lendas assombrosas com sua profusão de telhados de águas furtadas debruçados sobre sótãos onde as bruxas se escondiam dos servidores do Rei no sinistro passado da Província. Nenhum outro local daquela cidade era mais prenhe de recordações macabras do que o sótão do telhado que o abrigava — pois fora esta casa e este quarto que haviam abrigado a velha Keziah Mason, cuja fuga da Cadeia de Salem ninguém soubera explicar. Isto havia sucedido em 1692 — o carcereiro enlouquecera e balbuciava a respeito de uma pequena coisa peluda de colmilhos brancos que saíra correndo da cela de Keziah, e nem mesmo Cotton Mather soube explicar as curvas e ângulos rabiscados nas paredes de pedra cinzenta com algum líquido pegajoso, vermelho.

Talvez Gilman não devesse ter estudado tanto. O cálculo não euclidiano e a física quântica bastam para esgotar qualquer cérebro, e quando alguém os mistura com folclore e tenta identificar um fundo estranho de realidade multidimensional por trás das sugestões demoníacas das narrativas góticas e das desvairadas histórias sussurradas ao pé do fogo, dificilmente poderia evitar alguma tensão mental. Gilman viera de Haverhill, mas só depois de ter entrado na universidade de Arkham foi que ele começou a relacionar suas pesquisas matemáticas com as lendas fantásticas de magia ancestral. Alguma coisa na atmosfera da venerável cidade agia obscuramente em sua imaginação. Os professores da Miskatonic insistiram para que ele moderasse e deliberadamente reduziram seu curso em vários pontos. Mais ainda, impediram-no de consultar duvidosos livros antigos sobre segredos ocultos que eram guardados debaixo de chave no subsolo da biblioteca da universidade. Todas essas precauções chegaram tarde, porém, de forma que Gilman obtivera algumas pistas terríveis do temível *Necronomicon* de Abdul Alhazred, do fragmentário *Livro de Eibon* e do proibido *Unaussprechlichen Kulten* de von Junzt para relacionar com suas fórmulas abstratas sobre as propriedades do espaço e as associações entre dimensões conhecidas e desconhecidas.

Ele sabia que seu quarto ficava na velha Casa Assombrada — este havia sido, aliás, o motivo por que o escolhera. Havia muitas coisas nos registros do Condado de Essex sobre o julgamento de Keziah Mason e o que ela havia admitido, sob pressão, para o Tribunal de Oyer e Terminer, havia fascinado Gilman de uma maneira irracional. Ela havia contado ao Juiz Hathorne sobre linhas e curvas que poderiam ser levadas a apontar direções passando através das paredes do espaço para outros espaços ulteriores, e sugerira que essas linhas e curvas eram frequentemente usadas em certas reuniões realizadas à meia-noite no escuro vale da pedra branca além de Meadow Hill e na ilha desabitada do rio. Ela havia contado também sobre o Homem Negro, sobre seu juramento e seu novo nome secreto, Nahab. Depois ela havia desenhado aqueles esquemas nas paredes da cela e desaparecera.

Gilman acreditava coisas estranhas sobre Keziah e havia sentido uma curiosa emoção ao saber que sua habitação ainda estava de pé duzentos e trinta e cinco anos depois. Quando ouviu os silenciosos murmúrios de Arkham sobre a persistente presença de Keziah na casa velha e nas ruas estreitas, sobre as marcas irregulares de dentes humanos deixadas em certas pessoas adormecidas naquela e em outras casas, sobre choros de crianças ouvidos às vésperas do 1º de Maio e do Dia de Todos os Santos, sobre o cheiro frequentemente notado no sótão da velha casa logo depois dessas temíveis datas e sobre a coisinha peluda de presas agudas que assombrava a mofada construção e a cidade, aninhando-se curiosamente nas pessoas nas horas lúgubres antes do amanhecer, resolveu morar naquele local a qualquer custo. Arranjar um quarto foi fácil pois a casa era impopular, difícil de alugar, e havia muito se prestava para alojamentos baratos. Gilman não saberia dizer o que esperava encontrar ali, mas sabia que desejava estar no edifício onde alguma circunstância havia dado, mais ou menos repentinamente, a uma velha medíocre do século XVII, uma percepção de profundidades matemáticas, superiores, talvez, às mais modernas pesquisas de Planck, Heisenberg, Einstein e de Sitter.

Gilman estudou as paredes de madeira e alvenaria atrás de indícios de desenhos crípticos em cada ponto acessível onde o papel houvesse descascado, e uma semana depois conseguiu ficar com o quarto oriental do sótão, onde Keziah teria praticado seus feitiços. Ele já estava vago desde o início — pois ninguém queria permanecer ali por muito tempo —, mas o senhorio polonês evitava alugá-lo. Entretanto, nada aconteceu com Gilman até a época da febre. Nenhuma Keziah fantasmagórica esvoaçou pelos quartos e corredores sombrios, nenhuma coisinha peluda se esgueirou em seu tenebroso ninho para roçá-lo com seu focinho, e nenhum registro dos feitiços da bruxa premiou sua busca infatigável. Às vezes ele dava caminhadas pelo sombrio emaranhado de vielas sem calçamento cheirando a mofo onde antigas casas castanhas de idade indefinível se inclinavam, curvavam e espreitavam zombeteiramente por estreitas janelas envidraçadas. Ele sabia que ali haviam acontecido coisas estranhas um dia, e havia uma leve sugestão por trás da superfície de que tudo daquele passado monstruoso não poderia — pelo menos nas vielas mais escuras, mais estreitas e mais tortuosas — ter desaparecido completamente. Ele também remou por duas vezes até a mal-afamada ilha do meio do rio e fez um esboço dos ângulos singulares descritos pelas fileiras de pedras cinzentas cobertas de musgo de origem tão obscura e imemorial.

O quarto de Gilman era de bom tamanho, mas tinha um formato singularmente irregular; a parede norte inclinava-se visivelmente para dentro, a extremidade inferior para a superior, enquanto o teto baixo inclinava-se suavemente para baixo na mesma direção. Afora um evidente buraco de rato aberto e os sinais de outros deles obstruídos, não havia nenhum acesso — nem qualquer aparência de uma via de acesso antiga — para o espaço que devia existir entre a parede inclinada e a parede externa reta do lado norte da casa, embora uma visão do exterior mostrasse o ponto onde uma janela havia sido fechada com tábuas numa data muito remota. O desvão em cima do teto — que devia ter tido um piso inclinado — era igualmente inacessível. Quando Gilman subiu por uma escada de mão até o desvão coberto de teias de aranha que encimava o resto do sótão, encontrou vestígios de uma antiga entrada fortemente vedada com tábuas fixadas no lugar com as resistentes cavilhas de madeira comuns na carpintaria colonial. Nenhum esforço de persuasão, porém, conseguiu induzir o estólido senhorio a deixá-lo investigar nenhum desses dois espaços fechados.

Com o passar do tempo, sua absorção na parede e no teto irregulares de seu quarto cresceram, pois começara a identificar nos curiosos ângulos um significado matemático que parecia oferecer vagas pistas relacionadas com o seu propósito. A velha Keziah, pensava ele, devia ter tido excelentes motivos para viver num quarto com ângulos peculiares, pois não havia sido mediante certos ângulos que ela alegava ter saído dos limites do mundo espacial que conhecemos? Seu interesse gradualmente se afastou dos espaços vazios insondáveis atrás das superfícies inclinadas, pois agora tinha a impressão de que a finalidade daquelas superfícies estava relacionada ao lado em que ele estava.

O surto de febre cerebral e os sonhos principiaram no começo de fevereiro. Durante algum tempo, aparentemente, os curiosos ângulos do quarto de Gilman exerciam um efeito estranho, quase hipnótico, sobre ele, e à medida que o gélido inverno avançava, ele se via examinando com intensidade crescente o canto onde o teto inclinado para baixo encontrava a parede inclinada para dentro. Nesse período, a incapacidade de se concentrar em seus estudos formais o preocupou muito e ele ficou extremamente apreensivo com a aproximação dos exames de meio de ano. Mas o aguçado sentido de audição não era menos preocupante. A vida havia se tornado uma insistente, quase insuportável, cacofonia, e persistia a constante, terrífica impressão de *outros* sons — vindos de regiões além da vida, talvez — vibrando nas fímbrias mesmo da audibilidade. No que toca aos ruídos concretos, os ratos nas velhas paredes divisórias eram responsáveis pelos piores. Seu arranhar às vezes parecia não só furtivo, mas deliberado. Quando chegava do outro lado da parede norte inclinada, vinha misturado com uma espécie de estrépito seco; e quando provinha do desvão secularmente fechado por cima do teto inclinado, Gilman sempre despertava como que à espera de algum horror que apenas ganhava tempo antes de descer para engolfa-lo completamente.

Os sonhos iam muito além do terreno da sanidade e Gilman sentia que eles deviam ser o resultado conjunto de seus estudos de matemática e de folclore. Ele andava pensando demais também nas vagas regiões que suas fórmulas lhe diziam existir além das três dimensões que conhecemos, e sobre a possibilidade de a velha Keziah Mason — guiada por alguma influência à prova de qualquer conjectura — ter efetivamente descoberto o portal para aquelas regiões. Os amarelados registros do condado contendo seu depoimento e o de seus acusadores eram diabolicamente sugestivos de coisas além da experiência humana — e as descrições do fugidio objeto peludo que lhe servia de criado eram dolorosamente realistas apesar de seus detalhes inacreditáveis.

Aquele objeto — não maior do que um rato de bom tamanho e singularmente chamado pela população de "Brown Jenkin" — parecia ter sido o fruto de um caso admirável de ilusão coletiva, pois, em 1692, não menos do que onze pessoas atestaram havê-lo vislumbrado. Havia rumores recentes, também, com um grau de concordância desconcertante. As testemunhas afirmavam que ele tinha cabelos longos e a forma de um rato, mas que sua cara barbada com dentes agudos era diabolicamente humana, ao passo que suas patas pareciam minúsculas mãos humanas. Ele transmitia recados entre a velha Keziah e o diabo, e se nutria do sangue da bruxa, o qual sugava como um vampiro. Sua voz era uma espécie de repugnante riso de escarninho e ele podia falar todos os idiomas. De todas as bizarras monstruosidades dos sonhos de Gilman, nada o enchia de maior pânico e náusea do que este ser híbrido ímpio e diminuto cuja imagem se esgueirava em sua visão numa forma mil vezes mais hedionda do que qualquer coisa que sua mente desperta havia deduzido dos antigos registros e dos modernos rumores.

Em grande parte, os sonhos de Gilman consistiam de mergulhos em abismos infinitos, em crepúsculos misteriosamente coloridos e sons muito desarmoniosos, abismos cujas propriedades materiais e gravitacionais, e cuja relação com sua própria entidade, ele não poderia sequer começar a explicar. Ele não andava nem subia, não voava nem nadava, não se arrastava nem serpeava, experimentando sempre um modo de locomoção parcialmente voluntário e parcialmente involuntário. Ele não conseguia avaliar direito sua própria condição pois a visão de seus braços, pernas e torso parecia estar sempre obstruída por uma estranha distorção da perspectiva, mas sentia que sua organização física e suas faculdades mentais estavam, de alguma forma, maravilhosamente transformadas e projetadas de viés — não sem uma certa relação grotesca, porém, com suas proporções e propriedades normais.

Os abismos não estavam absolutamente vazios, mas povoados por indescritíveis massas angulosas de uma substância exoticamente colorida, algumas delas parecendo orgânicas e outras inorgânicas. Alguns objetos orgânicos tendiam a despertar vagas lembranças no fundo de sua mente, embora ele não pudesse formar uma ideia consciente do que eles zombeteiramente lembravam ou sugeriam. Nos sonhos mais recentes, ele começara a distinguir categorias separadas em que os objetos orgânicos pareciam estar divididos, e que pareciam envolver, em cada caso, uma espécie radicalmente diferente de padrão de conduta e de motivação básica. Dessas categorias, uma lhe pareceu incluir objetos um pouco menos ilógicos e irrelevantes em seus movimentos do que os membros das outras categorias.

Todos os objetos — orgânicos e inorgânicos — eram absolutamente indescritíveis ou mesmo incompreensíveis. Gilman às vezes comparava a matéria inorgânica a prismas, labirintos, grupos de cubos e planos e construções ciclópicas, e as coisas inorgânicas sugeriam-lhe agrupamentos de bolhas, polvos, centopeias, ídolos hindus animados e intrincados arabescos excitados numa espécie de animação ofídica. Tudo que ele via era indescritivelmente ameaçador e horrível, e sempre que uma das entidades orgânicas parecia, por seus movimentos, havê-lo notado, ele sentia um pavor hediondo, absoluto, que geralmente o fazia despertar sobressaltado. Sobre a maneira como as entidades orgânicas se moviam, ele não podia dizer mais do que a maneira como ele próprio se movia. Com o tempo, observou um novo mistério — a tendência de certas entidades parecerem subitamente estar fora do espaço vazio, ou desaparecerem completamente com igual presteza. A estridente, trovejante confusão de sons que permeava os abismos estava fora do alcance de qualquer análise no que diz respeito à altura, timbre ou ritmo, mas parecia estar sincronizada com as vagas mudanças visuais em todos os imprecisos objetos, tanto orgânicos como inorgânicos. Gilman sentia um pavor constante de que ela pudesse alcançar um nível de intensidade insuportável durante uma de suas obscuras e inevitáveis flutuações.

Mas não era nesses vórtices de total alienação que ele via Brown Jenkin. Aquele repugnante pequeno horror estava reservado para certos sonhos mais leves, mais definidos, que o assediavam pouco antes dele mergulhar nas profundezas maiores do sono. Ele estaria deitado no escuro, lutando para se manter desperto, quando uma tênue luminosidade bruxuleante pareceria tremeluzir por todo o quarto secular, revelando, em meio a uma névoa violeta, a convergência de ângulos planos que haviam se apossado tão insidiosamente de seu cérebro. O horror pareceria emergir do buraco de rato do canto e sapatear em sua direção sobre o inclinado assoalho de tábuas largas com uma expressão de maligna expectativa em sua minúscula cara humana barbada; mas esse sonho felizmente se desfazia sempre antes do objeto chegar perto o suficiente para encostar nele. A coisa tinha caninos diabolicamente longos e agudos. Gilman tentava tapar o buraco todos os dias, mas a cada noite os moradores reais dos tabiques roíam a obstrução, fosse qual fosse. Certa vez ele conseguiu que o senhorio pregasse uma chapa de estanho em cima do buraco, mas, na noite seguinte, os ratos escavaram um buraco novo e, ao fazê-lo, empurraram ou arrastaram para dentro do quarto um curioso fragmento de osso.

Gilman não informou ao médico de sua febre, pois sabia que não passaria nos exames se fosse enviado à enfermaria da universidade, quando cada instante era necessário para os estudos. Nas circunstâncias, ele foi reprovado em Cálculo D e Psicologia Geral Avançada, embora não sem esperança de recuperar o terreno perdido antes do fim do semestre.

Era março quando o novo elemento entrou em seu sonho preliminar mais leve e a forma repelente de Brown Jenkin começou a aparecer acompanhada de uma mancha nebulosa que foi ficando cada vez mais parecida com uma velha mulher encurvada. Este acréscimo o perturbou mais do que ele poderia imaginar, mas finalmente decidiu que ela se parecia com uma velha encarquilhada a quem encontrara por duas vezes no escuro emaranhado de vielas perto do cais abandonado. Naquelas ocasiões, o olhar cruel, sardônico e aparentemente gratuito da megera havia-lhe causado calafrios — especialmente da primeira vez, quando um rato enorme disparando pela entrada escura de um beco próximo o fez irracionalmente pensar em Brown Jenkin. Agora, refletia, aqueles temores de origem nervosa estavam se refletindo em seus sonhos desvairados.

Que a influência da velha casa era maligna, ele não poderia negar, mas traços de seu primitivo e mórbido interesse ainda o mantinham ali. Ele argumentava que a febre era a única responsável por suas fantasias noturnas e, quando o acesso diminuísse, ficaria livre das visões monstruosas. Aquelas visões, porém, tinham uma evidência e vivacidade envolventes, e, ao acordar, ele conservava sempre a vaga sensação de ter experimentado muito mais do que podia se lembrar. Estava muito seguro de que nos sonhos não lembrados ele conversava com Brown Jenkin e a velha, e que estes insistiam para que ele os acompanhasse a algum lugar onde encontraria uma terceira criatura ainda mais poderosa.

Lá para o fim de março, ele começou a se recuperar em matemática, embora os outros estudos o absorvessem cada vez mais. Estava adquirindo uma bossa intuitiva para resolver equações de Riemann, e deixou perplexo o professor Upham com o seu entendimento de problemas quadridimensionais e outros que haviam desconcertado o resto de sua classe. Certa tarde, houve uma discussão sobre possíveis estruturas estranhas no espaço e sobre pontos teóricos de aproximação, ou mesmo de contato, entre nossa parte do cosmos e diversas outras regiões tão distantes quanto as estrelas mais longínquas ou os próprios abismos transgaláticos — ou mesmo, tão fabulosamente distantes quanto as unidades cósmicas concebíveis por especulação, além de todo o contínuo espaço-tempo einsteiniano. O modo como Gilman tratou desse tema encheu todos de admiração, apesar de algumas de suas ilustrações hipotéticas provocarem um reforço nos sempre abundantes rumores sobre suas excentricidades, nervosismo e solidão. O que deixou os alunos reticentes foi a sua sensata teoria de que o homem poderia — com um conhecimento matemático superior a tudo que o homem conseguira adquirir — sair deliberadamente da Terra para qualquer outro corpo celeste existente em um dos pontos de uma infinidade de pontos específicos da configuração cósmica.

Este passo, a seu ver, exigiria apenas dois estágios: o primeiro seria a saída da esfera tridimensional que conhecemos, e o segundo, a passagem de volta para a esfera tridimensional num outro ponto, infinitamente distante, inclusive. Que isto poderia ser realizado sem a perda da vida era, em muitos casos, concebível. Qualquer ser de qualquer parte do espaço tridimensional provavelmente conseguiria sobreviver na quarta dimensão, e a sua sobrevivência no segundo estágio dependeria da parte extraterrestre do espaço tridimensional que ele escolhesse para sua reentrada. Os habitantes de alguns planetas poderiam viver em outros — mesmo em planetas pertencentes a outras galáxias, ou a fases dimensionais similares de outros contínuos espaço-tempo —, embora certamente devessem existir quantidades enormes de corpos celestes ou zonas espaciais mutuamente inabitáveis, apesar de matematicamente justapostos.

Era possível também que os habitantes de um determinado domínio dimensional pudessem sobreviver à entrada em muitos domínios desconhecidos e incompreensíveis de dimensões adicionais ou infinitamente multiplicadas — estivessem eles dentro ou fora do contínuo espaço-tempo dado — e que o inverso provavelmente seria verdadeiro. Isto foi motivo de muitas especulações, mas ninguém parecia estar plenamente seguro de que o tipo de mutação envolvido na passagem de algum plano dimensional para o plano superior seguinte pudesse preservar a integridade biológica tal como a compreendemos. Gilman não poderia ser muito claro sobre suas razões para esta última suposição, mas sua obscuridade neste ponto foi mais do que compensada por sua clareza em outros pontos complexos. O professor Upham apreciou especialmente sua demonstração da filiação da matemática superior a certas fases da sabedoria mágica transmitida ao longo das eras desde uma inefável antiguidade — humana ou pré-humana — cujos conhecimentos do cosmos e de suas leis eram superiores aos nossos.

Perto do primeiro dia de abril, Gilman começou a ficar muito preocupado com a persistência de sua febre. Incomodava-o também o que alguns dos outros locatários diziam sobre o seu sonambulismo. Ao que parecia, ele saía frequentemente de seu leito, e aquele estalar do assoalho de seu quarto, em certas horas da noite, era percebido pelo homem do quarto de baixo. Este indivíduo dizia ouvir também passos de pés calçados durante a noite, mas Gilman estava certo de que ele se enganava a este respeito, pois seus sapatos e suas roupas estavam sempre em seu preciso lugar pela manhã. Podia-se desenvolver toda sorte de ilusões auditivas naquela mórbida casa velha. O próprio Gilman, mesmo à luz do dia, não tinha a certeza da existência de outros ruídos além do arranhar dos ratos vindos dos escuros desvãos além da parede inclinada e acima do teto inclinado? Seus ouvidos patologicamente sensíveis tentavam captar passos macios no desvão imemorialmente fechado ao alto, e às vezes a ilusão dessas coisas era dolorosamente realista.

Entretanto, ele sabia que havia se tornado mesmo um sonâmbulo, pois, por duas vezes, seu quarto fora encontrado vazio durante a noite, embora todas as suas roupas estivessem no lugar. Isto lhe fora assegurado por Frank Elwood, o colega que a pobreza obrigara a se alojar nesta casa decrépita e impopular. Elwood estivera estudando de madrugada e fora procurá-lo atrás de ajuda numa equação diferencial, descobrindo que Gilman estava ausente. Havia sido um grande atrevimento de sua parte abrir uma porta destrancada depois de bater e não receber resposta, mas ele precisava muito da ajuda e achou que o ocupante não se importaria de ser despertado, se o fizesse com jeito. Em nenhuma dessas ocasiões, porém, Gilman estava lá, e quando ouviu falar do assunto, ficou cismando sobre onde poderia ter estado perambulando vestido apenas com as roupas de dormir. Ele decidiu investigar o assunto se os relatos de seu sonambulismo continuassem, e pensou em aspergir o chão do corredor com farinha para ver aonde seus passos o levariam.

A porta era o único meio de acesso concebível, pois não havia apoio viável para os pés do lado de fora da estreita janela.

À medida que abril avançava, os ouvidos de Gilman, aguçados pela febre, eram perturbados pelas orações lamurientas de um ajustador de teares chamado Joe Mazurewicz cujo quarto ficava no térreo. Mazurewicz havia contado longas histórias incoerentes sobre o fantasma da velha Keziah e a coisa peluda de colmilhos agudos, e havia dito que às vezes ficava tão apavorado que só seu crucifixo de prata — que lhe fora dado para este fim pelo Padre Iwanicki, da Igreja de St. Stanislaus — conseguia tranquiliza-lo. Agora ele estava rezando por conta da aproximação do dia do Sabá das Bruxas. A véspera do 1º de Maio era a Noite de Walpurgis, quando os mais tenebrosos horrores do inferno rondavam a Terra e todos os servos de Satã se congregavam para ritos e atos inomináveis. Era sempre uma época muito ruim em Arkham, apesar da boa gente da Avenida Miskatonic e das ruas High e Saltonstall fingir nada saber a esse respeito. Haveria coisas ruins e uma ou duas crianças provavelmente desapareceriam. Joe sabia dessas coisas, pois sua avó, do velho interior, ouvira histórias contadas pela avó dela. Era conveniente orar e rezar o terço nesse período. Durante três meses, Keziah e Brown Jenkin não se aproximaram do quarto de Joe, nem do quarto de Paul Choynski, nem de qualquer outro — e não era nada bom quando eles sumiam assim. Deviam estar aprontando alguma.

Gilman passou pelo consultório do médico no dia dezesseis daquele mês e ficou surpreso ao descobrir que sua temperatura não estava tão alta quanto temia. O médico examinou-o cuidadosamente e aconselhou-o a ver um especialista em nervos. Pensando bem, ele ficou contente de não ter consultado o médico ainda mais curioso da universidade. O velho Waldron, aquele que havia reduzido suas atividades anteriormente, o obrigaria a tirar uma licença — coisa impossível, agora que estava tão perto de obter grandes resultados com suas equações. Estava seguramente perto da fronteira entre o universo conhecido e a quarta dimensão, e quem saberia até onde poderia chegar?

Mas mesmo quando esses pensamentos lhe ocorreram, ele ficava cismando na origem de sua estranha confiança. Será que toda aquela perigosa sensação de iminência vinha das fórmulas nas folhas de papel que ele enchia dia após dia? Os imaginários passos suaves e furtivos no desvão fechado ao alto eram enervantes. E agora havia também um crescente sentimento de que alguém o estava constantemente persuadindo a fazer algo terrível que ele não deveria fazer. E quanto ao seu sonambulismo? Para onde ele iria, às vezes, durante a noite? E o que seria aquela tênue sugestão de som que, de vez em quando, parecia se esgueirar por entre a confusão de sons identificáveis mesmo à plena luz do dia e estando inteiramente desperto? Seu ritmo não correspondia a nenhuma coisa da Terra, exceto, talvez, à cadência de um ou dois indizíveis cantos sabáticos, e, às vezes, ele temia que o ritmo correspondesse a certas características do vago guinchar ou rugir naqueles abismos totalmente alienígenas do sonho.

Entrementes, os sonhos estavam se tornando atrozes. Na fase preliminar mais leve do sono, a pérfida velha adquirira agora uma nitidez demoníaca e Gilman sabia que se tratava da mesma velha que o havia aterrorizado ao andar pelo subúrbio. Suas costas encurvadas, nariz comprido e queixo enrugado eram inconfundíveis, e as disformes roupas pardacentas eram iguais às de sua lembrança. Ela exibia no rosto uma expressão de odiosa malevolência e exultação, e, ao acordar, ele conseguia lembrar uma voz grasnante que persuadia e ameaçava. Ele devia encontrar o Homem Negro e ir com eles todos até o trono de Azathoth, no centro do caos definitivo. Era o que ela dizia. Ele devia assinar o livro de Azathoth com seu próprio sangue e adotar um novo nome secreto agora que suas investigações independentes o haviam levado tão longe. O que o impedia de ir com ela, Brown Jenkin e o outro até o trono do Caos onde as finas flautas sopravam descuidadamente era o fato de ter visto o nome "Azathoth" no *Necronomicon* e saber que se referia a um demônio primitivo, pavoroso demais para ser descrito.

A velha surgia sempre do ar rarefeito perto no canto onde a inclinação para baixo encontrava a inclinação para dentro. Ela parecia cristalizar-se num ponto mais próximo do teto do que do assoalho, e a cada noite parecia um pouco mais perto e mais nítida antes do sonho se desfazer. Brown Jenkin, também, estava sempre um pouco mais perto no final, e seus colmilhos branco-amarelados brilhavam de maneira hedionda naquela irreal fosforescência violácea. Seu repugnante riso zombeteiro cravava-se cada vez mais profundamente na cabeça de Gilman, e, pela manhã, ele se lembrava de ter pronunciado as palavras "Azathoth" e "Nyarlathotep".

Nos sonhos mais profundos, tudo parecia também mais nítido, e Gilman sentia que os abismos crepusculares que o cercavam pertenciam à quarta dimensão. Aquelas entidades orgânicas cujos movimentos pareciam menos irrelevantes e aleatórios eram, provavelmente, projeções de formas de vida de nosso próprio planeta, inclusive de seres humanos. O que seriam em sua própria esfera ou esferas dimensionais ele sequer ousava imaginar. Duas das coisas que se moviam menos aleatoriamente — um aglomerado enorme de bolhas esferoidais alongadas e iridescentes e um poliedro muito menor de cores incomuns cujos ângulos superficiais sofriam constante modificação — pareciam observá-lo e segui-lo, ou pairar sobre ele quando se deslocava entre os titânicos prismas, labirintos, feixes de cubos-e-planos e quase-edifícios; e durante todo o tempo, os vagos guinchos e rugidos cresciam e cresciam, como que se aproximando de algum clímax monstruoso de intensidade insuportável.

Durante a noite de 19 para 20 de abril, ocorreu o novo desdobramento. Gilman se movimentava meio involuntariamente pelos abismos crepusculares com a massa borbulhante e o pequeno poliedro por cima, quando percebeu os ângulos peculiarmente regulares formados pelas bordas de um gigantesco grupo de prismas próximo. Um instante depois, ele estava fora do abismo, de pé, trêmulo, sobre uma encosta rochosa banhada por uma intensa e difusa luz verde. Estava descalço e com as roupas de dormir, e quando tentou andar, descobriu que mal conseguia erguer os pés. Um turbilhão vaporoso encobria toda a visão, exceto o terreno ascendente imediato, e ele se encolheu todo imaginando os sons que poderiam surgir daquele vapor.

Foi então que ele viu as duas formas se arrastando penosamente em sua direção — a velha e a pequena coisa peluda. A megera abraçou-se com seus joelhos, cruzando os braços de um jeito muito singular, enquanto Brown Jenkin apontava numa certa direção com uma pata dianteira horrivelmente antropoide que erguia com evidente dificuldade. Impelido por um impulso que não era seu, Gilman arrastou-se no percurso determinado pelo ângulo dos braços da velha e a direção da pata do pequeno monstro, e, antes de ter dado três passos, estava de volta aos abismos crepusculares. Formas geométricas pairavam ao seu redor enquanto ele caía vertiginosamente, interminavelmente, até que despertou em seu leito, no sótão insanamente assimétrico da velha casa ancestral.

Naquela manhã, ele não prestava para nada e faltou a todas as aulas. Uma misteriosa atração impelia seus olhos para uma direção aparentemente irrelevante, pois não conseguia se impedir de observar um certo ponto vazio do assoalho. À medida que o dia transcorria, o foco de seus olhos vidrados ia mudando de posição até que, por volta do meio-dia, ele conseguiu controlar o impulso de olhar para o vazio. Perto das duas da tarde, ele saiu para almoçar e, percorrendo as vielas estreitas da cidade, percebeu que virava sempre na direção sudeste. Foi com muito esforço que conseguiu parar no restaurante da Rua Church e, depois da refeição, sentiu a atração pelo desconhecido ainda mais fortemente.

Ele teria que consultar um especialista em nervos afinal — talvez houvesse uma conexão com seu sonambulismo —, mas enquanto isso poderia, pelo menos, tentar quebrar sozinho o mórbido feitiço. Certamente ele ainda poderia afastar-se da atração; assim, com muita determinação, enfrentou-a, caminhando deliberadamente para o norte, pela Rua Garrison. Alcançando a ponte sobre o Miskatonic, estava banhado em suor frio e teve de se agarrar ao parapeito de ferro enquanto olhava, rio acima, para a mal-afamada ilha cujo perfil regular formado por pedras eretas ancestrais emergia sombriamente ao sol vespertino.

Então ele levou um susto, pois havia uma figura viva nitidamente visível naquela ilha desolada, e um segundo olhar lhe disse que se tratava, sem sombra de dúvida, da velha mulher bizarra cujo imagem sinistra se infiltrara desastrosamente em seus sonhos. O capim alto perto dela também se mexia como se houvesse alguma outra criatura viva arrastando-se perto do chão. Quando a velha começou a virar-se em sua direção, ele fugiu precipitadamente da ponte pelo labiríntico abrigo de vielas do cais. Por distante que a ilha estivesse, ele sentia que um monstruoso e invencível mal poderia fluir do sardônico olhar daquela figura velha, curvada, vestida de marrom.

A atração para o sudeste persistia e somente com tremenda determinação Gilman conseguiu arrastar-se para dentro da velha casa e subir as escadas periclitantes. Durante horas, ele ficou sentado, em silêncio e prostrado, com os olhos virando gradualmente para oeste. Perto das seis da tarde, seus ouvidos aguçados captaram as orações lamurientas de Joe Mazurewicz dois andares abaixo e, desesperado, pegou o chapéu e saiu para as ruas douradas pelo pôr do sol, deixando que a atração, agora diretamente para o sul, o levasse onde bem quisesse. Uma hora mais tarde, a escuridão o encontrou nos campos abertos além do Regato do Hangman, tendo as cintilantes estrelas primaveris por cima. O impulso de andar foi gradualmente mudando para uma ânsia de saltar misticamente para o espaço e ele, subitamente, percebeu onde estava a fonte exata da atração.

Estava no céu. Um ponto preciso entre as estrelas clamava por ele e o estava chamando. Aparentemente, era um ponto em algum lugar entre a Hidra e Argo, e ele sabia que fora impelido para isto desde que acordara, pouco depois do amanhecer. Durante a manhã, ele estivera para baixo, e agora estava ligeiramente para o sul, mas avançando furtivamente para oeste. O que significaria esta coisa nova? Estaria enlouquecendo? Quanto tempo duraria? Recuperando sua determinação, Gilman virou-se e arrastou-se de volta para a velha casa.

Mazurewicz esperava por ele à porta e parecia ansioso, mas relutante, para segredar alguma superstição nova. Era sobre a luz bruxuleante. Joe saíra para festejar na noite anterior — era o Dia dos Patriotas, em Massachusetts — e voltara para casa depois da meia-noite. Olhando para a casa de fora, ele inicialmente pensara que a janela de Gilman estivesse escura, mas depois vira um fraco brilho violáceo em seu interior. Ele queria prevenir o cavalheiro sobre aquele brilho, pois todo mundo em Arkham sabia que se tratava da luz bruxuleante de Keziah que pairava ao redor de Brown Jenkin e do fantasma da própria megera. Ele não havia mencionado isto antes, mas agora precisava contar porque significava que Keziah e seu criado de presas compridas estavam assombrando o jovem cavalheiro. Às vezes, ele, Paul Choynski e o senhorio Dombrowski pensavam ver aquela luz escoando por rachaduras do desvão fechado acima do quarto do jovem cavalheiro, mas todos concordaram em não falar com ele a esse respeito. Entretanto, seria melhor o cavalheiro tomar outro quarto e conseguir um crucifixo com algum bom sacerdote como o Padre Iwanicki.

Enquanto o homem tagarelava, Gilman foi sentindo um terror indescritível apertar sua garganta. Ele sabia que Joe devia estar meio embriagado ao voltar para casa na noite anterior, mas a menção da luz violeta na janela do sótão tinha uma importância aterradora. Era uma luz bruxuleante desse tipo que sempre pairava em torno da velha e da coisinha peluda naqueles sonhos mais leves, mais nítidos, que prefaciavam seus mergulhos nos abismos misteriosos, e a ideia de que uma segunda pessoa desperta pudesse ver a luminescência onírica estava longe de ser um conforto. Entretanto, onde o sujeito havia conseguido uma ideia tão estranha? Teria ele próprio falado enquanto andava pela casa, dormindo? Não, disse Joe, ele não havia contado — mas devia verificar isto. Talvez Frank Elwood pudesse lhe dizer algo, embora ele detestasse perguntar.

Febre — sonhos desvairados — sonambulismo — ilusões sonoras — uma atração para um ponto no céu — e agora a suspeita de um insano falar dormindo! Ele devia parar de estudar, procurar um especialista em nervos e se recompor. Subindo ao segundo andar, parou à porta de Elwood, mas viu que o outro rapaz estava fora. Relutantemente, prosseguiu até seu quarto no sótão onde sentou-se no escuro. Seu olhar ainda se voltava para o sul, mas ele também sentia-se forçando os ouvidos para captar algum som do desvão fechado acima, meio que imaginando uma maligna luz violácea escoando por uma rachadura infinitesimal no baixo teto inclinado.

Naquela noite, enquanto Gilman dormia, a luz violeta envolveu-o com maior intensidade e a velha bruxa junto com a pequena coisa peluda, aproximando-se mais do que nunca, zombaram dele com guinchos desumanos e gestos diabólicos. Ele ficou contente de mergulhar nos abismos crepusculares de vagos rugidos, embora a perseguição daqueles aglomerados borbulhantes iridescentes e aquele pequeno poliedro caleidoscópico fosse ameaçadora e irritante. Veio então uma mudança quando vastos planos convergentes de uma substância de aparência escorregadia surgiram acima e abaixo dele — mudança que terminou num surto de delírio e num clarão de luz extraterrestre e misteriosa onde amarelo, carmim e índigo se fundiam louca e inextrincadamente.

Ele estava meio recostado num terraço alto e fantástico protegido por uma balaustrada acima de uma selva interminável de picos incríveis e bizarros, planos equilibrados, cúpulas, minaretes, discos horizontais assentados sobre pináculos e incontáveis formas de uma estranheza ainda maior — algumas de pedra, outras de metal — que cintilavam maravilhosamente sob o brilho confuso, quase borbulhante, de um céu policromático. Olhando para o alto ele viu três fabulosos discos ardentes, de cores variadas e em alturas diferentes acima de um horizonte curvo, infinitamente distante, de montanhas baixas. Às suas costas, fileiras de terraços mais altos erguiam-se imponentes até onde sua vista podia alcançar. A cidade abaixo estendia-se para além dos limites da visão e ele confiava em que nenhum som brotasse dali.

O piso do qual ele se levantou com facilidade era de um tipo de pedra polida e raiada que não conseguiu identificar, e os ladrilhos eram recortados em formas angulares bizarras que lhe pareceram ter menos simetria do que alguma simetria exótica cujas leis não pudesse compreender. A balaustrada ia até a altura do peito, delicada e fantasticamente trabalhada, e ao longo do peitoril se alinhavam, em intervalos curtos, pequenas figuras de formato grotesco e curiosa realização. Assim como o resto da balaustrada, elas pareciam ser feitas de alguma espécie de metal brilhante cuja cor não poderia ser precisada no caos de fulgores misturados, e sua natureza desafiava absolutamente toda e qualquer conjectura. Representavam algum objeto em forma de tonel canelado com finos braços horizontais irradiando-se de um anel central e com bossas ou bulbos verticais salientes no topo e na base do tonel. Cada uma dessas protuberâncias era o centro de um sistema de cinco braços chatos, triangulares, compridos e afunilados dispostos ao seu redor como os braços de uma estrela-do-mar — quase horizontais, mas curvando-se ligeiramente para longe do tonel central. A base da protuberância inferior estava ligada ao extenso parapeito por um ponto de contato tão delicado, que várias figuras haviam sido quebradas e estavam faltando. As figuras tinham cerca de quatro polegadas e meia de altura, enquanto os braços eriçados lhes davam um diâmetro máximo de aproximadamente duas polegadas e meia.

Quando Gilman se levantou, os ladrilhos pareceram quentes a seus pés descalços. Ele estava inteiramente só, e seu primeiro ato foi caminhar até a balaustrada e olhar atordoado para baixo, para a interminável ciclópica cidade quase dois mil pés abaixo. Prestando a atenção, pensou ouvir uma confusão rítmica de tênues sopros musicais cobrindo uma ampla escala tonal brotando das ruas estreitas abaixo, e gostaria de vislumbrar os moradores do lugar. Depois de algum tempo, a visão causou-lhe uma vertigem e ele teria caído no terraço se não se agarrasse instintivamente à lustrosa balaustrada. Sua mão direita resvalou para uma das figuras salientes cujo toque pareceu equilibrá-lo um pouco, mas foi demais para a exótica delicadeza do trabalho em metal e, ao ser agarrada, a eriçada figura se desprendeu. Ainda meio atordoado, ele continuou segurando-a enquanto sua outra mão procurava um espaço vazio no liso peitoril.

Agora, porém, seus ouvidos ultrassensíveis captaram algo às suas costas e ele olhou para trás ao nível do terraço. Aproximando-se dele suavemente, mas sem aparência furtiva, estavam cinco figuras, duas das quais eram a sinistra velha e o animalzinho peludo com presas. Foram as outras três que o fizeram perder os sentidos, pois eram entidades vivas com cerca de oito pés de altura exatamente da mesma forma que as imagens eriçadas da balaustrada que se locomoviam como uma aranha usando o conjunto inferior de braços de estrela-do-mar.

Gilman despertou em seu leito encharcado de suor frio e com uma sensação de ardência no rosto, nas mãos e nos pés. Saltando para o chão, lavou-se e vestiu-se com uma pressa frenética, como se tivesse que sair da casa o mais depressa possível. Ele não sabia para onde queria ir, mas sentia que, uma vez mais, teria que sacrificar as aulas. A estranha atração para aquele ponto no céu entre a Hidra e Argo diminuíra, mas uma outra ainda mais forte tomara seu lugar. Ele agora sentia que devia ir para o norte — infinitamente para o norte. Temendo cruzar a ponte que dava vista para a desolada ilha no Miskatonic, foi para a ponte da Avenida Peabody, tropeçando muitas vezes porque seus olhos e ouvidos estavam presos a um ponto extremamente alto no límpido céu azul.

Cerca de uma hora depois, ele se recompôs um pouco e viu que estava longe da cidade. Estendia-se ao seu redor uma lúgubre vastidão de pântanos salgados, e a estreita estrada à frente conduzia a Innsmouth — aquela antiga cidade meio deserta que os moradores de Arkham, curiosamente, tanto evitavam visitar. Embora a atração para o norte não houvesse diminuído, ele resistiu a ela como resistira à outra, até que descobriu que quase podia equilibrar uma contra a outra. Tendo caminhado penosamente de volta à cidade e tomado um pouco de café numa lanchonete, arrastou-se então para a biblioteca pública e folheou despreocupadamente as revistas mais amenas. A certa altura encontrou alguns amigos que repararam no estranho bronzeado de suas feições, mas ele nada lhes contou de sua caminhada. Às três da tarde, almoçou num restaurante, notando que a atração ou enfraquecera ou se dividira. Depois, matou tempo num cinema barato assistindo à projeção fútil várias vezes sem lhe prestar a menor atenção.

Por volta das nove da noite, voltou para casa onde entrou combalido. Joe Mazurewicz choramingava rezas ininteligíveis e Gilman apressou-se para seu quarto no sótão sem parar para ver se Elwood estava. Foi quando ele acendeu a fraca luz elétrica que o choque aconteceu. Ele avistou, de imediato, alguma coisa sobre a mesa que não era dali, e um segundo olhar não deixou dúvidas. Deitada de lado — pois não podia se manter de pé — ali estava a exótica figura eriçada que, em seu sonho monstruoso, ele havia arrancado da fantástica balaustrada. Nenhum detalhe lhe faltava. O centro abaulado e canelado, os finos braços radiados, as bossas em cada extremidade e os braços achatados de estrela-do-mar ligeiramente curvados para cima se esticando para fora daquelas bossas — estava tudo ali. Sob a luz elétrica, a cor parecia uma espécie de cinza iridescente estriado de verde, e Gilman pode ver, em meio ao terror e espanto, que uma das bossas terminava numa linha dentada correspondendo ao antigo ponto de ligação com a onírica balaustrada.

Foi somente a sua tendência para o estupor que o impediu de gritar. Esta fusão de sonho e realidade era insuportável. Ainda aturdido, ele agarrou a coisa eriçada e desceu correndo as escadas até o alojamento do senhorio Dombrowski. As orações chorosas do supersticioso ajustador de teares persistiam nos corredores cheirando a mofo, mas Gilman não lhes deu atenção. O senhorio estava em casa e saudou-o alegremente. Não, ele não havia visto aquela coisa antes e nada sabia a seu respeito. Mas sua esposa havia dito que encontrara uma coisa de lata engraçada numa das camas quando arrumara os quartos ao meio-dia, e talvez fosse aquilo. Dombrowski a chamou e ela entrou rebolando. Sim, era aquilo. Ela a encontrara na cama do jovem cavalheiro — no lado perto da parede. A coisa lhe parecera estranha, mas o jovem cavalheiro costumava ter uma porção de coisas estranhas em seu quarto — livros, curiosidades, ilustrações e anotações em papel. Ela, com certeza, não sabia nada sobre aquilo.

Gilman subiu novamente as escadas mentalmente confuso, convencido de que ou ele ainda estava sonhando, ou seu sonambulismo havia alcançado extremos inacreditáveis levando-o a depredar lugares desconhecidos. Onde teria conseguido aquela coisa extravagante? Ele não se lembrava de a ter visto em nenhum museu de Arkham. Devia ser de algum lugar, porém; e a visão dela quando se agarrara a ela em seu sono devia ter provocado a curiosa imagem onírica do terraço abalaustrado. No dia seguinte, ele faria algumas investigações muito discretas — e talvez procurasse o especialista em nervos.

Até lá, tentaria investigar melhor o seu sonambulismo. Ao subir a escada e cruzar o vestíbulo do sótão, tratou de espalhar um pouco de farinha que havia tomado emprestado — admitindo francamente seu propósito — do senhorio. No caminho, ele havia parado à porta de Elwood, mas percebera que o quarto estava às escuras. Entrando em seu quarto, colocou a coisa eriçada na mesa e deitou-se de roupas em completa exaustão física e mental. Do desvão fechado acima do teto inclinado, ele pensava captar um som fraco de arranhões e arrastar de pés, mas estava confuso demais para se importar. Aquela misteriosa atração para o norte estava crescendo novamente, não obstante parecesse vir agora de um local mais baixo do céu.

Na deslumbrante luminosidade violeta do sonho, a velha e a coisa peluda com presas reapareceram e com uma nitidez maior do que em qualquer ocasião anterior. Desta feita elas realmente o alcançaram e ele sentiu as garras encarquilhadas da megera se agarrarem nele. Foi atirado para fora da cama e para o espaço vazio, e por um momento ouviu um bramido cadenciado e viu a informidade crepuscular dos obscuros abismos fervilhando ao seu redor. Mas aquilo durou muito pouco pois agora ele estava num pequeno espaço vazio e sem janelas, com vigas e tábuas ásperas formando uma cumeeira bem acima de sua cabeça e com um curioso piso inclinado sob os pés. Largadas no piso estavam caixas cheias de livros de todos os graus de antiguidade e deterioração, e no centro havia uma mesa e um banco, ambos aparentemente fixados no lugar. Pequenos objetos de forma e natureza desconhecidas estavam colocados sobre as tampas das caixas, e sob a reluzente luz violeta Gilman pensou ver uma duplicata da imagem eriçada que tanto o havia intrigado. No lado esquerdo, o assoalho descia abruptamente, deixando uma abertura triangular escura pela qual, depois de um rápido chocalhar seco, a odiosa coisinha peluda de colmilhos amarelos e face humana barbada subia agora.

A sarcástica megera ainda estava agarrada a ele e no outro lado da mesa estava uma figura que ele jamais vira anteriormente — um homem magro e alto, de cor negra mortiça, mas sem o menor sinal de feições negróides; absolutamente desprovido de cabelo e barba, e usando, como única vestimenta, um manto informe de algum pesado tecido preto. Seus pés ficavam encobertos pela mesa e o banco, mas ele devia estar calçado pois ouvia-se um estalido toda vez que ele mudava de posição. O homem não falava e não revelava nenhuma expressão em suas feições miúdas e regulares. Ele simplesmente apontava para um livro de tamanho prodigioso que estava aberto sobre a mesa, enquanto a megera enfiava uma enorme pena cinzenta na mão direita de Gilman. Uma mortalha de desvairante pavor pairava sobre tudo e o clímax veio quando a coisa peluda subiu pelas roupas até o ombro do jovem adormecido e depois desceu pelo seu braço esquerdo, mordendo-o com força, finalmente, no pulso, logo abaixo do punho da camisa. Quando o sangue jorrou desse ferimento, Gilman desmaiou.

Ele despertou na manhã do dia 22 com uma dor no pulso esquerdo e viu que o punho da camisa estava pardo de sangue ressecado. Suas lembranças eram confusas, mas a cena com o homem negro no espaço desconhecido persistia vividamente. Devia ter sido mordido pelos ratos enquanto dormia, provocando o clímax daquele sonho aterrador. Abrindo a porta, notou que a farinha no piso do corredor estava intacta, exceto pelas enormes pegadas do sujeito desengonçado que habitava a outra ponta do sótão. Ele não andara dormindo desta vez, portanto. Mas alguma coisa devia ser feita com respeito àqueles ratos. Ele falaria com o senhorio. Novamente procurou tapar o buraco na base da parede inclinada, entalando ali uma vela que parecia ter um tamanho apropriado. Seus ouvidos retiniam terrivelmente com o que pareciam ser os ecos residuais de algum ruído pavoroso ouvido em sonhos.

Enquanto se banhava e mudava de roupas, Gilman tentava lembrar o que havia sonhado depois da cena no espaço imerso em luz violeta, mas nada de preciso cristalizou-se em sua mente. Aquele cenário devia corresponder ao desvão fechado lá do alto que começara a assediar tão insistentemente sua imaginação, mas as impressões posteriores eram fracas e nebulosas. Havia sugestões dos vagos abismos crepusculares e de abismos ainda mais vastos e escuros além deles — abismos onde todas as sugestões definidas estavam ausentes. Ele havia sido levado até lá pelos aglomerados borbulhantes e o pequeno poliedro que sempre o perseguiam; mas estes, como ele próprio, haviam se transformado em fragmentos nebulosos naquele vazio mais remoto de absoluta escuridão. Alguma outra coisa havia seguido na frente — um fragmento maior que, de tempos em tempos, condensava-se em indescritíveis aproximações de forma — e ele achava que seu avanço não havia sido em linha reta, mas pelas curvas estranhas à física e à matemática de algum vórtice etéreo que obedecia a leis desconhecidas da física e da matemática de qualquer cosmos concebível. Finalmente, houvera uma sugestão de vastas sombras saltitantes, de monstruosa pulsação subacústica e de tênue sopro monótono de uma flauta invisível — mas isto fora tudo. Gilman decidiu que havia adquirido aquela última noção das coisas que lera no *Necronomicon* sobre a indiferente entidade Azathoth, que comanda todo o tempo e o espaço de um trono negro no centro do Caos.

Depois de lavar o sangue, o ferimento do pulso se revelou superficial e Gilman ficou intrigado com a localização dos dois minúsculos furos. Ocorreu-lhe que não havia nenhum sangue nas cobertas da cama onde estava deitado, o que era muito curioso, tendo em vista a quantidade em sua pele e no punho da camisa. Teria andado dormindo dentro do quarto e o rato o teria mordido enquanto estava sentado em alguma cadeira ou parado em alguma posição menos comum? Procurou por gotas ou manchas pardacentas em toda parte, mas não as encontrou. O melhor, pensou, teria sido espalhar farinha fora e dentro do quarto — muito embora não fosse mais necessário nenhuma prova de que andava durante o sono, afinal. Ele sabia que andava — e o que havia a fazer, agora, era acabar com isso. Devia pedir ajuda a Frank Elwood. Naquela manhã, as estranhas atrações do espaço pareceram arrefecer, embora fossem substituídas por uma outra sensação ainda mais inexplicável. Tratava-se de um vago, insistente impulso para fugir de sua situação presente, mas sem qualquer sugestão de direção específica para onde fugir. Quando pegou a curiosa imagem eriçada sobre a mesa, imaginou que a antiga atração para o norte ficara um pouquinho mais forte, mas mesmo assim esta era totalmente sobrepujada pelo impulso mais novo e mais desconcertante.

Ele levou a imagem eriçada ao quarto de Elwood, esquivando--se das lamúrias do ajustador de teares que subiam do térreo. Elwood estava em casa, graças aos céus, e parecia estar agitado. Havia tempo para uma conversa antes de sair para o café da manhã e a universidade, por isso Gilman despejou apressadamente um relato de seus recentes sonhos e pavores. Seu hospedeiro foi muito simpático e concordou com a necessidade de fazer alguma coisa. Ele ficou estarrecido com a aparência perturbada, macilenta, de seu hóspede, e notou o curioso e anormal bronzeado que outros haviam observado na semana anterior. Não havia muito, porém, que pudesse dizer. Ele não havia visto Gilman em nenhuma expedição sonambúlica e não tinha a menor idéia do que poderia ser a curiosa imagem. Tinha, porém, ouvido o franco-canadense que se alojava bem debaixo de Gilman conversar com Mazurewicz certa noite. Eles comentavam o quanto temiam a chegada da Noite de Walpurgis, agora a poucos dias de distância, e trocavam comentários apiedados sobre o pobre jovem cavalheiro condenado. Desrochers, o sujeito que morava sob o quarto de Gilman, havia falado de passos noturnos calçados e descalços, e da luz violeta que vira certa noite quando se esgueirara para cima para espiar pelo buraco da fechadura de Gilman. Ele contou a Mazurewicz que não ousara espiar depois de vislumbrar a luz passando pelas frestas em torno da porta. Tinham havido cochichos também — e quando ele começara a descrevê-los, sua voz afundara num sussurro inaudível.

Elwood não podia imaginar o que aquelas criaturas supersticiosas teriam tagarelado, mas supunha que suas imaginações teriam sido incitadas pelas andanças e conversas de Gilman durante o sono, em horas tardias, e pela proximidade da tradicionalmente temida Véspera de 1º de Maio. Que Gilman andava durante o sono estava claro, e era obviamente das escutas pela fechadura de Desrochers que a ideia enganosa da onírica luz violácea se espalhara. Essas pessoas simplórias não perdiam tempo para imaginar que teriam visto alguma coisa estranha de que tivessem ouvido falar. Quanto a um plano de ação — o melhor era mudar-se para o quarto de Elwood para não dormir sozinho. Elwood, se estivesse acordado, o acordaria sempre que ele começasse a falar ou se levantasse durante o sono. Além disso, ele deveria consultar um especialista o mais breve possível. Enquanto isto, eles levariam a imagem eriçada para vários museus e alguns professores procurando identificá-la e diriam que ela havia sido encontrada numa lata de lixo pública. E Dombrowski devia cuidar de envenenar aqueles ratos do sótão.

Confortado pelo companheirismo de Elwood, Gilman assistiu às aulas daquele dia. Estranhos impulsos ainda o assediavam, mas ele conseguiu controlá-los com considerável êxito. Durante um horário livre, mostrou a curiosa imagem para vários professores que ficaram profundamente interessados, mas nenhum pôde lançar alguma luz sobre a sua natureza ou origem. Naquela noite, ele dormiu num divã que Elwood fizera o senhorio trazer do quarto do segundo andar, e, pela primeira vez em semanas, ficou inteiramente livre de sonhos inquietantes. Mas a condição febril persistia e os lamentos do ajustador de teares exerciam uma influência perturbadora.

Nos dias subsequentes, Gilman desfrutou de uma imunização quase perfeita contra manifestações mórbidas. Segundo Elwood, ele não havia mostrado nenhuma tendência a falar ou se levantar durante o sono, e, enquanto isso, o senhorio estava espalhando veneno de rato por toda parte. O único elemento perturbador era a conversa entre os estrangeiros supersticiosos cuja imaginação ficara extremamente excitada. Mazurewicz estava sempre tentando fazer com que ele arranjasse um crucifixo e acabou empurrando-lhe um que, segundo diziam, teria sido abençoado pelo bom Padre Iwanicki. Também Desrochers tinha algo a dizer; ele insistia em que os passos cautelosos haviam soado no quarto, agora vago, por cima do seu, na primeira e segunda noites em que Gilman estivera ausente. Paul Choynski pensava ter ouvido sons nos corredores e nas escadas à noite, e afirmava que alguém havia experimentado suavemente sua porta, enquanto a Sra. Dombrowski jurava ter visto Brown Jenkin pela primeira vez desde o Dia de Todos os Santos. Mas esses relatos ingênuos podiam significar muito pouco, e Gilman deixou o crucifixo de metal barato pendurado descuidadamente num puxador do guarda-roupa de seu hospedeiro.

Durante três dias, Gilman e Elwood escrutinaram os museus locais tentando identificar a curiosa imagem eriçada, sem nenhum sucesso. Em toda parte, porém, o interesse era intenso, pois a total estranheza da coisa representava um tremendo desafio para a curiosidade científica. Um dos pequenos braços radiais fora secionado e submetido a análises químicas. O professor Ellery descobrira platina, ferro e telúrio na estranha liga, mas misturados com esses elementos havia pelo menos três outros de peso atômico alto que a química se mostrou absolutamente impotente para classificar. Não só não correspondiam a nenhum elemento conhecido, como nem mesmo se encaixavam nos lugares vazios reservados para elementos prováveis no sistema periódico. O mistério permanece sem solução até hoje, embora a imagem esteja em exposição no museu da Universidade de Miskatonic.

Na manhã de 27 de abril, surgiu um novo buraco de rato no quarto onde Gilman estava hospedado, mas Dombrowski vedou-o com lata durante o dia. O veneno não estava surtindo muito efeito, pois os arranhões e correrias atrás das paredes não haviam virtualmente diminuído.

Elwood ficou fora até tarde naquela noite e Gilman esperou por ele. Não queria dormir sozinho no quarto — especialmente depois que pensou ter vislumbrado, no lusco-fusco do entardecer, a repelente velha cuja imagem se transportara tão terrivelmente para seus sonhos. Ficou cismando quem seria ela e o que estaria perto dela chocalhando a lata de estanho num monte de entulho à boca de um esquálido quintal. A megera parecia havê-lo notado e lançado um maligno olhar enviesado para ele — embora isto possivelmente tivesse sido um mero fruto de sua imaginação.

No dia seguinte, os dois jovens estavam muito cansados, sabendo que dormiriam profundamente à noite. Ao anoitecer, discutiram sonados os estudos de matemática que tão completa e, talvez, perniciosamente, haviam interessado Gilman, e especularam sobre sua relação com magia antiga e folclore que parecia tão misteriosamente provável. Falaram da velha Keziah Mason, e Elwood concordou em que Gilman tinha bons fundamentos científicos para pensar que ela poderia ter encontrado informações estranhas e significativas. Os cultos secretos a que essas bruxas pertenciam, guardavam e legavam segredos surpreendentes de eras ancestrais e esquecidas; e não era absolutamente impossível que Keziah houvesse efetivamente dominado a arte de cruzar passagens dimensionais. A tradição enfatiza a inutilidade de barreiras materiais para impedir a locomoção de bruxas, e quem poderia dizer o que está subjacente às velhas histórias de voos noturnos em cabos de vassoura?

Se algum estudioso moderno puder, algum dia, obter poderes similares apenas da pesquisa matemática, o futuro dirá. O êxito, acrescentava Gilman, poderia provocar situações perigosas e impensáveis, pois quem seria capaz de prever as condições reinantes numa dimensão adjacente, mas normalmente inacessível? Por outro lado, as pitorescas possibilidades eram enormes. O tempo poderia não existir em certos cinturões do espaço, e entrando-se e permanecendo num deles, a pessoa poderia conservar indefinidamente a vida e a idade, sem sofrer os efeitos do metabolismo orgânico ou da decadência exceto pelas pequenas quantidades durante as visitas ao próprio plano da pessoa, ou a algum similar. Poder-se-ia, por exemplo, transitar para uma dimensão sem tempo e emergir em algum período remoto da história da Terra tão jovem como antes.

Dificilmente se poderia conjecturar, com algum grau de autoridade, se alguém jamais conseguira fazer isto. As lendas antigas são nebulosas e ambíguas, e nos tempos históricos, todas as tentativas de transpor passagens interditas parecem complicadas por estranhas e terríveis alianças com seres e mensageiros de fora. Havia a imemorial figura do representante ou mensageiro de potências terríveis e secretas — o "Homem Negro" do culto das bruxas, e o "Nyarlathotep" do *Necronomicon*. Havia, também, o problema desconcertante de mensageiros ou intermediários menores — os quase animais e híbridos singulares descritos pela lenda como servidores das bruxas. Quando Gilman e Elwood se recolheram, sonolentos demais para seguir discutindo, ouviram Joe Mazurewicz andar cambaleando, meio embriagado, pela casa, e estremeceram com o desesperado ardor de suas lamurientas orações.

Naquela noite, Gilman viu a luz violácea novamente. Em seu sonho, ele havia escutado os arranhões e roeduras nos tabiques, e imaginou que alguém manejava canhestramente o trinco. Então ele viu a velha e a coisinha peluda avançando para ele sobre o chão acarpetado. A face da megera estava iluminada por uma exultação desumana e a pequena coisa mórbida de dentes amarelos ria zombeteiramente apontando para a forma pesadamente adormecida de Elwood no sofá, no outro lado do quarto. Um medo paralisante obstruiu todas as tentativas de Gilman gritar. Como já havia acontecido anteriormente, a hedionda velha agarrou Gilman pelos ombros, arrancando-o do leito e atirando-o no espaço vazio. Novamente a infinitude dos abismos uivantes passou vertiginosamente por ele, mas um segundo depois ele se imaginava numa viela escura, lamacenta, desconhecida, exalando fétidos odores, com as paredes decadentes de antigas casas se elevando dos dois lados.

À frente estava o homem de manto preto que ele havia visto no espaço pontiagudo do outro sonho, enquanto, a uma distância menor, a velha fazia acenos e caretas imperiosamente para ele. Brown Jenkin esfregava-se com uma espécie de afetuosa alegria nos tornozelos do homem negro, que a lama funda ocultava quase inteiramente. Havia uma escura passagem aberta à direita, para a qual o homem preto apontava silenciosamente. Para lá caminhou a zombeteira megera, arrastando Gilman atrás de si pela manga do pijama. Ali existia uma escada nauseabunda que estalava ameaçadoramente e sobre a qual a velha parecia irradiar uma tênue luz violeta e, finalmente, uma porta saindo de uma plataforma entre dois lances da escada. A megera moveu o trinco e abriu a porta, gesticulando para Gilman esperar, e desapareceu pela escura passagem.

Os ouvidos supersensíveis do jovem captaram um hediondo grito estrangulado e a megera saiu do quarto carregando uma pequena forma inerte que atirou para o sonhador como que ordenando-lhe que a carregasse. A visão dessa forma e da expressão em seu rosto quebraram o encanto. Aturdido demais para gritar, ele disparou precipitadamente pela ruidosa escada abaixo e para a lama exterior, só parando ao ser agarrado e estrangulado pelo homem negro que estava à sua espera. Enquanto perdia a consciência, ouviu o fraco e arrepiante riso escarninho da aberração parecida com um rato com presas.

Na manhã do dia 29, Gilman acordou num vórtice de horror. No momento em que abriu os olhos, sabia que alguma coisa estava terrivelmente errada, pois estava de volta a seu velho quarto do sótão com a parede e o teto inclinados, deitado sobre uma cama agora desfeita. Sua garganta doía inexplicavelmente, e, enquanto lutava para sentar-se, viu, com crescente pavor, que seus pés e as barras do pijama estavam manchados de lama endurecida. Naquele momento, suas lembranças estavam inapelavelmente confusas, mas pelo menos tinha a certeza de que devia ter andado durante o sono. Elwood estava mergulhado num sono profundo demais para ouvi-lo e impedi-lo. No chão, havia confusas pegadas de lama, mas estranhamente elas não se dirigiam para a porta. Quanto mais Gilman as observava, mais peculiares elas pareciam, pois além daquelas que podia reconhecer como suas, havia umas marcas menores, quase redondas — como as pernas de uma grande cadeira ou mesa poderiam deixar, exceto que a maioria estava partida no meio. Havia também umas curiosas pegadas enlameadas de rato saindo do novo buraco e voltando para ele. Um espanto absoluto e o medo da loucura torturavam Gilman enquanto ele cambaleava até a porta e verificava que não havia pegadas de lama do lado de fora. Quanto mais ele recordava este sonho hediondo, mais aterrorizado se sentia, e seu desespero só fez aumentar quando ouviu Joe Mazurewicz entoando suas lamúrias dois pisos abaixo.

Descendo para o quarto de Elwood, ele acordou seu hospedeiro e pôs-se a contar-lhe tudo, mas Elwood não conseguiu fazer ideia do que realmente poderia ter acontecido. Onde Gilman poderia ter estado, como ele voltara para seu quarto sem deixar pegadas no vestíbulo e como as pegadas lamacentas parecidas com marcas de móveis se misturavam com as suas no quarto do sótão, estavam fora do alcance de qualquer conjectura. E havia aquelas marcas obscuras, lívidas, em sua garganta, como se ele houvesse tentado estrangular a si mesmo. Gilman colocou as mãos sobre elas percebendo que, nem de longe, se encaixavam. Enquanto conversavam, Desrochers entrou para dizer que ouvira um terrível fragor no alto, nas primeiras horas da madrugada. Não, ninguém estivera na escada depois da meia-noite, embora, um pouco antes dessa hora, ele tivesse ouvido passos macios no sótão e passos cautelosos descendentes que não o agradaram. Era um período muito ruim do ano para Arkham, acrescentou. Seria bom que o jovem cavalheiro usasse o crucifixo que Joe Mazurewicz lhe dera. Nem mesmo o período diurno era seguro, pois mesmo depois de amanhecer, sons estranhos podiam ser ouvidos na casa — especialmente um fino choro infantil rapidamente abafado.

Gilman assistiu mecanicamente às aulas daquela manhã, mas foi inteiramente incapaz de concentrar a mente nos estudos. Presa de um estado de odiosa apreensão e expectativa, ele parecia estar esperando a chegada de algum golpe aniquilador. Ao meio-dia, almoçou na cantina da universidade, pegando um jornal no assento ao lado enquanto esperava pela sobremesa. Mas ele não comeu aquela sobremesa pois um artigo na primeira página do jornal deixou-o atônito, de olhos arregalados, capaz apenas de pagar a conta e cambalear de volta ao quarto de Elwood.

Houvera um estranho rapto na noite anterior na Galeria Orne e o filho de dois anos de uma rude operária de lavanderia chamada Anastasia Wolejko desaparecera completamente. A mãe, ao que parece, temia essa possibilidade havia algum tempo, mas as razões que ela alegou para seu temor eram tão grotescas que ninguém as levara a sério. Dizia ela ter visto Brown Jenkin por perto de sua casa, algumas vezes, desde o começo de março, e ter sabido por suas caretas e risadinhas que o pequeno Ladislas estaria marcado para o sacrifício no pavoroso Sabá da Noite de Walpurgis. Ela havia pedido para sua vizinha, Mary Czanek, dormir no quarto e tentar proteger a criança, mas Mary não ousara. Não poderia ter contado à polícia pois eles nunca acreditavam nessas coisas. Crianças eram levadas daquele jeito todos os anos, desde que ela conseguia se lembrar. E seu companheiro, Pete Stowacki, não ajudaria porque queria a criança fora do caminho.

Mas o que fez Gilman suar frio foi a notícia de um par de foliões que estava passando pela entrada da galeria pouco depois da meia-noite. Eles admitiram que estavam bêbados, mas ambos juraram ter visto um trio vestido com espalhafato entrando furtivamente pela escura passagem. Havia, segundo eles, um enorme negro encapuzado, uma velhinha esfarrapada e um jovem branco em roupas de dormir. A velha arrastava o jovem, enquanto, em torno dos pés do negro, um rato manco se esfregava e refocilava na lama escura.

Gilman ficou sentado, atônito, durante toda a tarde, e Elwood — que neste ínterim havia lido os jornais e tirara terríveis conjecturas — assim o encontrou ao voltar para casa. Desta vez, nenhum deles poderia duvidar que alguma coisa odiosamente grave estava se fechando ao seu redor. Entre os fantasmas de pesadelo e as realidades do mundo objetivo, uma relação monstruosa e inimaginável estava se cristalizando, e somente uma vigilância estupenda poderia impedir desdobramentos ainda mais tenebrosos. Gilman devia procurar um especialista mais cedo ou mais tarde, mas não exatamente agora, quando todos os jornais estavam cheios do assunto do rapto.

A obscuridade do que realmente acontecera era enlouquecedora e, por um momento, Gilman e Elwood cochicharam teorias as mais desvairadas. Teria Gilman inconscientemente conseguido mais do que seus estudos do espaço e suas dimensões permitiriam? Teria realmente saído de nossa esfera para lugares insuspeitos e inimagináveis? Onde — se isso fosse verdade — teria ele estado naquelas noites de infernal alienação? Os estrondeantes abismos crepusculares, a encosta verdejante, o terraço fervilhante, as atrações vindas das estrelas, o vórtice negro final, o homem negro, a viela lamacenta e a escada, a velha bruxa e o horror peludo com presas, os aglomerados borbulhantes e o pequeno poliedro, o estranho bronzeado, o ferimento no pulso, a estatueta inexplicável, os pés enlameados, as marcas na garganta, as histórias e o terror de estrangeiros supersticiosos, o que significava isso tudo? Em que medida as leis da sanidade mental se aplicariam num caso assim?

Nenhum dos dois dormiu naquela noite, mas no dia seguinte ambos mataram as aulas e cochilaram. Era o 30 de abril e com o crepúsculo chegaria o diabólico período sabático que todos os estrangeiros e os velhos supersticiosos temiam. Mazurewicz chegara às 6 horas dizendo que o pessoal da tecelagem estava comentando que as orgias de Walpurgis seriam realizadas na ravina escura além de Meadow Hill, onde a antiga pedra branca se ergue num terreno curiosamente desprovido de toda vida vegetal. Alguns chegaram a contar isto à polícia, aconselhando-a a procurar ali pela criança Wolejko desaparecida, mas sem acreditar que alguma coisa seria feita. Joe insistiu em que o pobre cavalheiro usasse seu crucifixo com corrente de níquel e Gilman pendurou-o no pescoço e enfiou-o por dentro da camisa para agradar o sujeito.

Tarde da noite, os dois jovens estavam sentados sonolentos em suas cadeiras, embalados pelas orações do ajustador de teares no andar debaixo. Gilman, cabeceando de sono, ouvia, e sua audição sobrenaturalmente aguda parecia tentar perceber algum sutil e temido murmúrio por trás dos ruídos da velha casa. Doentias recordações de coisas no *Necronomicon* e no *Livro Negro* jorravam e ele se via balançando aos abomináveis ritmos que pertenceriam às mais negras celebrações do Sabá, originários de fora do tempo e do espaço que conhecemos.

Naquele momento, ele percebeu o que estava escutando — o canto infernal dos celebrantes no distante vale tenebroso. Como poderia saber tanto sobre o que eles esperavam? Como poderia saber o momento em que Nahab e seu acólito deviam conduzir a tigela transbordante que acompanharia o galo preto e o bode preto? Ele percebeu que Elwood adormecera e tentou acordá-lo. Algo, porém, fechou a sua garganta. Ele não era mais senhor de si. Teria assinado o livro do Homem Negro afinal?

Então sua audição febril, anormal, captou as distantes notas sopradas pelo vento. Por milhas de colinas, campos e vielas elas vieram, mas ainda assim as reconheceu. As fogueiras deviam estar acesas e os dançarinos deviam estar começando. Como poderia não ir? O que é que o havia enredado? Matemática, folclore, a casa, a velha Keziah, Brown Jenkin... e agora ele percebia um novo buraco de rato na parede perto de seu sofá. Por cima do canto distante e da oração mais próxima de Joe Mazurewicz, um outro som se fazia ouvir — um arranhar persistente, furtivo, nos tabiques. Ele rezava para a luz elétrica não se apagar. E foi então que ele viu o pequeno rosto barbado com presas no buraco de rato — o maldito rosto barbado, que ele enfim percebeu, guardava uma semelhança tão chocante e zombeteira com o da velha Keziah — e ouviu alguém mexendo levemente na porta.

Os formidáveis abismos crepusculares flamejaram à sua frente e ele sentiu-se perdido em meio ao informe aperto dos iridescentes aglomerados borbulhantes. Corria, à sua frente, o pequeno poliedro caleidoscópico, e, por todo o espaço revolto, uma elevação e aceleração do vago padrão tonal pareciam anunciar algum indescritível e insuportável clímax. Ele parecia saber o que estava para vir — a monstruosa eclosão do ritmo de Walpurgis em cujo timbre cósmico se concentrariam todas as convulsões do espaço-tempo extremo, primordial, que existem por trás das esferas concentradas de matéria e às vezes irrompem em reverberações uniformes que penetram suavemente em cada camada de entidade e dão um significado hediondo, através dos mundos, a certos períodos terríveis.

Mas tudo isto se desfez num segundo. Ele estava novamente no espaço pontiagudo violáceo com o piso inclinado, as caixas de livros antigos, o banco e a mesa, os objetos estranhos e o buraco triangular a um canto. Na mesa estava uma pequena figura branca — um menininho, despido e inconsciente —, enquanto no outro, a monstruosa velha olhava de esguelha com uma faca cintilante de cabo grotesco na mão direita e uma curiosa tigela de metal claro gravada com motivos bizarros e com alças laterais delicadas na esquerda. Ela entoava algum ritual grasnado numa língua que Gilman não conseguia compreender, mas que lhe pareceu alguma coisa mencionada discretamente no *Necronomicon*.

Quando a cena se tornou mais clara, ele viu a velha megera curvar-se para a frente e empurrar a tigela vazia por cima da mesa — e, incapaz de controlar suas emoções, ele se esticou para a frente e pegou-a com as duas mãos, reparando, ao fazê-lo, sua relativa leveza. No mesmo instante, a forma repugnante de Brown Jenkin escalou a borda do escuro buraco triangular à sua esquerda. A megera fez-lhe um sinal para ele segurar a tigela numa certa posição enquanto erguia a enorme e grotesca faca acima da pequena vítima branca o mais alto que sua mão conseguia alcançar. A coisa peluda com presas começou a soprar uma continuação do misterioso ritual, enquanto a bruxa grasnava respostas repugnantes. Gilman sentiu uma abominação pungente atravessar sua paralisia mental e emocional fazendo a tigela de metal balançar em sua mão. Um segundo depois, o movimento descendente da faca quebrou completamente o encanto e ele deixou cair a vasilha ruidosamente enquanto suas mãos se atiravam para a frente impetuosamente para impedir o ato monstruoso.

Num instante, ele havia contornado o piso inclinado ao redor da extremidade da mesa e arrancado a faca das garras da velha, atirando-a com estrépito pela borda do estreito buraco triangular. Um instante mais, porém, as coisas se inverteram, pois aquelas garras assassinas tinham se fechado firmemente em torno de sua garganta, enquanto a face encarquilhada de velha se retorcia numa fúria insana. Ele sentiu a corrente do crucifixo barato raspando em seu pescoço e, no auge do perigo, tentou imaginar como a visão do objeto poderia afetar a maligna criatura. Sua força era absolutamente sobre-humana, mas, enquanto ela prosseguia o estrangulamento, ele tateou febrilmente por baixo de sua camisa e puxou para fora o símbolo de metal, estalando a corrente e libertando-o.

À vista do objeto, a bruxa pareceu transida de medo e seu aperto relaxou o suficiente para Gilman se libertar completamente. Ele afastou as garras de aço de seu pescoço e teria arrastado a megera para a borda do buraco se as garras não tivessem recebido um novo surto de força, fechando-se novamente. Desta vez, ele resolveu revidar da mesma maneira, e suas mãos estenderam-se para a garganta da criatura. Antes de ela perceber o que estava fazendo, ele enrolara a corrente do crucifixo em torno do pescoço da megera e, logo em seguida, apertara-a o suficiente para cortar sua respiração. Durante essa última batalha, ele sentiu alguma coisa morder seu calcanhar e viu que Brown Jenkin viera em ajuda da velha. Com um único chute violento ele atirou a mórbida excrescência pela borda do buraco, ouvindo-a choramingar em algum nível muito inferior.

Se conseguira matar a velha bruxa, ele não sabia, mas deixou-a largada no chão onde ela caíra. Então, ao virar-se, viu sobre a mesa algo que quase lhe cortou o último fio de razão. Brown Jenkin, enérgico e dotado de quatro minúsculas mãos infernalmente destras, fizera o serviço enquanto a bruxa tentava estrangulá-lo e seus esforços haviam sido em vão. O que ele impedira a faca de fazer no peito da vítima, as presas amarelas da aberração peluda tinham feito num pulso — e a tigela, tão tardiamente atirada no chão, estava cheia ao lado do pequeno corpo sem vida.

Em seu delírio onírico, Gilman ouviu o ritmo alienígena do canto infernal do Sabá chegando de uma distância infinita, e sabia que o homem negro devia estar lá. Lembranças confusas misturavam-se com suas fórmulas matemáticas, e ele acreditava ter em seu subconsciente os *ângulos* de que precisava para guiá--lo de volta ao mundo normal sem ajuda, pela primeira vez. Tinha a certeza de estar no desvão imemorialmente trancado no alto de seu quarto, mas duvidava seriamente se conseguiria escapar pelo piso inclinado ou pela saída bloqueada. Ademais, a escapada de um desvão onírico simplesmente não o levaria a uma casa onírica — uma projeção anormal do lugar verda-deiro que ele buscava? Ele estava inteiramente confuso sobre a relação entre sonho e realidade em todas suas experiências.

A passagem para os vagos abismos seria apavorante, pois o ritmo de Walpurgis estaria vibrando, e ele teria que ouvir aquela pulsação cósmica até então velada que tão terrivelmente temia. Mesmo agora ele podia detectar uma batida baixa, monstruosa, cujo ritmo ele adivinhava perfeitamente. Nos períodos de Sabá, ela sempre crescia percorrendo os mundos para convocar os iniciados para ritos indescritíveis. Metade dos cantos de Sabá eram moldados sobre essa pulsação fracamente percebida que nenhum ouvido terrestre poderia suportar em sua plenitude espacial. Gilman gostaria também de saber se poderia confiar em seus instintos para levá-lo de volta à parte certa do espaço. Como poderia ter certeza de não pousar naquela encosta de luz esverdeada de um planeta distante, no terraço ladrilhado acima da cidade dos monstros tentaculados em algum lugar além da galáxia ou nos vórtices negros espirais daquele vazio extremo de Caos onde reina o indiferente sultão demoníaco Azathoth?

Pouco antes de dar o mergulho, a luz violeta extinguiu-se deixando-o na mais absoluta escuridão. A bruxa, a velha Keziah,

Nahab, aquilo devia significar a sua morte. E misturado com o distante canto de Sabá e as lamúrias de Brown Jenkin no abismo abaixo, ele pensou ouvir um outro lamento mais desvairado chegando de profundezas desconhecidas. Joe Mazurewicz — as orações contra o Caos Rastejante agora se tornando um grito inexplicavelmente triunfante — mundos de sardônica realidade imiscuindo-se em voragens de sonho febril — Iä! Shub-Niggurath! O Bode de Mil Jovens...

Encontraram Gilman caído no chão de seu antigo quarto do sótão muito antes do amanhecer, pois o grito terrível atraíra Desrochers, Choynski, Dombrowski e Mazurewicz ao mesmo tempo e conseguira inclusive acordar Elwood que estava profundamente adormecido em sua cadeira. Gilman estava vivo e com os olhos abertos, arregalados, mas parecia inconsciente. Em sua garganta havia marcas de mãos assassinas, e em seu calcanhar esquerdo, uma dolorosa mordida de rato. Suas roupas estavam terrivelmente amarfanhadas e o crucifixo de Joe havia desaparecido. Elwood tremia, temendo até especular que nova forma as andanças no sono de seu amigo haviam tomado. Mazurewicz parecia meio estupidificado por um "sinal" que teria recebido em resposta a suas orações e benzia-se freneticamente quando o guincho e os soluços de um rato soavam de trás do tabique inclinado.

Depois de acomodar o sonhador em seu divã no quarto de Elwood, mandaram chamar o Doutor Malkowski — um médico local que não repetiria histórias quando elas pudessem se tornar embaraçosas —, e ele aplicou duas injeções em Gilman que fizeram-no relaxar e cair numa espécie de torpor natural. Durante o dia, o paciente recuperava ocasionalmente a consciência e murmurava desconexamente seu mais novo sonho a Elwood. Era um processo doloroso e, desde o início, trouxe um fato novo e desconcertante.

Gilman — cujos ouvidos haviam ultimamente adquirido uma sensibilidade anormal — estava completamente surdo.

O Doutor Malkowski, convocado novamente às pressas, disse a Elwood que os dois tímpanos do rapaz estavam perfurados, como se tivessem sofrido o impacto de algum som estupendo, cuja intensidade ia além da capacidade humana de conceber ou suportar. Como semelhante som poderia ter sido ouvido nas últimas horas sem despertar todo o Vale do Miskatonic, ia além do que o honrado médico poderia dizer.

Elwood escrevia sua parte do diálogo em papel para facilitar a comunicação. Nenhum deles sabia o que fazer de todo aquele assunto caótico e decidiram que seria melhor pensar o menos possível nele. Ambos concordaram, porém, em que deviam sair daquela velha e amaldiçoada casa o quanto antes. Os jornais vespertinos falavam de uma batida policial em alguns estranhos foliões numa ravina além de Meadow Hill, pouco antes do alvorecer, e mencionavam que a pedra branca era um objeto de antiga admiração supersticiosa. Ninguém fora detido, mas entre os fugitivos fora vislumbrado um enorme negro. Em outra coluna, afirmava-se que nenhum vestígio da criança desaparecida Ladislas Wolejko fora encontrado.

O coroamento do horror veio naquela mesma noite. Elwood jamais o esquecerá e foi forçado a ficar fora da universidade pelo resto daquele período em consequência de uma crise nervosa. Ele pensara estar ouvindo ratos por trás do tabique durante toda a noite, mas não lhes prestou muita atenção. Então, muito depois de Gilman e ele se recolherem, os uivos atrozes começaram. Elwood saltou da cama, acendeu as luzes e correu para o sofá de seu hóspede. O visitante emitia sons realmente desumanos, parecendo afligido por algum tormento indescritível. Ele se retorcia debaixo das cobertas e uma grande mancha vermelha começou a se formar nos lençóis.

Elwood mal ousava tocá-lo, mas gradualmente os gritos e contorções foram diminuindo. A esta altura, Dombrowski, Choynski,

Desrochers, Mazurewicz e o locatário do último andar estavam aglomerados à porta e o senhorio mandara a mulher chamar o Doutor Malkowski. Todos gritaram quando uma grande forma semelhante a um rato saltou abruptamente de dentro das cobertas ensanguentadas e correu pelo assoalho até um buraco novo que ficava por perto. Quando o médico chegou e começou a retirar aquelas pavorosas cobertas, Walter Gilman estava morto.

Seria incorreto fazer algo mais que sugerir o que teria matado Gilman. Havia virtualmente um túnel através de seu corpo — alguma coisa havia devorado seu coração. Dombrowski, irritado com a inutilidade de seus esforços para envenenar os ratos, abandonou toda ideia de locação e, no prazo de uma semana, havia se mudado com todos os antigos locatários para uma casa decrépita mas menos antiga na Rua Walnut. O pior, durante algum tempo, foi manter Joe Mazurewicz calmo, pois o irrequieto ajustador de teares jamais ficava sóbrio e estava constantemente rezingando e murmurando sobre coisas terríveis e espectrais.

Ao que parece, naquela última e odiosa noite, Joe curvara-se para olhar para as pegadas de rato carmesins que iam do sofá de Gilman ao buraco próximo. No tapete, elas eram muito indistintas, mas havia um pedaço de chão descoberto entre a borda do tapete e o rodapé. Ali Mazurewicz havia encontrado algo monstruoso — ou pensava ter encontrado, pois ninguém poderia verdadeiramente concordar com ele apesar da inegável estranheza das pegadas. As pegadas no assoalho eram, por certo, muito diferentes das pegadas normais de um rato, mas mesmo Choynski e Desrochers não admitiriam que tinham a aparência das pegadas de quatro pequeninas mãos humanas.

A casa nunca mais foi alugada. Tão logo Dombrowski a deixou, a mortalha da desolação final começou a descer e as pessoas evitavam-na tanto por sua antiga reputação, quanto pelo novo cheiro fétido que ela exalava. Talvez o veneno de rato do antigo senhorio tivesse funcionado afinal, pois não muito tempo depois de sua partida, o lugar se tornou um incômodo para a vizinhança. Funcionários do serviço sanitário localizaram a origem do cheiro nos espaços fechados acima e ao lado do quarto do lado leste do sótão e concordaram em que o número de ratos mortos devia ser enorme. Eles decidiram, porém, que não valia a pena abrir e desinfetar aqueles espaços secularmente fechados, pois o fedor logo passaria e a localidade não era propensa a encorajar medidas dispendiosas. Na verdade, sempre haviam corrido vagas histórias locais sobre odores inexplicáveis no alto da Casa Assombrada pouco depois da véspera de 1º de Maio e do Dia das Bruxas. Os vizinhos concordaram com a decisão — mas o fedor, no entanto, constituíra-se num ponto negativo a mais para o aluguel. Mais adiante, o inspetor de edificações condenou a casa para fins de habitação.

Os sonhos de Gilman e as circunstâncias que os acompanharam jamais foram explicados. Elwood, cujas ideias sobre o episódio todo são, às vezes, quase enlouquecedoras, voltou para a faculdade no outono e graduou-se em junho do ano seguinte. Ao voltar, os rumores espectrais da cidade haviam diminuído muito, e é fato que — apesar de certos relatos de um riso zombeteiro e fantasmagórico sobre a casa deserta duraram quase tanto quanto o próprio edifício — nenhuma nova aparição, seja da Velha Keziah, seja de Brown Jenkin, foi cochichada desde a morte de Gilman. Foi uma pena que Elwood não estivesse em Arkham naquele ano posterior em que certos acontecimentos renovaram abruptamente os rumores locais sobre antigos horrores. Por certo ele ouviu sobre o assunto posteriormente e sofreu tormentos indizíveis de tenebrosa e espantada especulação, mas ainda assim isto não foi tão mau quanto a real proximidade e muitas visões possíveis teriam sido.

Em março de 1931, um vendaval derrubou o telhado e a grande chaminé da então vazia Casa Assombrada fazendo um caos de tijolos, telhas enegrecidas cobertas de limo e tábuas e vigas podres desabarem sobre o desvão e abrirem caminho para o assoalho abaixo. Todo o andar do sótão ficou abarrotado de entulho, mas ninguém se deu ao trabalho de mexer naquela mixórdia antes da inevitável demolição completa do decrépito edifício. Aquele passo final veio em dezembro seguinte, e quando o velho quarto de Gilman foi desobstruído por operários relutantes e apreensivos, os rumores começaram.

Entre os detritos que haviam desmoronado através do antigo teto inclinado, várias coisas fizeram os operários pararem o serviço e chamarem a polícia. A polícia, por sua vez, chamou o juiz de instrução e vários professores da universidade. Havia ossos — terrivelmente esmagados e estilhaçados, mas claramente reconhecíveis como humanos — cuja data recente conflitava misteriosamente com o período remoto em que o único local onde poderiam estar, o baixo desvão superior de piso inclinado, teria sido supostamente vedado ao acesso humano. O médico legista do juiz concluiu que alguns teriam pertencido a uma criança pequena, enquanto outros — encontrados misturados com trapos de um tecido pardo apodrecido — pertenceriam a uma mulher encurvada, extremamente idosa e muito baixa. Uma análise cuidadosa revelou também muitos ossos minúsculos de ratos apanhados no desastre, bem como ossos de ratos mais antigos roídos por pequenas presas de um jeito que produzia muitas controvérsias e reflexões.

Entre outros objetos encontrados, havia fragmentos misturados de muitos livros e jornais, juntamente com uma poeira amarelada deixada pela desintegração total de livros e jornais ainda mais antigos. Todos, sem exceção, pareciam tratar de magia negra em suas formas mais avançadas e tenebrosas; e a data evidentemente recente de certos itens ainda é um mistério tão insolúvel quanto o dos ossos humanos mais recentes. Um mistério ainda maior é a absoluta homogeneidade da escrita arcaica garatujada em diversos papéis cujas condições e marcas d'água sugeriam diferenças de idade de cento e cinquenta a duzentos anos. Para alguns, porém, o maior mistério de todos é a variedade de objetos absolutamente inexplicáveis — objetos cujas formas, materiais, tipos de construção e finalidades escapam a qualquer conjectura — encontrados dispersos entre os detritos em estados de conservação evidentemente diversos. Um desses — que excitou profundamente a curiosidade de muitos professores da Miskatonic — é uma monstruosidade terrivelmente danificada muito parecida com a estranha estatueta que Gilman doou ao museu da universidade, exceto que é grande, talhado em alguma pedra peculiarmente azulada em vez de metal, e com um pedestal singularmente recortado entalhado com hieróglifos indecifráveis.

Arqueólogos e antropólogos ainda estão tentando explicar os bizarros desenhos gravados numa esmagada vasilha de metal leve cujo lado interno apresentava funestas manchas pardas. Forasteiros e avós crédulas tagarelam com igual vigor sobre o moderno crucifixo de níquel com a corrente partida encontrado em meio ao entulho e identificado por Joe Mazurewicz como o que ele dera ao pobre Gilman muitos anos atrás. Alguns acreditam que este crucifixo foi arrastado para o desvão fechado por ratos, enquanto outros acham que ele devia estar no assoalho, em algum canto do velho quarto de Gilman, na ocasião. Outros ainda, inclusive o próprio Joe, têm teorias fantásticas e desvairadas demais para merecerem crédito.

Quando a parede inclinada do quarto de Gilman foi derrubada, descobriu-se que o espaço triangular, antes vedado entre aquele tabique e a parede norte da casa, continha muito menos detritos estruturais, mesmo em proporção a seu tamanho, do que o próprio quarto, embora contivesse uma camada horrível de materiais mais antigos que paralisaram de horror os demolidores. Em suma, o piso era um verdadeiro depósito de ossos de criancinhas — alguns bastante recentes, mas outros remontando, em gradações infinitas, a um período tão remoto que sua desintegração era quase total. Nesta profunda camada de ossos jazia uma faca de grande porte, de antiguidade evidente e com um desenho grotesco, ornamentado e exótico — sobre a qual os detritos se amontoaram.

Em meio a estes detritos, enfiado entre uma tábua caída e uma porção de tijolos cimentados da chaminé derrubada, estava um objeto destinado a causar mais perplexidade, velado pavor e abertas conversas supersticiosas em Arkham do que qualquer outro encontrado naquele edifício assombrado e maldito. Este objeto era o esqueleto parcialmente esmagado de um enorme rato cuja forma anormal ainda é motivo de discussões e fonte de curiosas reticências entre os membros do departamento de anatomia comparada da Miskatonic. Muito pouco vazou sobre esse esqueleto, mas os operários que o encontraram murmuram em tom estarrecido sobre os longos cabelos pardos associados a ele.

Os rumores dizem que os ossos das minúsculas patas guardam características preênseis mais típicas de um diminuto macaco do que de um rato, enquanto o pequeno crânio, com suas agressivas presas amarelas, é da mais completa anomalia, parecendo, de certos ângulos, uma paródia em miniatura, monstruosamente degradada, de um crânio humano. Os operários se benzeram apavorados quando deram com esta blasfêmia e posteriormente acenderam velas de gratidão na Igreja de St. Stanislaus devido ao arrepiante riso zombeteiro e fantasmagórico que, eles achavam, jamais tornariam a ouvir.

O
depoimento de
randolph carter

Repito-lhes, cavalheiros, que vossa inquirição é inútil. Detende-me aqui para sempre, se quiserdes; confinai-me ou executai-me se precisais de uma vítima para propiciar a ilusão do que chamam justiça, mas não posso dizer mais do que já disse. Tudo o que consegui lembrar eu vos contei com perfeita sinceridade. Nada foi distorcido nem ocultado, e se alguma coisa permanece vaga, isto se deve tão somente à névoa escura que desceu sobre minha mente — a essa névoa e à natureza nebulosa dos horrores que a trouxeram.

Torno a dizer, nada sei sobre o que foi feito de Harley Warren, embora eu pense — quase espere — que ele esteja em sereno olvido, se houver, em algum lugar, algo tão abençoado. É verdade que durante cinco anos fui seu amigo mais íntimo e um associado parcial de suas terríveis pesquisas sobre o desconhecido. Não negarei, embora minha memória esteja insegura e confusa, que esta vossa testemunha pode ter-nos visto juntos como diz, no pico de Gainsville, caminhando na direção do pântano de Big Cypress, às 11h30 daquela noite pavorosa. Que ele levava lanternas elétricas, pás e um curioso carretel de fio com instrumentos presos a ele, eu chegarei mesmo a afirmar, pois essas coisas todas desempenharam um papel na única cena odiosa que permanece gravada em minha abalada lembrança. Mas o que se seguiu e as razões por que fui encontrado sozinho e confuso à beira do pântano na manhã seguinte, sobre isso devo insistir que nada sei exceto o que já contei repetidas vezes. Vós me dizeis que não havia nada no pântano ou perto dele que pudesse constituir o cenário para aquele pavoroso episódio. Eu replico que nada sabia além do que vi. Visão ou pesadelo que possa ter sido — visão ou pesadelo que eu fervorosamente espero que tenha sido — é, porém, tudo que meu espírito conserva do que ocorreu naquelas horas terríveis depois de nos afastarmos da vista dos homens. E a razão para Harley Warren não ter voltado, somente ele, ou sua sombra — ou alguma coisa inominável que não posso descrever —, poderá dizer.

Como já disse anteriormente, conhecia muito bem os estudos tenebrosos de Harley Warren e, em certa medida, os compartilhava. De sua vasta coleção de livros raros e estranhos sobre temas proibidos, li todos os que estão escritos nas línguas que domino, mas esses são poucos em comparação com os nas línguas que desconheço. A maioria, acredito, está escrito em árabe, e o livro de inspiração demoníaca que provocou o fim — o livro que ele carregava em seu bolso mundo afora — estava escrito em caracteres que nunca vi iguais em nenhum outro lugar. Warren jamais quis me contar o que havia naquele livro. Quanto à natureza de meus estudos, devo dizer novamente que não conservo mais uma compreensão clara? Parece-me muito misericordioso que não a conserve, pois eram estudos terríveis que persegui mais por relutante fascínio do que por verdadeira inclinação. Warren sempre me dominou e, às vezes, me assustava. Lembro-me de como eu estremecia diante de sua expressão facial na noite anterior ao terrível acontecimento, quando ele falava compulsivamente de sua teoria, da razão para alguns cadáveres nunca se decomporem, mas permanecerem consistentes e encorpados em seus túmulos por mil anos. Mas eu não o temo agora, pois suspeito de que ele tenha conhecido horrores além de minha compreensão. Agora eu temo por ele.

Uma vez mais eu vos digo que não tenho uma ideia clara de nosso objetivo naquela noite. Certamente tinha muito a ver com alguma coisa no livro que Warren carregava consigo — aquele livro ancestral em caracteres indecifráveis que chegara a suas mãos na Índia, um mês antes —, mas juro que não sei o que ele esperava descobrir. Vossas testemunhas dizem que nos viram às onze e meia no pico Gainsville, a caminho do pântano de Big Cypress. Isto provavelmente é verdade, mas não tenho uma recordação nítida a este respeito. O quadro gravado em minha alma é de uma única cena, e a hora deve ter sido muito depois da meia-noite, pois uma pálida Lua crescente erguia-se no alto do céu vaporoso.

O lugar era um antigo cemitério, tão antigo que eu estremeci diante dos múltiplos sinais de sua idade imemorial. Ele ficava numa ravina profunda e úmida, forrado de capim espesso, musgo e curiosas trepadeiras rastejantes, e exalava um vago odor que minha imaginação solta associou absurdamente com rocha em decomposição. Havia, por todos os lados, sinais de abandono e decrepitude, e parecia assombrar-me a ideia de que Warren e eu éramos as primeiras criaturas vivas a invadir aquele letal e secular silêncio. Sobre as cristas do vale, uma pálida Lua crescente espreitava através de vapores nauseabundos que pareciam emanar de misteriosas catacumbas e seus fracos raios bruxuleantes me permitiam distinguir um repelente arranjo de antigas lápides, urnas, cenotáfios e fachadas de mausoléus, tudo ruindo, coberto de musgo, manchado pela umidade e parcialmente escondido pela exuberância lustrosa da vegetação doentia.

Minha primeira impressão vívida de minha própria presença naquela terrível necrópole refere-se ao ato de parar, com Warren, diante de um certo sepulcro meio obstruído e largar no chão algumas cargas que aparentemente estávamos carregando. Notei então que levava comigo uma lanterna elétrica e duas pás, enquanto meu companheiro estava equipado com uma lanterna semelhante e um aparelho telefônico portátil. Nenhuma palavra foi dita, pois o lugar e a tarefa nos parecia conhecida, e, sem demora, pegamos as pás e começamos a retirar o capim, as ervas e a terra acumulada do achatado mortuário arcaico. Depois de desobstruir toda a superfície, que consistia de três imensas lajes de granito, afastamo-nos um pouco para examinar a cena sepulcral; Warren parecia fazer alguns cálculos mentais. Em seguida, ele retornou ao sepulcro e, usando sua pá e uma alavanca, tentou erguer a laje que estava mais perto de uma ruína de pedras que devia ter sido um monumento, em sua época. Não teve êxito e fez sinal para eu ajudá-lo. Finalmente, nossas forças combinadas conseguiram soltar a pedra, que erguemos e tombamos para um lado.

A remoção da laje revelou uma abertura negra da qual emanava uma efluência de gases miasmáticos tão nauseantes, que nos fez recuar horrorizados. Passado um momento, porém, aproximamo-nos novamente do poço e achamos as exalações menos insuportáveis. Nossas lanternas revelaram o topo de um lance de escada de pedra gotejando alguma odienta serosidade mefítica da terra interior e margeada por paredes úmidas incrustadas de salitre. E agora, pela primeira vez, minha memória recorda o discurso verbal, Warren dirigindo-se a mim, finalmente, com sua melodiosa voz de tenor, uma voz singularmente não perturbada por nossas assustadoras vizinhanças.

"Lamento ter de lhe pedir para ficar na superfície", disse ele, "mas seria um crime permitir que alguém com seus nervos fracos descesse aqui. Você não pode imaginar, mesmo com tudo que leu e o que eu lhe contei, as coisas que eu terei de ver e fazer. É um trabalho infernal, Carter, e duvido que qualquer homem sem uma sensibilidade de ferro poderia ver tudo e sair vivo e são. Não quero ofendê-lo, e Deus sabe que eu gostaria de tê-lo comigo, mas a responsabilidade é, em certo sentido, minha, e eu não poderia arrastar uma pilha de nervos como você para uma provável morte ou loucura. Eu lhe digo, você não pode imaginar o que a coisa realmente parece! Mas prometo mantê-lo informado, pelo telefone, de cada movimento — você pode ver que eu trouxe fio suficiente para ir até o centro da Terra e voltar!"

Ainda posso ouvir, na memória, aquelas palavras friamente proferidas, e ainda posso me lembrar de minhas recriminações. Eu parecia desesperadamente ansioso para acompanhar meu amigo naquelas profundezas sepulcrais, mas ele se mostrou irredutível. Em certa altura, ameaçou abandonar a expedição se eu insistisse, uma ameaça que se mostrou eficaz já que somente ele possuía a chave da coisa. De tudo isso, eu ainda posso me lembrar, embora não saiba mais que tipo de coisa nós buscávamos. Depois de obter minha relutante aquiescência para seus desígnios, Warren pegou o carretel de fio e conectou os aparelhos. A um aceno seu, peguei um deles e sentei-me sobre uma antiga lápide descorada perto da abertura recém-descoberta. Ele então fez uma aceno com a mão, jogou no ombro o carretel de fio e desapareceu no interior daquele indescritível ossário.

Conservei, por um minuto, a visão do brilho de sua lanterna, e ouvi o farfalhar do fio que ele ia deixando para trás em seu avanço, mas o brilho logo desapareceu abruptamente como se ele houvesse chegado a uma curva na escada de pedra, e o som desapareceu quase em seguida. Eu estava só, mas ligado às profundezas misteriosas por aquele mágico cordão cuja superfície isolante parecia esverdeada sob os raios vacilantes daquela pálida Lua crescente.

Eu consultava constantemente meu relógio à luz da lanterna e procurava ouvir, com febril ansiedade, no receptor do telefone, mas por mais de um quarto de hora nada consegui escutar. Veio então do aparelho um leve estalido e eu chamei meu amigo com voz tensa. Por apreensivo que estivesse, não estava porém preparado para as palavras que chegaram daquele sinistro sepulcro num tom mais assustado e trêmulo do que qualquer outro que eu ouvira antes de Harley Warren. Ele, que tão serenamente me deixara um pouco antes, agora chamava lá de baixo num sussurro entrecortado que impressionava mais do que o mais alto dos gritos:

"Deus! Se pudesse ver o que estou vendo!"

Não consegui responder. Privado de fala, só podia esperar. Então os tons frenéticos ressurgiram:

"Carter, é terrível... monstruoso... inacreditável!"

Desta vez minha voz não me abandonou e eu despejei no transmissor uma torrente de perguntas excitadas. Aterrorizado, continuei repetindo, "Warren, o que é? O que é?"

Uma vez mais a voz de meu amigo, ainda rouca de medo, e agora aparentemente tingida de desespero:

"Não posso lhe dizer, Carter! É absolutamente inacreditável... não ouso contar-lhe... ninguém poderia saber e seguir vivendo... Grande Deus! Jamais sonhei com isto!"

Silêncio novamente, exceto por minha torrente desconexa de perguntas trêmulas. Então a voz de Warren, no auge da mais violenta consternação:

"Carter! Pelo amor de Deus, recoloque a laje e saia disso se puder! Depressa! Deixe tudo o mais e caia fora... é sua única chance! Faça o que eu digo e não me peça para explicar!"

Eu ouvi, mas só conseguia repetir minhas frenéticas perguntas. Ao meu redor, os túmulos, a escuridão e as sombras; abaixo de mim, alguns perigos além do alcance da imaginação humana. Mas meu amigo estava enfrentando um perigo maior do que eu, e através de meu medo, senti um vago ressentimento por ele ter me julgado capaz de desertar nessas circunstâncias. Mais estalidos e, depois de uma pausa, um grito lancinante de Warren:

"Suma daí! Pelo amor de Deus, recoloque a laje e suma, Carter!"

Alguma coisa na gíria infantil de meu companheiro evidentemente abalado desarvorou minhas faculdades mentais. Eu tomei uma resolução e gritei, "Aguente aí, Warren! Vou descer!" Mas diante dessa oferta, o tom de meu interlocutor mudou para um grito de absoluto desespero:

"Não! Você não pode entender! É tarde demais... e por minha culpa. Recoloque a laje e fuja... não há mais nada que você ou alguém possa fazer agora!"

O tom mudara novamente, adquirindo agora uma qualidade mais suave, de desesperançada resignação. Entretanto, ele continuava tenso de ansiedade por mim.

"Depressa... antes que seja tarde!"

Tentei não dar-lhe atenção; tentei romper a paralisia que me continha e cumprir minha promessa de correr em sua ajuda. Mas seu sussurro seguinte encontrou-me ainda inerte, presa de absoluto horror.

"Carter... depressa! Não adianta... você deve ir... melhor um do que dois... a laje..."

Uma pausa, mais estalidos, depois a voz fraca de Warren:

"Quase em cima de mim... não piore as coisas... cubra esses malditos degraus e corra para se salvar... você está perdendo tempo... adeus, Carter... você não me verá mais."

Aqui o sussurro de Warren transformou-se num grito, um grito que gradualmente cresceu para um uivo carregando todo o horror dos tempos...

"Malditas sejam essas coisas infernais... legiões... Meu Deus! Suma! Suma! SUMA!"

Depois daquilo, fez-se o silêncio. Não sei por quantos minutos intermináveis eu me quedei sentado, estupefato, sussurrando, murmurando, chamando, gritando no telefone. Vezes e mais vezes eu sussurrei e murmurei, chamei, gritei e berrei "Warren! Warren! Responda... está aí?"

E então chegou até mim o coroamento do horror — a coisa inacreditável, impensável, quase indizível. Disse que séculos pareceram transcorrer depois de Warren ter uivado sua derradeira e desesperada advertência, e que somente meus próprios gritos quebravam agora o hediondo silêncio. Mas depois de um momento, houve um novo estalido no receptor e eu agucei os ouvidos para ouvir. Novamente eu chamei, "Warren, você está aí?", e em resposta ouvi a coisa que trouxe esta névoa em minha mente. Não tento, cavalheiros, explicar aquela coisa... aquela voz... nem posso me aventurar a descrevê-la em detalhes, pois as primeiras palavras tiraram-me a consciência provocando um vazio mental que durou até o momento de meu despertar no hospital. Devo dizer que a voz era profunda, cava, gelatinosa, remota, singular, desumana, incorpórea? O que devo dizer? Era o fim de minha experiência e é o fim de minha história. Eu a ouvi e não soube mais nada... a ouvi e fiquei sentado, petrificado, naquele cemitério desconhecido na ravina, em meio às pedras caídas e aos túmulos desmoronados, à vegetação malcheirosa e aos vapores miasmáticos — ouvi-a perfeitamente vindo das mais íntimas profundezas daquele maldito sepulcro aberto enquanto olhava sombras amorfas, necrófagas, dançarem sob uma amaldiçoada Lua esmaecida.

E isto foi o que ela disse:

"Seu tolo, Warren está MORTO!"

Sobre o autor

O século que experimentou um fantástico progresso na mecanização da produção, uma extraordinária jornada de investigação, sob a égide da ciência, de todos os meandros da atividade humana — produtiva, social, mental —, foi também o período em que mais proliferaram, na cultura universal, as incursões artísticas na esfera do imaginário, os mergulhos no mundo indevassável do inconsciente. Literatura, rádio, cinema, música, artes plásticas, e depois, também, a televisão, entrelaçaram-se na criação e recriação de mundos sobrenaturais, em especulações sobre o presente e o futuro, em aventuras imaginárias além do universo científico e da realidade aparente da vida e do espírito humanos.

Howard Phillips Lovecraft (1890-1937), embora não tenha alcançado sucesso literário em vida, foi postumamente reconhecido como um dos grandes nomes da literatura fantástica do século XX, influenciando artistas contemporâneos, tendo histórias suas adaptadas para o rádio, o cinema e a televisão, e um público fiel constantemente renovado a cada geração. Explorando em poemas, contos e novelas os mundos insólitos que inventa e desbrava com a mais alucinada imaginação, Lovecraft seduz e envolve seus leitores numa teia de situações e seres extraordinários, ambientes oníricos, fantásticos e macabros que os distancia da realidade cotidiana e os convoca a um mergulho nos mais profundos e obscuros abismos da mente humana.

Dono de uma escrita imaginativa e muitas vezes poética que se desdobra em múltiplos estilos narrativos, Lovecraft combina a capacidade de provocar a ilusão de autenticidade e verossimilhança com as mais desvairadas invenções de sua arte. Ele povoa seu universo literário de monstros e demônios, de todo um panteão de deuses terrestres e extraterrestres interligados numa saga mitológica que perpassa várias de suas narrativas, e de homens sensíveis e sonhadores em perpétuo conflito com a realidade prosaica do mundo.

do mesmo autor
nesta editora

o caso charles dexter ward

à procura de kadath

a cor que caiu do céu

dagon

o horror em red hook

o horror sobrenatural em literatura

a maldição de sarnath

Este livro foi composto em Vendetta e Variex pela *Iluminuras* e terminou de ser impresso em março de 2019 nas oficinas da *Meta Brasil Gráfica*, em papel off-white 80 gramas, em São Paulo, SP.